«*Blondinenträume* ist ein Roman wie ein Song, der sich beim ersten Mal Hören ins Hirn fräst und nicht mehr verloren geht.» (Die Weltwoche)

«Hinreißend, mit intimem Spaß zu lesen.» (Cosmopolitan)

Milena Moser wurde 1963 in Zürich geboren. Sie absolvierte eine Buchhändlerlehre und schrieb für Schweizer Rundfunkanstalten. 1990 erschienen ihre Kurzgeschichten «Gebrochene Herzen oder Mein erster bis elfter Mord». Ein Jahr später schrieb sie ihren ersten Roman, «Die Putzfraueninsel», der sich schnell zum Bestseller entwickelte und dessen Kino-Verfilmung preisgekrönt wurde. Es folgten weitere erfolgreiche Romane. Nachdem Milena Moser acht Jahre in San Francisco gewohnt hat, lebt sie nun mit ihrem Mann und ihren zwei Kindern wieder in der Schweiz.

Milena Moser

Blondinenträume

Roman

Rowohlt
Taschenbuch
Verlag

Ich danke der Stiftung Pro Helvetia für ihre Unterstützung und Wolfgang Bortlik für seine Anmerkungen (hart, aber herzlich).

2. Auflage Januar 2011

Neuausgabe Mai 2010
Veröffentlicht im Rowohlt Taschenbuch Verlag,
Reinbek bei Hamburg, Januar 2004

Umschlaggestaltung any.way, Cathrin Günther
(Foto: Miles/Corbis)
Satz Plantin (PostScript) bei
Pinkuin Satz und Datentechnik, Berlin
Druck und Bindung CPI – Clausen & Bosse, Leck
Printed in Germany
ISBN 978 3 499 25458 1

FSC
www.fsc.org
MIX
Papier aus verantwortungsvollen Quellen
FSC® C083411

Das für dieses Buch verwendete FSC®-zertifizierte Papier *Lux Cream* liefert Stora Enso, Finnland.

Für Jojo, the one and only

le monde entier est un cactus
il est impossible de s’assoir
(dutronc)

1

Am ersten Oktober lag Lotti mit einem feuchten Waschlappen über den Augen im Bett. Das war ihr noch nie passiert. Der erste Oktober war ein wichtiger Tag für die Siedlung. Wie der erste April. Umzugstermine. Neue Nachbarn. Falsche Leute in der falschen Wohnung konnten alles verderben. Normalerweise stand sie an diesen Tagen frühmorgens schon am Fenster und schaute zu. Genau wie alle anderen auch.

Lotti träumte von ihrem Sohn. Sie träumte, es sei Muttertag und ihr Sohn komme nach Hause mit einer von diesen auf Befehl angefertigten Zeichnungen. Ein großer Blumenstrauß, fünfblättrige Blüten in allen Farben des Malkastens, die grünen Stiele mit einer riesigen Masche verziert, und darüber steht in ungelenken Buchstaben MAMA. Alle Kinder machen dieselbe Zeichnung im Kindergarten. Nur ist Michael unterdessen fünfunddreißig und zu groß für so etwas. Gut sieht er aus mit seinen blauen Augen in feingefältelter brauner Haut, wie sein Vater, und der wiederum sieht aus wie Robert Redford, deshalb hat sie ihn in erster Linie auch geheiratet. Michael geht auf sie zu, er hat diese Zeichnung in der Hand. Er kommt näher. Er will sie umarmen, sie weicht zurück, sie weiß schon, wie es weitergeht, und beim Aufwachen hat sie dann wieder keine Luft.

Fünf Umzugswagen hielten an diesem Morgen in aller Frühe vor der Siedlung. Der Morgen war kalt, leichter Nebel hing in der Luft. Ein paar Küchenfenster leuchteten schon gelb. Sonst schien die Siedlung verlassen. Nur wer genau hinschaute, konnte hier und da eine Gardine zittern sehen. Lotti lag an diesem Morgen im Bett und schlief einen schweren Rausch aus. So erfuhr sie es als Letzte.

«Ein Mann ist eingezogen!», rief Natalie, bevor sie noch ganz in der Wohnung war.

«Ein was?» Lotti verzog das Gesicht. «Bitte nicht so laut.»

Natalie schob den Kinderwagen über die Schwelle und stellte ihn im Flur ab. Das Baby schlief. Sie nahm es nicht heraus.

«Kaffee?»

«Unbedingt.»

Lotti beobachtete genau, wie Natalie sich an den Küchentisch setzte, sie erwartete eigentlich jeden Moment, dass eines ihrer hautengen Kleidungsstücke platzte. Doch das geschah nie. Natalie zündete eine Zigarette an. Ihre Fingernägel waren lang und scharf und in verschiedenen Neonfarben lackiert. Über den Handrücken krabbelten tätowierte Insekten. Natalie war siebzehn Jahre alt und arbeitete in einer Lederboutique in der Innenstadt. Die Sachen, die sie dort verkauften, entsprachen ihrem eigenen Geschmack: fransenbesetzte rosa Cowboystiefel mit hohen Absätzen, Jeansjacken mit gepolsterten Schultern und Glitzernieten, bonbonfarbene Lederhosen, Gürtel aus klimpernden Einzelteilen.

Lotti schenkte Kaffee ein. Sie setzte sich, nahm sich eine Zigarette aus Natalies Schachtel und beugte sich vor. Der Kater hämmerte von innen gegen ihre Stirn.

«Im Block B ist ein Mann eingezogen», sagte Natalie, «entweder im dritten oder im vierten.»

«Ein Mann?»

Das war in der Tat erstaunlich. Natürlich lebten einige Männer in der Siedlung. Familienväter, die man selten zu sehen bekam, weil sie von morgens sieben bis abends sieben arbeiteten. Ein paar Rentner, nicht viele. Die meisten Wohnungen waren für Familien bestimmt. Ein Hausmeister pro Block. Es gab alleinstehende Frauen mit Kindern. Aber ein Mann? Ganz allein?

«Nicht allein! Das ist es ja eben!» Natalie riss ihre runden braunen Augen auf, um die sie in einigem Abstand eine schwarze Linie gezogen hatte.

«Er hat zwei Kinder.»

«Und?»

«Überleg doch mal! Was soll er denn mit den Gören anfangen?» Natalie kniff ein Auge zu. «Er braucht bestimmt eine Tagesmutter.»

«Ach, weißt du», sagte Lotti zögernd. Lass mich damit in Ruhe, wollte sie sagen, das gibt nur Ärger, das seh ich doch von hier aus kommen, ich will gar nichts damit zu tun haben. Aber sie sagte nichts von alldem. Natalie warf ihre Zigarette in die halbleere Kaffeetasse, in der sie zischend unterging.

«Heute haben wir wieder Abendverkauf. Ich komme dann so gegen halb zehn.»

Natalies Arbeitszeiten kamen Lotti ein bisschen sehr unregelmäßig vor, und Abendverkauf an einem Dienstag? Aber was ging sie das an. Natalie stand auf und strich ihre türkisfarbenen, mit Spinnwebmuster überzogenen Hosenbeine glatt. Sie stöckelte aus der Wohnung, ohne sich von ihrem Baby zu verabschieden.

Gerade als Lotti überlegte, ob sie nicht etwas trinken sollte, nur einen kleinen Schluck, um ein Aspirin herunterzuspülen und die Lavamasse in ihrem Schädel abzukühlen, klingelte es Sturm. Mauro und Dani von gegenüber kamen, um zu frühstücken und die Zeit bis zum Schulbeginn abzuwarten. Sie waren sieben und acht Jahre alt, bildhübsche Jungen mit großen dunklen Augen, die sie sehr gekonnt einsetzten, treuherzig, schalkhaft, melancholisch, je nach Ausmaß des Vergehens. Doch heute waren sie zu aufgeregt, um irgendwelche Tricks anzuwenden.

«Ein Mann ist eingezogen!», rief Mauro. «Mit keiner Frau!»

«Schon gut», sagte Lotti, «immer mit der Ruhe. Das weiß ich alles schon. Esst lieber.» Sie machte ihnen Cornflakes mit Milch bereit.

«Gibt es keine Nutellabrote heute?»

Lotti schmierte den Jungen Nutellabrote und packte sie in Folie ein. Lärmend verschwanden die beiden im Treppenhaus.

Lotti trank einen Schluck Sherry aus der Flasche, die sie im Kühlschrank aufbewahrte. Es war ein guter, trockener Sherry, fast so hell wie Wasser. Sherry, wie ihn die Hausfrauen auf der anderen Seite der Stadt tranken, die gelangweilten Hausfrauen in den reichen Vororten, die nicht wussten, wie sie die endlosen, leeren Nachmittage ausfüllen sollten. Lotti war lange genug eine von ihnen gewesen. Sie konnte sich nicht mehr an ein billigeres Getränk gewöhnen. Also trank sie weiter Sherry. Dummerweise brauchte sie immer mehr davon, je weniger Geld sie zur Verfügung hatte.

Sie hielt die Flasche noch in der Hand, als es klingelte, überlegte gerade, ob sie noch einen Schluck nehmen sollte. Dem scharfen Klingelton nach konnte es nur Frau Meierhans sein, ihre Nachbarin von oben. Lotti nahm noch einen Schluck, bevor sie die Tür öffnete.

«Diese Kinder machen einen Lärm», rief Frau Meierhans, sobald Lotti die Tür einen Spalt weit geöffnet hatte. «Das geht doch einfach nicht! Andere Kinder können sich auch benehmen!»

Frau Meierhans hatte die Arme in die Seite gestemmt. Eine wild geblümte Haushaltsschürze spannte sich über ihren runden Bauch. Sie musste ungefähr im neunten Monat sein. Zum dritten Mal. Ihr geschwollenes Gesicht glänzte vor gerechter Empörung.

«Ich meine, ich habe nichts gegen Ausländer, ich bin die Letzte, die etwas gegen Ausländer sagen würde, aber sie müssen sich schon ein wenig anpassen, bei uns geht man leise die Treppe hinunter, wir sind hier nicht in Portugal!»

«Italien», korrigierte Lotti automatisch.

«Es geht mir ums Prinzip», antwortete Frau Meierhans und schob sich an Lotti vorbei in die Wohnung. Sie warf einen Blick auf Natalies Baby, das auf seinem etwas schmuddeligen Kissen friedlich schlief, warf einen zweiten Blick auf Lotti und schüttelte sanft den Kopf.

So weit kommt es, sagte ihr Blick, so weit kommt es also, wenn Mütter ihre Kinder weggeben!

Die Mutter von Mauro und Dani arbeitete Schicht. Die Mutter von Serafina war geschieden. Natalie war selbst noch ein Kind. Anständige Frauen brachten Kinder nicht zu Lotti. Anständige Frauen passten selber auf ihre Kinder auf. Wie Frau Meierhans.

Lotti verschränkte die Arme, damit sie sich nicht nach dem Baby ausstreckten. Denn dann würde es bestimmt aufwachen und zu weinen beginnen, Frau Meierhans würde es ihr aus dem Arm nehmen wollen und mit aufdringlichem Glucksen zu trösten versuchen. Und die ganze Zeit würde sie sie so anschauen, als ob sie über alles Bescheid wüsste. Schon beugte sich Frau Meierhans über den Wagen.

«Na, wie heißt du denn, mein süßes, kleines Baby?»

«Rocky», murmelte Lotti, ein wenig verlegen. Sie wusste schon, warum sie das winzige Bündel einfach Baby nannte.

«Mögen Sie einen Kaffee?»

«Ich habe eben mit meinem Mann gefrühstückt», stellte Frau Meierhans fest, «bevor ich die Buben in den Kindergarten gebracht habe.» Trotzdem setzte sie sich an den Tisch. Ihr Bauch ruhte selbstgerecht zwischen ihren Schenkeln. Lotti schaute weg.

«Haben Sie schon das Neueste gehört?», fragte sie. Frau Meierhans ließ sich drei Stück Zucker in ihre Tasse fallen.

«Ich interessiere mich nicht für solche Geschichten, ich habe genug damit zu tun, mich um meine eigenen Angelegenheiten zu kümmern, sage ich immer.»

«Ein Mann ist eingezogen», fuhr Lotti fort.

«Ein Mann?» Frau Meierhans griff wieder nach der Zuckerdose. Lotti hielt sie nicht auf.

«Wie meinen Sie das, ein Mann?»

«Nun, ein Mann eben. Ein Mann mit zwei Kindern.»

«Ja, aber was ist mit der Frau?»

Lotti drehte die Handflächen nach oben. Frau Meierhans rührte in ihrer Tasse, in der sich unterdessen fünf Zuckerwürfel auflösten.

«Aber da muss doch etwas unternommen werden», murmelte sie, «so geht es doch nicht, allein schon wegen der Kinder.»

Lotti schaute zu, wie sie den Kaffee austrank. Vielleicht

war es ja noch nicht zu spät für eine kleine Schwangerschaftsvergiftung.

Serafina kam eine halbe Stunde später. Sie kam allein. Offensichtlich hatte sie sich auch allein angezogen. Sie streckte Lotti eine frische Windel entgegen.

«Mama schläft.»

Die Siedlung war im Rechteck um einen riesigen, nackten Hof herumgebaut. Vor jedem Block gab es einen kleinen Spielplatz und in der Mitte eine trostlose Reihe Bäume. Manche Spielplätze sahen besser aus als andere. Das kam auf den Block an. Manche hatten eine Rutschbahn, andere einen Kletterturm, und bei manchen hingen die Schaukeln schief an durchgewetzten Seilen. Die Mütter der besseren Blöcke saßen im Halbkreis auf den Bänken um die Sandkästen, überwachten die Kleinsten, stupsten sich gegenseitig mit ihren Stricknadeln in die Seiten und achteten darauf, dass sich kein Kind aus einem anderen Block hierher verirrte, um etwa Turngerät zu benutzen, auf das es kein Anrecht hatte.

Auf der anderen Seite des Hofes befand sich ein billiger Supermarkt. Alle Frauen der Siedlung kauften dort ein. Lotti setzte ihre Sonnenbrille auf und löste die Bremsen des Kinderwagens mit dem Fuß.

«Auf geht's», sagte sie mehr zu sich selbst als zu Serafina, die sich vertrauensvoll am Zipfel ihres Morgenrocks festhielt. Sie hatte den Kinderwagen schon verkauft, als sie feststellte, dass sie wieder schwanger war. Der Kinderwagen!, war ihr erster Gedanke. Heimlich hatte sie ihn verkauft, ihrer Schwägerin, die Ehemänner durften nichts davon wissen. Lotti hatte das Geld ganz gut brauchen können. Schon damals waren die leeren Nachmittage nicht mehr mit den Mitteln, die ihr Mann ihr zur Verfügung stellte, auszufüllen. Doch dann war sie wieder schwanger geworden, und sie hatte den Wagen zurückkaufen müssen. Dabei war es herausgekommen. Ihr Mann hatte getobt. «Du hast mich vor meiner Familie unmöglich gemacht! Soll mein Bruder etwa denken, ich gebe dir zu wenig Taschengeld? Gibt es irgendetwas, das dir fehlt? Schau dich doch einmal an! Du hast mehr Geld auf deinem Leib, als andere in einem halben Jahr verdienen! Kannst du mir sagen, wofür du Geld brauchst?»

Das konnte sie nicht.

«Überhaupt habe ich den Kinderwagen bezahlt», knurrte ihr Mann abschließend, «er gehört dir streng genommen gar nicht, du kannst ihn also auch nicht weiterverkaufen.»

So hatte sie das noch nie gesehen. Aber wahrscheinlich hatte er recht. Über diesem Gedanken wurde ihr übel, und das beendete die Diskussion. Ihr Würgen und Spucken erinnerte ihren Mann daran, dass sie in anderen Umständen war, dass sie Schonung brauchte, dass es diesmal ja vielleicht ein Junge würde. Er einigte sich dann mit seinem Bruder, unter Männern, und beide Frauen wurden wenig später mit einem Seidenfoulard und einem Essen im Restaurant besänftigt.

«Pass eine Minute auf das Baby auf», sagte sie zu Serafina, «ich bring dir dann auch etwas mit aus dem Laden.»

Das Mädchen zog schmollend die Lippen herunter, setzte sich auf die Stufe vor dem Ladenlokal und wippte mit einer Hand den Kinderwagen.

«Nicht so wild, du schüttelst ihn noch heraus!»

Serafina kicherte. Lotti war sich bewusst, dass sie von den Frauen auf der anderen Seite des Hofes beobachtet wurden. Das hatte den Vorteil, dass den Kindern nichts passieren würde. Immer die positive Seite sehen, ermahnte sie sich, zog den Gürtel ihres Morgenmantels fester und trat entschlossen vor die automatische Schiebetür. Sie war so klein und gewichtslos, dass die Tür nicht immer auf sie reagierte. Sie musste fest auftreten, manchmal sogar ein- bis zweimal auf und ab hüpfen, unter den Augen der selbstgerechten Hausfrauen. Das Leben behandelte sie oft strenger als unbedingt nötig.

Lotti erledigte ihre Einkäufe und befestigte für alle Fälle einen Zettel an der Ladentür: «Erfahrene Tagesmutter hat noch ein bis zwei Plätze frei.»

Rosa, die Kassiererin, beobachtete sie nachdenklich.

«Der wird in null Komma nichts wieder heiraten», prophezeite sie. Sie stützte das Kinn in die Hand und blickte verträumt an Lotti vorbei, fast sah sie sich selber in der Rolle der Braut.

«Haben Sic ihn schon gesehen?»

Rosa beugte sich vertraulich vor.

«Heute Morgen war er hier, gleich um halb neun.»

«Und?»

«Dreilagen-Klopapier, ungebleicht», flüsterte sie, «Gourmetteller, tiefgekühlt, und zwei Flaschen Wein, den für 17,50.»

Lotti nickte anerkennend. Dieser Wein wurde sonst nur vor hohen Feiertagen gekauft. Der Mann hatte Stil. Und Geld, jedenfalls für die Verhältnisse hier. Die Kassiererin hatte wohl recht, der würde nicht lange bleiben. Die Frage war, wie er überhaupt hierhergekommen war.

«Seine Frau hatte ihn verlassen, das Bankkonto geplündert, den Wagen mitgenommen, sogar den Kühlschrank hat sie noch geleert, bevor sie ging. Ich sage dir, die hat ihm nichts gelassen, gar nichts – außer den Kindern natürlich!»

Elma, die Mutter von Serafina, war kurz vor dem Mittagessen aufgetaucht. Sie trug gestreifte Leggings und ein übergroßes T-Shirt mit der Aufschrift I'M NOT PREGNANT, I'M FAT. Elma war Ende dreißig, schön und etwas ungepflegt, mit einem Kater, der dem von Lotti in nichts nachstand.

«Ich gehe heute nicht zur Arbeit», hatte sie gesagt, «ich glaube, ich mache einen Spaziergang mit Serafina ... Oh, wolltet ihr gerade essen? Spiegeleier? Ich liebe Spiegeleier!»

Lotti hatte ihr drei gemacht, scharf gewürzt, dazu ein Alka Seltzer im Glas.

«Woher weißt du denn das alles», fragte sie, denn Elma schien noch nicht einmal richtig wach zu sein.

«Ich habe ihn gesehen, heute Morgen.»

«Heute Morgen? Warst du schon einmal auf?»

«Na ja, ich bin doch erst ... ich bin erst gegen sieben nach Hause gekommen», murmelte Elma, «da stand der Umzugswagen schon vor dem Block, na ja, und dann hab ich ihm einen Kaffee hinuntergebracht, ich meine, ich musste ja sowieso einen machen, für mich, oder?» Lotti staunte. «Und dann hat er dir gleich sein ganzes Leben erzählt?»

«Ach, nur so andeutungsweise, ich meine, das ist nicht etwas, das du jedem gleich erzählst, aber ich habe ihn schon verstanden, schließlich habe ich das ja alles auch durchgemacht ...»

Sie hob Serafina auf ihren Schoß, die unwillig zappelte. Elmas Augen röteten sich. Sie war noch nicht lange geschieden. Dani und Mauro hatten Messer und Gabel hingelegt. Sie beobachteten sie genau. Als die erste Träne über Elmas Wange rollte, warf Mauro die Arme in die Luft.

«Gewonnen!», schrie er, und Dani suchte unter großem

Aufwand ein Fußballerbildchen aus der Hosentasche, das er ihm gab.

«Immer dasselbe», knurrte er, «so macht's also wirklich keinen Spaß!»

«Esst, Kinder», mahnte Lotti, «ihr müsst bald wieder los.»

«Kann ich Ketchup haben?»

«Vor deiner Nase.»

«Elma, wenn du das nächste Mal über Nacht wegbleiben willst, sag mir doch Bescheid, dann pass ich auf die Kleine auf.»

«Aber Lotti! So etwas weiß man doch nicht im Voraus.»

«Oh.»

Wieder legten die Buben Messer und Gabel hin. Lotti runzelte die Stirn. Elma ließ ihre Haare wie einen Vorhang über das Gesicht fallen und entschuldigte sich.

«Es wird alles anders werden», sagte sie.

«Aha.» Das hatte Lotti schon einmal irgendwo gehört.

«Übrigens habe ich ihm gesagt, du würdest seine Kinder über Mittag zu dir nehmen, sie gehen ja schon zur Schule, sie machen keine Mühe.»

«Keine Mühe, keine Mühe!»

Lotti schenkte sich einen Sherry ein. Mit dem Glas in der Hand ging sie in der Küche auf und ab. Dann trank sie in einem Zug aus und setzte sich wieder. «Du hast vielleicht Ideen!»

«Du wirst doch nicht nein sagen?» Elma schaute ängstlich.

«Was ist, wenn ich nein sagte?»

Lotti wusste, dass sie nicht nein sagen würde. Und Elma wusste es auch.

«Es ist bestimmt für alle am besten so, meinst du nicht auch?»

Lotti meinte das nicht. Ganz im Gegenteil.

«Zeit für die Schule», sagte sie zu den Jungen und stand auf, um den Tisch abzuräumen. Das Geschirr schien auf dem glatten Plastiktischtuch wegzurutschen, wenn sie danach greifen wollte, zwei-, dreimal passierte das. Die Kinder beobachteten sie gespannt.

«Diesmal hab aber ich gewonnen», sagte Dani, als Lotti die Teller im Spülbecken gestapelt hatte, ohne einen fallen zu lassen. Mauro gab ihm das Fußballerbildchen wieder zurück.

«He, Mann, das gilt doch nicht!» Wütend ging Dani auf seinen jüngeren Bruder los. Rempelnd und schubsend verschwanden sie im Treppenhaus.

Elma saß zusammengesunken auf ihrem Stuhl und starrte ins Leere. Ihre dunklen Haare hingen traurig. Ihre Hände lagen im Schoß.

«Hast du im Büro angerufen», wollte Lotti wissen.

«Ja, ich habe mich krankgemeldet.»

«Pass bloß auf, dass du diese Stelle nicht auch wieder verlierst.»

Elma richtete sich auf. «Vielleicht brauche ich sie ja bald nicht mehr!»

Elma hatte die Scheidung nicht gewollt, sie hatte den Job nicht gewollt, und die Wohnung in der Siedlung für sozialen Wohnungsbau schon gar nicht. Seit sie hier wohnte, seit mehr als einem Jahr, hatte sie sich jeden Tag ein bisschen mehr fallenlassen. Heute sah sie zum ersten Mal Licht. Ein Mann! Direkt vor ihrer Nase! Sie konnte ihn ansprechen! Sie konnte ihn berühren! Sie konnte ihn heiraten! Sie würde seinen Kindern eine gute Mutter sein, sie würde Vorhänge nähen und schmackhafte Gerichte aus Resten kochen, um Haushaltsgeld zu sparen, sie würde alles tun, um hier rauszukommen. Lotti schüttelte den

Kopf. Sie sagte nichts. Was sollte sie schon sagen? Schätzchen, du bist nicht die Einzige hier, die ihn heiraten will.

Einen knappen halben Tag war er erst hier, und schon drehten die ersten Frauen durch. Vielversprechend.

Elma stand auf. «Komm, mein Schatz, wir gehen in den Zoo!» Sie streckte die Hand aus. Serafina ergriff sie resigniert und steckte sich den anderen Daumen in den Mund.

«Eine Mutter muss sich Zeit nehmen für die Kinder, Arbeit hin oder her, ist es nicht so?» Lotti antwortete nicht. «Ich wollte ja nie arbeiten», fuhr Elma trotzig fort, «ich finde einfach, ein Kind braucht seine Mutter!»

«Will keine Mama», sagte Serafina, «will mit Lotti!»

Vom Küchenfenster aus beobachtete sie Elma und Serafina, die Hand in Hand zur Straßenbahn gingen. Es war nicht ganz klar, wer sich an wem festhielt. Lotti, die versprochen hatte, einen Kuchen zu backen, erkannte, dass es über ihre Kräfte gehen würde. Sie würde Dani zum Bäcker schicken müssen, wenn er aus der Schule kam. Unterdessen könnte es nicht schaden, noch einen kleinen Schluck zu nehmen. Als es klingelte, war die Flasche beinahe leer, sie hielt sie am Hals und ging zur Tür.

«Mein Name ist Zeno Held», sagte er, «darf ich Sie einen Moment stören?» Höflich war er und leise, Lotti schätzte das. Trotzdem sah sie an seiner ausgestreckten Hand vorbei, als sie die Tür ganz öffnete.

«Dann kommen Sie halt herein.»

«Ich möchte wirklich nicht …»

«Schon gut.» Einmal musste es ja sein. Sie setzte sich in ihren Sessel. Er blieb stehen, schaute sich um, stellte sich vor, wie seine Kinder an diesem Tisch sitzen und Schulaufgaben machen würden, wie sie vom Sofa aus fernsehen oder auf dem dunkelroten Teppich liegen und Bonbons lutschen würden.

«Hmmm», machte er.

Sie konnte gut verstehen, dass ihm das nicht so ganz zusagte. Wahrscheinlich war er eine andere Umgebung gewohnt. «Man hat mir gesagt, dass Sie Tagesmutter sind», murmelte er und schaute sich um, ob irgendwo ein Kind zu sehen wäre. Wie auf Stichwort fing nun Rocky an zu krähen. Er wollte seine Flasche. Ihr ging es nicht anders.

«Einen Augenblick, bitte.» Lotti stand auf und schob den Kinderwagen in die Küche. Sie stellte die vorbereitete Flasche in den Flaschenwärmer und schaltete ihn ein. Während die Milch-Getreide-Mischung aufgeheizt wurde, leerte sie die Sherryflasche. Wegen der paar Tropfen.

Zeno Held räusperte sich vom Türrahmen aus. «Ich … ich will ja nicht unhöflich sein, aber …»

Lotti dreht sich um.

«Hören Sie», sie zeigte mit dem Hals der leeren Sherryflasche auf ihn, «hören Sie, ich reiße mich nicht darum, Ihre Gören aufzunehmen, wirklich nicht. Aber wenn es sein muss, dann muss es eben sein. Aber fangen Sie bloß nicht an, hier herumzunörgeln. Sie sind nicht der Einzige, der einen anderen Lebensstil gewohnt ist, stellen Sie sich mal vor!»

Überrascht von der langen Rede, hatte Rocky aufgehört zu quengeln. Der Flaschenwärmer piepste, bevor Held etwas entgegnen konnte. Stattdessen tat er das einzig Angemessene. Er ging eine neue Flasche Sherry besorgen.

Es ist schon angenehm, so mit einem Mann im Wohnzimmer zu sitzen, dachte Lotti. Sie hatte ganz vergessen, wie das war. Geduldig hörte sie ihm zu. Er redete von seiner Arbeit, von seiner Frau, von seiner Sicht der Welt.

Er redete ununterbrochen. So ist das eben mit Männern, dachte Lotti. Auch das hatte sie vergessen.

Held war ein Opfer seiner Zeit, so drückte er sich aus. Opfer einer Zeit, in der die Familie keinen Wert mehr darstellte, in der Frauen nur ein Ziel kannten, nämlich, sich selber zu verwirklichen, einer Zeit, in der ein pflichtbewusster Familienvater ein wandelnder Witz war, auf dem man eine Weile herumkauen und den man dann ungestraft ausspucken konnte.

«Meine Güte», sagte Lotti, «ich glaube, ich nehme noch einen Schluck. Einen ganz kleinen nur, danke.»

Und dabei hatte er gedacht, seine Frau wäre anders. Heute wusste er es besser. Die Frauen waren alle gleich. Verzeihung, Frau Lotti, Anwesende natürlich ausgenommen, aber wissen Sie, Frauen wie Sie gibt es heutzutage ja nicht mehr.

Lotti streckte ein Bein aus und ließ kokett den Pantoffel auf der Fußspitze tanzen. Mit einem Lächeln ermunterte sie ihn weiterzusprechen.

Sophie arbeitete in einem Blumengeschäft. Sie war jung und hatte rundliche, rosige Wangen, die manchmal dunkelrot leuchteten. Er kaufte bei ihr die Blumen für seine Gefährtin (so nannte man das in seinen Kreisen). Sie war eine Kollegin, ein paar Jahre älter, ehrgeizig, anspruchsvoll, mit Absätzen einen halben Kopf größer als er. Sie hatte diese Beförderung angenommen, obwohl sie wusste, dass regelmäßige Dienstreisen damit verbunden waren. Es musste ihr doch klar sein, dass er das nicht schätzte, abends in eine leere Wohnung zu kommen, ganz abgesehen davon, dass der Posten viel eher ihm zugestanden hätte. Also fing er an, hier und da herumzumachen – ja bitte, wenn sie dauernd unterwegs war! Sophie band die

Blumen für die verschiedenen Damen. Immer dieselben langstieligen roten Rosen. Manchmal nahm er nur eine, das war nicht nur billiger, sondern irgendwie auch bedeutungsvoller.

Sophie fand das auch. Eines Tages bat er sie halb flirtend um ihre Meinung, fragte sie, welche Blumen sie sich denn wünschen würde von einem Mann. Sie wurde rot und murmelte, sie fände diese samtfarbenen Rosen scheußlich, ihr gefielen nur Wiesenblumen, aber die gäbe es in keinem Laden zu kaufen, allerhöchstens auf dem Wochenmarkt. Dann fing sie an zu kichern, hilflos hielt sie sich eine Hand vor den Mund.

Held machte eine Pause, um zu sehen, ob Lotti die Bedeutung dieses Augenblicks erkannt hatte, ob sie sich der Symbolik bewusst war. Rote Rosen für erfahrene Frauen, ehrgeizige Frauen, schlechte Frauen. Wiesenblumen für die bescheidene Frau, unschuldige Frau, gute Frau. Lotti nickte ernst. Ganz blöd war sie ja nun auch wieder nicht.

Lange Rede, kurzer Sinn, er holte also den Wiesenblumenstrauß auf dem Markt. Er hatte mit dem Gedanken gespielt, am Sonntag aufs Land hinauszufahren und die Blumen eigenhändig zu pflücken, aber es hatte das ganze Wochenende geregnet. Also hatte er die Blumen auf dem Wochenmarkt gekauft und ihr am Montag ins Geschäft gebracht, morgens um neun, gleich bei Ladenöffnung. Um diese Zeit war allerdings auch der Geschäftsinhaber anwesend, der das gar nicht schätzte. Blumen, die nicht bei ihm gekauft worden waren! Ganz abgesehen davon, dass sie sein Angebot blass und künstlich wirken ließen, hatte er Sophie schon länger als mögliche Schwiegertochter ins Auge gefasst. Doch das konnte Held natürlich nicht wissen. Der Geschäftsinhaber ging böse auf das Mädchen los. Da regte sich etwas in Held, und als sie ihn halb hilflos, halb entschuldigend über die Schulter hinweg ansah, war es schon passiert. Er warf seine Kreditkarte auf den Ladentisch, nahm Sophie bei der Hand und zog sie aus dem Geschäft. Und wenig später heirateten sie, denn das ewige Zusammenleben hatte er gründlich satt, und Sophie war auch schon schwanger. Sie wollten viele Kinder, und sie wollten sie möglichst bald. Sophie wollte sie bald, sollte das heißen, denn für ihn als Mann kam es ja nicht so darauf an, nicht wahr.

«Eine wunderschöne Geschichte», sagte Lotti, «wirklich. Ich könnte Ihnen stundenlang zuhören, aber leider …»

Nur mühsam rappelte Held sich auf. Er machte ein langes Gesicht. Das war doch erst die Einleitung gewesen, das Schlimmste kam doch erst, die Veränderung, der Verrat, der Bruch. Das wusste Lotti natürlich auch, aber sie wollte ihn nicht in der Wohnung haben, wenn Elma zum Kaffee kam oder eine der anderen Frauen vorbeischaute, sie würden sich früh genug auf ihn stürzen. Da musste sie nicht unbedingt noch Beihilfe leisten.

«Sie werden mir das ein andermal erklären», sagte sie. Und dann fing Rocky an zu krähen, aber richtig, und Held musste einsehen, dass es wirklich das Beste wäre, wenn er jetzt ginge.

Als ob sie es gerochen hätten, dachte Lotti später, als alle um ihren Tisch saßen, Elma, die mit Serafina an der Hand förmlich durch den Zoo gerannt sein musste, Natalie, die sich offensichtlich erinnert hatte, dass der Abendverkauf normalerweise donnerstags stattfand und nicht dienstags, Cristina von gegenüber, die sonst immer als Letzte kam, Rosa von der Supermarktkasse, sogar Frau Meierhans war mit einem selbstgebackenen Kuchen aufgetaucht und hatte Lotti so aus der Verlegenheit geholfen. Sie saßen um Lottis runden Tisch, schnatterten wild durcheinander, fuhren mit den Händen durch die Luft, ihre Haare knisterten, ihre Augen glänzten, und was die Kinder machten, war ihnen ganz und gar egal.

Lotti stand auf und befreite Rocky von einem behelfsmäßigen Marterpfahl, kurz bevor dieser in Brand gesteckt wurde.

«Raus mit euch, verschwindet!» Sie scheuchte die Kinder in den Flur hinaus, wo sie eine Autorennbahn aufgebaut hatten. Doch sie lungerten weiter in der Nähe der Tür herum und beobachteten ihre Mütter verstohlen. So hatten sie sich noch nie aufgeführt. Sie würden sie besser nicht aus den Augen lassen. Denn irgendetwas stimmte da ganz und gar nicht.

Es liegt ein Mann in der Luft, dachte Lotti.

2

Liebe Frau Donata

mein Mann schlägt mich. Mein Mann schlägt mich. Mein Mann schlägt mich.

Nein. Das nicht. So eine bin ich nicht.

An die Hausverwaltung:

Sehr geehrte Herren!

Als langjährige und zuverlässige Mieterin (was man nicht von allen sagen kann, wie Sie selber am besten wissen) habe ich wohl noch das Recht, meine Meinung zu sagen. Also, warum werde ich dann nie weiterverbunden, möchte ich wissen? Sie wissen sehr gut, worum es geht, darum sage ich jetzt nichts mehr. Nur ein Wort:

Treppenhausreinigung! Es ist Ihre Aufgabe, gewisse Leute zur Ordnung zu rufen und die Rechte der anständigen Mieter zu schützen. Sie wissen schon, was ich meine.

An die Kreispostdirektion:

Sehr geehrte Herren,

es geht um den Briefkasten 13, Block C, Steinbrecherstraße 7. In den vergangenen vierzehn Tagen habe ich:

- keinen einzigen Gratisanzeiger und insgesamt nur 2 × die Tageszeitung erhalten
- 4 × überhaupt keine Post bekommen
- 5 × erst nach dem Mittagessen, davon
- 3 × Post, die gar nicht an mich adressiert war

Ich habe die Briefe natürlich an die rechtmäßigen Empfänger weitergeleitet, aber wird das umgekehrt für mich auch getan? Das wird es eben nicht! Sie wissen, wie es hier zu- und hergeht. Ihre Angestellten werden sich nicht gerade darum reißen, in unserer Siedlung die Post auszutragen, und manche Briefkästen sind ja wirklich eine Zumutung mit diesen unverschämten Aufklebern. Außerdem sind sie schmutzig und werden oft wochenlang nicht geleert. Ich muss Ihnen wohl nicht sagen, wen ich damit meine. Aber warum müssen rechtschaffene Bürger wie wir, die jede Woche ihren Briefkasten mit Seifenlauge auswaschen und danach einfetten, dafür büßen? Ich frage ja nur.

An die Abteilung Leserbriefe:

Wegen diesem Artikel über Tagesschulen, den Sie letzte Woche gebracht haben: Ich bin ja sonst nicht so, dass ich überall meinen Senf dazugeben würde, aber da kann ich als Mutter nicht schweigen! Sie können das ja nicht wissen, Sie sind ein Mann, aber Sie hätten sich ja erkundigen können. Das Mittagessen! Das Mittagessen im Familienkreis! Hat Ihnen niemand gesagt, wie wichtig das ist? Ein schön gedeckter Tisch, ein anständiges Essen, eine Mutter, die zuhört. Das wollen Sie einfach abschaffen? Wollen Sie den kompletten Zerfall der Familie, wo die Familie doch die letzte Festung der guten Sitten ist? Wollen Sie das? Was soll aus diesen Kindern werden, frage ich, die über Mittag unbeaufsichtigt herumlungern, die Pommes frites mit Ketchup und andere Schweinereien essen und keine Tischmanieren lernen? Ich kann Ihnen sagen, was aus denen wird. Ich wohne nämlich in der Siedlung Steinbrecherstraße, die man auch den «Steinbruch» nennt, und nicht umsonst. Bestimmt die Hälfte aller kriminellen Jugendlichen der ganzen Stadt kommt von hier. Und warum? Weil die Mütter nicht auf ihre Kinder schauen. Es gibt Frauen, die überlassen ihre Kinder lieber einer stadtbekannten Alkoholikerin, als sich selber um sie zu kümmern. Und dann wundern sie sich! Es ist nicht einfach, in dieser Umgebung die Kinder zu anständigen Menschen zu erziehen, das kann ich Ihnen sagen. Aber wir versuchen es wenigstens, Frau Weber, Frau Schweri und ich.

Liebe Frau Donata,

ich schreibe Ihnen nicht meinetwegen, weil ich eigentlich gar kein Problem habe, oder wenn ich eins hätte, würde ich es nicht die halbe Stadt wissen lassen. Nicht so, wie manche andere. Wenn ich da an Ihre Seite vom letzten Freitag denke, also ich würde mich ja in Grund und Boden schämen, wenn meine Nachbarinnen plötzlich in der Zeitung lesen könnten, dass mich mein Mann nicht befriedigt. Wahrscheinlich deshalb haben Sie das Kennwort eingeführt. Damit man nicht erkannt wird im Nachhinein. Aber so ein Kennwort sagt ja auch einiges. Die Geschichte von dieser unglücklichen Frau zum Beispiel würde gut auf eine meiner Nachbarinnen passen, aber KALTES KISSEN, das nicht. Unmöglich. Wenn es jetzt zum Beispiel HEIMLICHE TRÄNEN IN DER NACHT geheißen hätte oder so etwas, dann hätte ich sofort gedacht, das kann doch nur unsere Frau Huber sein, und von dem Tag an hätte ich ihren Mann schief angesehen. Aber das tue ich eigentlich ohnehin.

Wie ich diesen Brief unterschreiben soll, habe ich mir, ehrlich gesagt, noch nicht überlegt. Vielleicht BEUNRUHIGTE BÜRGERIN. Es geht um Folgendes: Bei uns in der Siedlung ist ein Mann eingezogen. Er hat zwei schulpflichtige Kinder und keine Frau. Die Frau ist ihm abgehauen, nachdem sie das Haus niedergebrannt hat, denn vorher haben sie in einer guten Gegend gewohnt, und das merkt man auch heute noch. Sie passen überhaupt nicht hierher. Es ist nur eine Frage der Zeit, bis sie hier kaputtgehen, die Kinder zuerst, nehme ich an. Die Mutter kümmert sich auch jetzt um gar nichts, soviel ich weiß, kommt sie nicht einmal an den abgesprochenen Wochenenden vorbei. Und der Vater muss natürlich arbeiten. Was soll aus diesen unglückseligen Geschöpfen nur werden?, frage ich Sie. Da bringt er sie doch tatsächlich zu dieser sogenannten Tagesmutter (die aber bestimmt keine offizielle Bewilligung hat, wenn Sie das vielleicht nachprüfen wollen). Und dies, obwohl wir ihn alle gewarnt haben, Frau Weber, Frau Schweri und ich. Ich habe ihm sogar angeboten, die Kinder selber zu nehmen, obwohl das meinem Mann bestimmt nicht recht gewesen wäre. Ich verstehe nicht, dass er die Kinder lieber zu dieser alten Frau bringt, die Tag und Nacht im Morgenmantel herumläuft. Dass die Kinder keine Angst vor ihr haben! Man sagt, es sei einmal ein Kind ertrunken, weil sie nicht aufgepasst hat, wahrscheinlich war sie betrunken, das war aber, bevor sie hierhergezogen ist. Wahrscheinlich haben Frau Weber und Frau Schweri ihm dasselbe Angebot gemacht wie ich, kein Wunder, dass er sich zurückgezogen hat, diese Frauen können aber auch aufdringlich sein!

Was ich mich frage, ist, wie weit kann ich gehen, um diesen armen Kindern die Mutter zu ersetzen? Ich meine, irgendjemand muss es ja tun, aber könnte man nicht auf falsche Gedanken kommen? Der Mann wohnt allein, und wenn ich da ein und aus gehe, wird man nicht schlecht über mich denken? Das wäre mir natürlich sehr unangenehm, aber andererseits muss man dem armen Mann doch auch das Vertrauen in das weibliche Geschlecht zurückgeben, denn sonst wird er nie wieder heiraten. Ich könnte es ihm auch nicht verdenken, nach allem, was er durchgemacht hat, aber für die Kinder wäre es eben das Beste. Ich selber habe ja den Ernst, seit fast zehn Jahren, sonst würde ich ihn schon nehmen, den neuen Nachbarn.

Er wird wohl nicht lange hierbleiben, aber ich wollte ja nur wissen, ob es in Ordnung wäre, wenn ich ihm ein wenig weiblichen Trost zukommen lassen würde. Rein aus Nächstenliebe.

Liebe Frau Donata!

Ich bin eine ganz normale Hausfrau und Mutter. In wenigen Wochen erwarte ich mein drittes Kind. Ich hoffe wirklich, dass es diesmal ein Mädchen wird. Meine beiden Söhne sind viereinhalb und sechs Jahre alt. Voriges Jahr hatte ich eine Fehlgeburt im fünften Monat. Man sagte mir, dass es wieder ein Junge gewesen wäre. Diesmal wird es vielleicht ein Mädchen, weil mein Bauch viel dicker ist, mehr rundherum dick, man sagt ja, das sei ein Zeichen, dass es ein Mädchen wird. Bei einem Jungen steht der Bauch mehr so spitz nach vorne. Wieso eigentlich, frage ich mich. Liegen die Mädchen anders im Bauch? Meinem Mann gefällt es nicht, dass ich so dick geworden bin. Er sagt, es sei ja nicht zum Anschauen. Dabei bin ich nie schlank gewesen. Früher hat er immer gesagt, an einer richtigen Frau muss etwas dran sein. Zum Anfassen. Nur fasst er mich jetzt nie mehr an. Eigentlich schon länger nicht. Und seit man es sieht, schon gar nicht. Kann es sein, dass ihm ein drittes Kind zu viel ist? Aber er hat doch immer gesagt, er wolle eine große Familie haben. Mindestens drei Kinder. Und er war so traurig letztes Jahr, als wir unser Baby verloren haben, fast hätte er geweint. Natürlich geht es ins Geld, aber ich tue wirklich mein Bestes. Es gibt wohl keine Frau in der Siedlung, die mit so wenig auskommt, ohne dass man etwas merkt. Aber das heißt nicht viel, und wenn Sie die anderen Frauen kennen würden, wüssten Sie schon, wie ich das meine. Die meisten sind einfach Schlampen. Unverheiratete Frauen, Sie wissen, was ich meine, solche, die sich einbilden, sie könnten ein Kind allein aufziehen. Und dann noch arbeiten. Ich würde niemals arbeiten gehen! Mein Mann ist ganz und gar dagegen und ich auch. Wüsste ja auch gar nicht, was. Habe nichts gelernt. Habe halt immer schon gewusst, dass ich eine richtige Familie haben wollte. Möglichst bald. Mein Mann und ich, wir haben uns auf einer Hochzeit kennengelernt. Ist das nicht lustig? Ich dachte mir gleich, dass er es ist, derjenige, welcher, Sie verstehen schon. Das Gute daran, wenn man sich auf einer Hochzeit kennenlernt, ist, dass man automatisch auf das Thema zu sprechen kommt. Wenn einer ganz und gar gegen das Heiraten eingestellt ist, merkt man das sofort. Aber mein Mann ist nicht so, und obwohl wir noch sehr jung waren, und, um die Wahrheit zu sagen, er ist sogar noch zwei Jahre jünger als ich, waren wir uns sofort einig. Was die Familienfrage angeht. Unsere Hochzeit sollte die nächste sein, das haben wir erst nur so im Scherz gesagt, aber darunter war es ernst. Das ist eben der Vorteil, wenn man nicht so hübsch ist, wie man sollte, meine Mutter hat immer gesagt: «Also bei dir kann man wenigstens sicher sein, dass keiner unehrenhafte Absichten hat!» Wieso auch! Aber Ernst, das ist mein Mann, der hat zu mir gesagt, ich hätte schöne Hände, er hat sie so genommen und gehalten und hin und her gedreht, und dann hat er gesagt: «Du hast so wunderschöne Hände, Marion, diese Hände sind nicht zum Arbeiten gemacht!» Damals habe ich nämlich noch gearbeitet, hinter der Fischtheke im Supermarkt, ich sage Ihnen, für jemanden, der Fisch nicht ausstehen kann, den Geruch bringen Sie also nie mehr weg. Und dann hat er mir einen Ring gekauft und angesteckt und gesagt, er wolle dafür sorgen, dass sich diese Hände nicht mehr abschinden müssen. Und dass sie abends nicht mehr nach Fisch riechen, natürlich. Liebe Frau Donata, bitte verzeihen Sie mir, wenn ich Ihnen den Rest ein andermal erzähle, jetzt, wo ich mich an alles wieder erinnere, wird mir ganz seltsam zumute, weil jetzt ist alles anders, so etwas Nettes würde er schon lange nicht mehr sagen. Wenn ich nicht aufpasse, fange ich noch an zu weinen. Gut, das hat noch niemandem geschadet, aber eigentlich wollte ich noch ein Brot backen für morgen. Bei der Gelegenheit könnte ich gleich noch einen Laib mitbacken für unseren neuen Nachbarn, von dem ich Ihnen bereits erzählt habe. Würde mich jetzt besser an die Arbeit machen!

3

Rosa saß auf ihrem Drehstuhl an der Kasse und versuchte zu beten. Sie hatte in schweren Zeiten zu Gott gefunden und eine Sekte gegründet, DIE UNTERIRDISCHEN BRÜDER (UND SCHWESTERN). Heimlich natürlich. So etwas war wahrscheinlich verboten. Aber was konnte sie dafür, dass sie eine Erleuchtung gehabt hatte? Die hatte sie schließlich nicht bestellt! Eines Abends, als sie gerade ein paar Flaschen Bier aus ihrem Kellerabteil holte, um sich durch das Fernsehprogramm des Abends zu trinken, schien ihr ein helles Licht entgegen, so hell, dass sie die Augen zukneifen musste. Als sie sie wieder öffnete, trat ein Engel aus dem Mottenschrank. Er trug einen ganz gewöhnlichen, eher schäbigen Straßenanzug, aber am Heiligenschein erkannte sie ihn eindeutig. «Du sollst meine Stimme sein», hatte der Engel gesagt. Und aus war's mit der Einsamkeit. Und der Trinkerei. Engel Jeremy, den sie bald schon beim Vornamen nannte, gab ihr regelmäßig neue Gedanken, Regeln und Gebete ein, die sie abends um zehn in ihrem Kellerabteil verkündete. Die Teilnehmerzahlen waren allerdings eher rückläufig. Manchmal stand sie ganz allein vor den Regalen, in denen jetzt nur noch alkoholfreie Getränke lagerten. Hin und wieder tauchten ein paar verwirrte Jugendliche auf, die eines der leerstehenden Kellerabteile benutzten, um Drogen zu rauchen oder sich sonst wie zu vergnügen. Von ihrer Stimme angezogen, taumelten sie ihr entgegen, und die meisten blieben ihr treu.

Vielleicht könnte sie mehr Brüder (und Schwestern) bei der Sache halten, wenn sie ihnen Drogen verabreichte, dachte Rosa nicht zum ersten Mal. Aber Engel Jeremy vertrat in dieser Sache eine eindeutige Meinung. Und wer war sie, einem Engel zu widersprechen? Rosa dachte über die Predigt nach, die sie heute Abend halten wollte. Sie wollte über das Fernsehen sprechen. Ein heikles Thema. Ihrer Überzeugung nach war es möglich, über das Gerät Gottes Stimme zu empfangen. Dies erforderte allerdings einige Übung und Konzentration. Wie sollte sie diese wichtige Botschaft in Worte fassen, ohne zu riskieren, dass die spärlichen Brüder (und Schwestern) von nun an Abend um Abend vor dem Fernseher saßen, statt mit ihr zu beten? Sich möglicherweise vom jeweiligen Programm derart hinreißen ließen, dass sie vergaßen, auf die göttliche Botschaft zu achten? Stattdessen der Fernsehsucht verfielen (einem Übel, von dem sie selber erst durch Jeremys unerwartetes Erscheinen erlöst worden war)? Vielleicht würde sie einfach behaupten, dass Gott nur auf dem Ameisenkanal zu hören war. Was allerdings gelogen wäre, und auch in diesem Punkt nahm Jeremy eine eindeutige Haltung ein.

Rosa konnte sich nur schlecht konzentrieren. Immer wieder wurde sie abgelenkt. An der Kasse hatte sie einen Motorradrückspiegel befestigt, sodass sie ab und zu einen Blick nach hinten ins Ladenlokal werfen konnte. Heute hielten sich die Frauen auffallend lange zwischen den Regalen auf. Frau Meierhans, Frau Schweri und Frau Weber. Die Aufrechten Drei von der Hausfrauenfront, wie Rosa sie nannte. Sie unterhielten sich über den neuen Nachbarn, den Mann. Sie hatten offenbar nicht vor, den Laden zu verlassen, bevor er auftauchte. Irgendwann musste er ja auch einmal einkaufen. Er tat Rosa jetzt schon leid.

«Ich habe ihm gestern eine Kleinigkeit vorbeigebracht»,

hörte sie Frau Meierhans sagen. «Der arme Mann war ja halb verhungert!»

Die anderen Frauen schwiegen einen Moment voller Groll. Sie hatten den Mann noch nicht kennengelernt.

«Ich hoffe nur, es war kein Bauerntopf», giftete Frau Schweri, nachdem sie sich so weit gefasst hatte, «du weißt ja, dass man von dem immer Sodbrennen bekommt.»

«Das ist doch überhaupt nicht wahr! Mein Mann zum Beispiel isst ihn sehr gern.»

«Ja, das glaube ich sogar.»

«Was soll das denn wieder heißen?»

In diesem kritischen Moment kam die kleine Frau Huber dazu, eine grauhaarige Person in Kittelschürze und Gummischuhen. Sie unterbrach den Hausfrauenstreit, denn schließlich wollte sie viel lieber hören, wie sich der Mann eingerichtet hatte, ob er Ordnung hielt, ob Fotos von seiner Frau herumstanden, ob die Kinder geweint hatten. Frau Huber war romantisch veranlagt und leicht zu Tränen zu rühren. Zeitschriften wie WAHRE LIEBE und MEIN SCHICKSAL wurden ihr monatlich ins Haus geliefert. Sie las sie gewissenhaft von vorne bis hinten und zog keinen Buchstaben in Zweifel. Noch lieber dachte sie allerdings über das Liebesleid real existierender Persönlichkeiten wie Prinz Charles, Liz Taylor, Caroline von Monaco oder ihrer Nachbarinnen nach. Leider hatten diese Romantik und Leidenschaft vor langer Zeit schon eingekocht und luftdicht verschlossen eingelagert. Frau Huber maßte sich an, das zu beurteilen.

Sie besaß ein kleines, aber leistungsfähiges Fernglas, mit dem sie über den Hof und in die gegenüberliegenden Wohnungen schauen konnte. Vorausgesetzt, es hingen keine Gardinen. Den einen oder anderen kleinen Skandal hatte sie bereits aufgedeckt. Lottis Trinkerei, Natalies Herrenbesuche, Rosas heimliche Messen, die Tatsache, dass Elma oft tagelang im Bett liegen blieb, ohne sich um ihr Kind zu kümmern. Alles in allem nichts besonders Interessantes. Von den Leuten, die keine Gardinen hatten, konnte man ja nichts anderes erwarten. Wirklich aufregend wäre, wenn ihre Nachbarin Marion Meierhans mit dem Briefträger durchbrennen würde. Aber so weit käme es wohl kaum jemals. Nicht zuletzt deshalb, weil sich der junge Briefträger am liebsten und längsten beim Hausmeister von Block D aufhielt, ein Umstand, den Frau Huber wohl beobachtet, aber noch nicht korrekt gedeutet hatte. Wie sollte sie auch. So etwas kam in WAHRE LIEBE nicht vor. Ein vom Schicksal schwer geprüfter Mann mit zwei mutterlosen Kindern, das war allerdings etwas anderes. Und so gepflegt und blond gesträhnt. Solche Menschen sah man normalerweise nur auf den Titelbildern. UNTRÖSTLICHE KINDERHERZEN, dachte Frau Huber, MAMA, KOMM BALD WIEDER.

«Haben sie geweint?», fragte sie neugierig. «Die Kinder, meine ich.»

Frau Meierhans überlegte. Rosa nahm die Couponrolle aus der Kasse und begann träge mit einem abgekauten Bleistiftstummel die Zahlenkolonnen entlangzufahren. Die Antwort ließ auf sich warten. Diese Frau ist wirklich zu nichts zu gebrauchen, dachte Rosa, noch nicht einmal zum Klatschen.

«Nein», gestand Frau Meierhans schließlich, «sie wirkten eigentlich ganz zufrieden.»

«Sie versuchen halt, tapfer zu sein!»

«Wie alt?», mischte sich Frau Schweri ein.

«Das Mädchen sieben, der Junge neun.»

«Ach, da kommt er bestimmt in Karins Klasse!»

«Und das Mädchen zu meiner Susann!», doppelte Frau

Weber sofort nach. Die beiden Mütter rieben sich die Hände.

«Natürlich könnten sie auch bei mir zu Mittag essen, das wäre keine zusätzliche Mühe», warf Frau Huber schüchtern ein.

«Aber warum denn bei dir, du hast doch wohl schon genug am Hals mit deinem Mann!»

Herr Huber litt an einer unerforschlichen Herzschwäche. Tagelang musste er zu Hause bleiben und sich schonen. Er saß im Sessel und streckte die Beine aus, um die seine Frau dann mit dem Staubsauger herumkurvte. Er las die Zeitung, aus der sie die Seite «Unglücksfälle und Verbrechen» vorsorglich herauszureißen pflegte. Aufregungen und Gefühlsschwankungen jeder Art waren ihm strikt verboten. Kein Wunder, dass seine Frau auf Liebesromane zurückgreifen musste.

«Nein, nein, sie kommen zu mir», entschied Frau Schweri.

«Hoffentlich mögen sie Büchsenfutter», murmelte Frau Huber, selber erstaunt über ihre Boshaftigkeit. Frau Weber packte ihr Körbchen fester.

«Ich jedenfalls habe noch Besseres zu tun, als den ganzen Tag zu schwatzen!», schnaubte sie und ging zur Kasse. Schlechte Verliererin.

Rosa tippte die Einkäufe ein und beugte sich vertraulich vor.

«Soviel ich weiß, bringt er sie ohnehin zu Lotti», verkündete sie im Bühnenflüsterton. Die drei Frauen kamen näher.

«Wie bitte?»

«Zu dieser Alkoholikerin?»

«Man sagt ja, dass einmal ein Kind in ihrer Obhut verunglückt ist.»

«Das können wir nicht zulassen.»

Mit Sinn für Effekt drückte Rosa die Totaltaste, sodass die Kassenschublade mit einem Klingeln vorsprang.

«Ich weiß nur, was ich sehe», deutete sie an.

«Ja, und was haben Sie gesehen?»

«Gestern hing da noch ein Zettel von Lotti mit ihrer Telefonnummer, heute ist er weg.»

Die Frauen nickten ernst. Rosa bekreuzigte sich.

Held betrat den Supermarkt in Gedanken versunken. Seine Einkaufsliste in der Hand. Die plötzliche Stille ließ ihn aufschrecken. Verwirrt blieb er stehen. Schaute sich um.

«Nun geh schon hin und sag etwas», zischte Frau Huber und stieß Frau Meierhans von hinten mit ihrem Einkaufswagen an. «Ich dachte, du kennst ihn so gut?»

Doch Frau Meierhans duckte sich hochrot hinter die Pakete mit Katzensand. Woher diese plötzliche Schüchternheit kam, konnte sie sich auch nicht erklären. Gebückt schaut sie zu, wie ihre Freundinnen zum Angriff schritten. Leise surrend näherten sich die Einkaufswagen, von links und rechts keilten sie ihn ein, schnitten ihm den Fluchtweg ab. Er ließ die Hand sinken, die er gerade nach einem Sechserpack Bier ausgestreckt hatte.

«Guten Tag», flüsterte er.

Frau Schweri übernahm das Reden.

«Mein Name ist Schweri», stellte sie sich vor, ergriff seine Hand und schüttelte sie inbrünstig, «Ihre Nachbarin von gegenüber.» Breites Lächeln, sauber gebügelte Freizeitkleidung, strahlendes Menschenfressergebiss. Er hielt sich an den Bierflaschen fest.

«Wenn Sie irgendetwas brauchen, wenden Sie sich bitte ungeniert an mich. Ich bin immer für Sie da. Es ist bestimmt nicht einfach für einen Mann in Ihrer Situation.»

«Welcher Situation?», wagte er einzuwerfen.

«Ach, wie schrecklich, und Ihre armen Kinder! Sie sind ja so tapfer! Jeder andere hätte sie ins Heim gegeben!» Frau Huber war schon wieder den Tränen nahe.

«Wollten Sie einkaufen?»

Gute Frage. Was sollte er antworten? Nein, ich komme nur zum Diskutieren hierher? Aber eine Antwort wurde gar nicht erwartet. Das Reden übernahmen die Frauen.

«Sagen Sie bloß, Sie kochen selber? Nein, wie rührend, aber das brauchen Sie nun wirklich nicht! Es ist mir doch ein Vergnügen, Ihnen etwas vorbeizubringen, bei mir reicht es immer.»

«Vielen herzlichen Dank», stammelte Held, «aber das ist nicht nötig. Ich koche sehr gern, das entspannt mich.»

«Ach ja, Sie brauchen bestimmt etwas Ablenkung, das kann ich mir schon vorstellen. Aber Alkohol hat noch nie jemandem geholfen!»

Resolut stellte Frau Schweri das Sixpack zurück ins Regal.

«Männer brauchen so etwas, das verstehst du nicht!» Frau Huber, durch ihre Lektüre schlau gemacht, hievte das Bier in seinen Einkaufswagen zurück. Held lächelte unsicher.

«Vielen Dank», sagte er noch einmal, zu niemand Bestimmtem. Er versuchte einen Vorstoß, aber an den beiden Frauen mit ihren metallvergitterten Einkaufswagen kam er nicht vorbei.

«Was wollten Sie denn kochen?», fragte Frau Schweri mütterlich. «Zeigen Sie her.» Sie griff nach seiner Einkaufsliste. «Kartoffelsalat? Da haben Sie aber nicht mehr viel Zeit, um den Salat ziehen zu lassen, Kartoffelsalat müssen Sie STUNDEN im Voraus zubereiten, sonst wird nichts Rechtes daraus.»

«Woher soll der arme Mann denn das wissen!»

Es endete damit, dass sich die beiden Frauen seiner Einkaufsliste bemächtigten, seinen Speiseplan abänderten und eigenhändig seinen Einkaufswagen beluden. Er hatte jeden Widerstand aufgegeben und trottete teilnahmslos hinter ihnen her. Beim Tierfutterregal stand ihnen unvermittelt Frau Meierhans gegenüber, rot gefleckt und verschwitzt in ihrem Umstandskittel. Er war noch nie so erfreut gewesen, sie zu sehen.

«Hallo, Frau Meierhans», rief er, «wie geht's?»

Sie gab ihm ein kleines verschämtes Zeichen mit der Hand und verschwand hinter dem nächsten Regal. Von ihr schien er keine Hilfe erwarten zu dürfen. Er folgte den Frauen bis zur Kasse. Bezahlen musste er wider Erwarten selber. Aber sie ließen es sich nicht nehmen, seine Einkäufe fachgerecht zu verpacken.

«Schweres unten, Leichtes oben und Druckempfindliches ganz am Schluss», erklärte Frau Schweri wichtig. Als ob die Frauen das logische Denken für sich gepachtet hätten! Täuschte er sich, oder zwinkerte ihm die Kassiererin mitfühlend zu, als sie ihm das Restgeld herausgab? Willenlos ließ er sich aus dem Laden begleiten. Draußen blinzelte er ins trübe Tageslicht. Von beiden Seiten hatten sie ihn eingekeilt und machten keine Anstalten, ihn freizulassen.

«Wenn Sie einen Augenblick Zeit haben», sagte Frau Schweri, «nur auf eine Tasse Kaffee, es gäbe da noch etwas zu besprechen.»

Held hob beide Hände, um entschieden abzuwinken, aber es gelang ihm nicht recht. Die winzige Frau Huber hatte sich bei ihm eingehakt und lehnte sich vertrauensvoll an ihn.

«Das Wohl Ihrer Kinder steht auf dem Spiel», flüsterte sie.

Um Gottes willen, dachte Held, wie komme ich da bloß wieder lebend raus? Sie zogen ihn zu einer der Bänke, die im Hof standen, im besten Beobachtungswinkel zu sämtlichen Küchenfenstern, und setzten ihn in ihre Mitte.

«Es geht um Ihre Kinder!»

«Wegen dieser Tagesmutter.»

«Das können Sie einfach nicht machen, das können Sie Ihren Kindern nicht antun.»

«Allein der Umgang, den sie dort haben!»

«Es ist auch nicht sicher.»

«Es hat schon Vorfälle gegeben.»

«Außerdem trinkt sie.»

«Ich würde mich glücklich schätzen, Ihre Kinder über Mittag zu verpflegen, ich bin ja sowieso immer zu Hause», schloss Frau Schweri triumphierend.

«Ich natürlich auch», piepste Frau Huber, aber das ging unter.

Held wischte sich den Schweiß von der Stirn. Wo war er da bloß hineingeraten?

«Aber ich habe mich bereits mit Frau Lotti geeinigt», murmelte er, «sie machte mir keinen schlechten Eindruck.»

«Aber wenn ich es Ihnen doch sage! Ich kann Ihren Kindern ein richtiges Zuhause bieten. Man kann nie genug betonen, wie wichtig das ist.»

Sie haben bereits ein richtiges Zuhause, wollte er sagen, ließ es dann aber bleiben. Lasst mich doch in Frieden, dachte er, ich will ja nichts anderes als meinen Frieden. Die Schuhe ausziehen, ein Bier aus der Flasche trinken und ein bisschen fernsehen, bis die Kinder aus der Schule kommen. Ist das denn zu viel verlangt?

Auf klappernden Holzsandalen kam Natalie über den Hof, den Kinderwagen vor sich herschiebend. Zu einer gestreiften Acryljacke, unter dem Busen verknotet, trug sie enge rote Plastikhosen. Sie warf einen Blick über den Hof und sah ihn dasitzen wie ein Schuljunge, zwischen den beiden Frauen eingeklemmt. Sie blieb stehen, schaute hinüber, Held konnte sehen, dass sie sich nur mit Mühe ein Lachen verkneifen konnte. Jetzt schob sie den Kinderwagen direkt auf sie zu, mit einem verschmitzten Lächeln, das nichts Gutes ahnen ließ.

«Hier bist du!», rief sie, setzte sich auf seinen Schoß und legte die Arme um seinen Hals. Er schnappte nach Luft. Es hätte ihn nicht erstaunt, wenn ihn der Schlag getroffen hätte, wenn er hier gestorben wäre, buchstäblich unter Frauen begraben. Das junge Mädchen auf seinem Schoß bedeckte sein Gesicht mit ihren langen Haaren und steckte die Zunge in seinen Mund. Hilfe, dachte er, und dann wurde ihm leichter. Die beiden Frauen links und rechts von ihm rückten empört ein Stück zur Seite.

«Du hast doch nicht etwa vergessen, dass wir ausgehen wollten? Wer hütet die Kinder, Frau Schweri oder Frau Huber? Könnten Sie nicht das Baby auch gleich nehmen?»

Die beiden Frauen sprangen auf.

«Nein, nein, nein», winkten sie ab, «wir müssen jetzt gehen, das Abendessen, der Mann ...»

«Die sind Sie los», stellte das Mädchen fest. Sie rutschte von seinem Schoß und sah ihn herausfordernd an.

«Und? Wie sagt man?»

«Danke.»

«Allerdings.»

Sie nahm ihren Kinderwagen und ging. Held schaute ihr nach. Er versuchte, sich an eine Welt zu erinnern, in der Männer vorkamen. Wo waren sie bloß alle? Fußballclub, Pfadfinderlager, Geschäftsreise, Rekrutenschule. Er gehörte nicht mehr dazu. Die Männerwelt hatte ihn ausgespuckt, und hier war er nun gestrandet, seekrank und zerschlagen, allein unter Frauen. Es dauerte eine ganze Weile, bis er in der Lage war, aufzustehen, seine Einkaufstüten aufzuheben und seinerseits nach Hause zu gehen. Er hatte das Gefühl, dass ihm aus jedem Küchenfenster eine Frau nachblickte.

Und so war es auch.

4

Hier ist wieder einer, dachte Elma. Mit einem dunkelgrauen Augenbrauenstift zog sie einen Kreis um folgende Anzeige:

Sehnst auch du dich nach Geborgenheit und Liebe? Junggebliebener Unternehmer, 49, der alles hat, nur dich nicht, freut sich auf deine Zuschrift. Du bist blond, fraulich, sinnlich, ein SCHMUSEKUCHEN und trotzdem ein wenig sportlich …

Bin weder sportlich, weder blond, dachte sie. Sie würde besser die Stellenangebote durchlesen, das hatte sie sich eigentlich für diesen Nachmittag vorgenommen. Zum vierten Mal in einem Jahr hatte sie die Probezeit nicht bestanden. Unentschuldigtes Fernbleiben, unkonzentriertes Arbeiten, unkollegiales Verhalten. Diesmal war noch erschwerend dazugekommen, dass sie sich nicht angemessen um die Kaffeemaschine gekümmert hatte, die ihrer Verantwortung unterstellt war, und die Schokoladenstückchen aufgegessen hatte, die für die Kunden vorgesehen waren. Ein bis zwei zum Kaffee, nett auf dem Unterteller arrangiert. Eines Tages waren keine mehr da gewesen, das Einwickelpapier hatte man auf Elmas Schreibtisch gefunden und auf dem Spannteppich verstreut. Mit vollem Mund war sie erwischt worden. Und? Sollte ihr das etwa peinlich sein? Was denn, dachte Elma, ich bin eben nicht zur Sekretärin geboren. Das alles ist ein großes Missverständnis.

Selbstinserent, Mitte vierzig, schlank, Nichtraucher, in gesicherter Position, sucht TOP-MODELL-HAUSMÜTTERCHEN zum Liebhaben …

Eisenbahn-Fan, Mitte fünfzig, nichtrauchend, kinderliebend, sucht SPIELKAMERADIN …

Herrje, wie sollte sie diesen Ansprüchen bloß genügen? Alle schienen sie dieselbe Frau zu suchen. Eine anpassungsfähige Nichtraucherin, die sich in Jeans ebenso wie im Abendkleid bewegen konnte, die einen Abend vor dem Kaminfeuer ebenso schätzte wie den vielzitierten Pferdediebstahl. Von einer nicht mehr ganz jungen, etwas vergammelten Arbeitslosen mit Kind im besten Trotzalter war nie die Rede. Niemals.

Elma nahm eine Zigarette aus der Schachtel. Dann steckte sie sie wieder zurück. Raucherinnen waren auch nicht mehr begehrt. Sie würde aufhören müssen, wenn sie je wieder mit einem Mann zusammenleben wollte.

Sie wäre bestimmt die perfekte Gefährtin für die meisten dieser einsamen Männer! Wenn ihr nur einer eine Chance gäbe. Sie wollte zu einem Mann gehören, der für sie sorgte. So wie Giovanni es getan hatte. Eine Zeitlang wenigstens. Bis ihm diese andere über den Weg gelaufen war, die zehn Jahre jünger war als Elma und kein Kind hatte und keine Falten auf dem Bauch, eine, die abends nicht todmüde ins Bett fiel, im selben alten Trainingsanzug, den sie schon den ganzen Tag über getragen hatte, eine, die jeden Morgen die Zeitung las und nicht nur über die neueste Entwicklung auf dem Wegwerfwindelmarkt Bescheid wusste.

Eine Blondine außerdem.

Du bist häuslich, fühlst dich aber auch im Schwarzwald und in der Provence wohl, im Fernen Osten, in Nordamerika, auf dem Tennisplatz, der Skipiste und dem Mountainbike ... dann sollten wir uns unbedingt kennenlernen!

Dieser Manager mit Schnauz und Niveau war wohl auch nichts für sie. Zu anstrengend. Wer würde sie so sehen, wie sie sein könnte, souverän und verständnisvoll, nicht so, wie sie jetzt war, gereizt und überfordert?

Serafina wachte aus dem Mittagsschlaf auf. Aus ihren Windeln tropfte es. Kaum wach, begann sie mit monotoner Stimme zu quengeln. Ich will ich will ich will! Cornflakes! Barbie spielen! Fernsehen! Spielplatz! Bevor Elma es wusste, schrie sie ihre Tochter an, schüttelte sie am ausgestreckten Arm, dass die Locken tanzten. Wütend schubste sie das Kind weg. Stolpernd flog es quer durch das Zimmer und blieb heulend liegen. Von nebenan wurde gegen die Wand geklopft. Das brachte sie wieder zu sich.

Sie setzte sich auf den Boden, die Beine ausgestreckt, atmete langsam ein und aus. Dann streckte sie einen müden Arm aus. Serafina krabbelte über den Teppich auf sie zu. Das Gesicht noch nass vor Tränen, den Daumen in den Mund geschoben, setzte sich das Kind zwischen ihre Beine und lehnte sich vertrauensvoll an sie. Elma seufzte. So konnte es nicht weitergehen. Es war nicht gerecht, dass sie mit allem allein fertigwerden sollte. Jemand musste ihr helfen! Sie dachte an den neuen Nachbarn. Was er wohl gerade machte? Was unternahm ein Vater mit zwei schulpflichtigen Kindern an einem Samstagnachmittag?

«Komm, mein Schatz», sagte Elma betont munter, «heute machen wir etwas ganz Besonderes!»

Drei Bushaltestellen weiter gab es einen großen Abenteuerspielplatz. Die größeren Kinder gingen gern dorthin. Tatsächlich war er eine der wenigen Attraktionen des Stadtteils. Serafina war eigentlich noch zu klein, um dort zu spielen, aber darauf konnte sie jetzt keine Rücksicht nehmen. Schließlich ging es um ihre Zukunft. Sie wickelte das Mädchen, zog es frisch an und versuchte, die wilden Locken zu kämmen. Erster Wutausbruch. Elma merkte, wie ihr Kopf heiß wurde.

«Stell dich nicht so an», schimpfte sie, «glaubst du vielleicht, ich mache das zum bloßen Vergnügen?»

Elma zog sich aus. Duschen war nicht möglich, die Kleine hängte sich jammernd an ihre Fußknöchel. Also wusch sie sich flüchtig vor dem Spiegel. Sie hatte gelernt, immer nur kurz hinzuschauen. Das hatte sie lange geübt. Bald konnte sie sich schminken, ohne hinzusehen. Ihren eigenen Anblick im Spiegel ertrug sie nur in Abschnitten. Ihre Haut war blass und zerknittert, über Hüften und Bauch von glänzenden weißen Streifen durchzogen.

«Alles deine Schuld», sagte sie zu ihrer Tochter, nur halb im Scherz.

Prüfend hob sie mit einem Finger ihre Brüste an, abwechslungsweise, sie schienen ihr müde und leer. Ihr ganzer Körper war in den letzten Monaten unmerklich nach unten gesackt, mutlos. Hin und wieder ertappte sie sich dabei, wie sie zwei, drei Jahre unterschlug, wenn man sie nach ihrem Alter fragte. Was hatte sie eigentlich mit ihrem Körper angefangen, als er noch fest und glatt gewesen war? Sie konnte sich nicht erinnern. Sie stieg über das Kind, das nun auf dem Badezimmerteppich mit einer Schale voller Haarspangen und Modeschmuck spielte. Im Schlafzimmer öffnete sie den Schrank, beide Türen.

Was sollte sie anziehen?

Ausgebeulte Leggings, fleckige Sweatshirts, die einzigen

Sachen, die sie seit der Scheidung neu gekauft hatte. Die Uniform überforderter Mütter, praktisch bei Tag wie bei Nacht. Perfekt, wenn man sich unsichtbar machen wollte. Was heute Nachmittag wohl nicht der Fall war. Sie riss sie aus dem Schrank und warf sie auf den Boden. Zwei billige Kostüme mit Schulterpolstern, die sie im Büro getragen hatte, waren zu unpraktisch, und außerdem sah man ihnen die schlechte Qualität an. Vier oder fünf Stretchkleider, die zu eng geworden waren. Probehalber hielt sie sich eines vor. Der Saum reichte bis eine knappe Handbreit unter dem Schritt. Hatte sie so etwas wirklich einmal getragen? Selbst wenn es ihr wie durch ein Wunder noch passen sollte, konnte sie sich nicht mehr vorstellen, ihre Arme und Beine so ungeschützt bloßzulegen. Was wohl nichts anderes bedeutete, als dass sie zu alt dafür geworden war. Was noch? Sommerkleider, ungebügelt, Hosen, zu eng, Pullover, die zu nichts passten, kaputte Strümpfe, Schuhe mit schiefgetretenen Absätzen. Mit jedem Teil, das sie aus dem Schrank nahm, kurz vor ihren Körper hielt, um es dann auf den Boden zu werfen, wurde sie gereizter.

Schließlich musste sie der Tatsache ins Auge blicken: Sie hatte nichts anzuziehen. Nichts, nichts, nichts. Dreimal nichts. Wozu auch, bei dem Leben, das sie hier führte. Ihre Schönheit war dahin, ihre Jugend schon längst, ihre Ehe war gescheitert, und einen anständigen Haarschnitt konnte sie sich auch nicht leisten. Sie würde unbemerkt verschrumpeln, verkümmern, verfaulen. Nie wieder würde ein Mann sie auch nur anschauen, geschweige denn küssen, und es würde sie nicht wundern, wenn Serafina unterdessen ihre Ohrringe ins Klo geworfen hatte. Warum sonst war es wohl so verdächtig still?

Serafina hatte das Schminketui gefunden, die Lippenstifte aufgeschraubt und teils aufgegessen, teils an den

Wänden verschmiert. Elma blieb in der Badezimmertür stehen und schaute ihrer Tochter einen Augenblick lang zu. Sie blieb ganz ruhig. Das war das letzte Mal, schwor sie sich. Noch heute würde sie einen Mann finden.

Als sie das Bad geputzt hatte, war die Sonne verschwunden. Trotzdem zog sie einen hellgrünen Minirock an, den sie mit einer Sicherheitsnadel schließen musste, einen schwarzen Pullover, der die kritischen Zonen verhüllte, dünne Strumpfhosen mit einer ganz kleinen Laufmasche, die sich aber gerade noch im Schuh verstecken ließ. Zu allem entschlossen nahm sie ihre Tochter an der Hand.

Auf dem Spielplatz fand ein Nachbarschaftsfest statt. Rund um die Anlage standen Holztische mit langen Bänken. Würste wurden gegrillt, eine Drehorgel spielte, Luftballons wippten im Takt zur Musik gegen den grauen Hintergrundhimmel. Elma hielt die Hand ihrer Tochter ganz fest, bis diese sich losriss und zum Klettergerüst rannte. Jetzt konnte sie nicht mehr zurück. Die Frauen, die auf den Bänken saßen und auf die Strickjacken der Kinder aufpassten, schienen sich alle zu kennen. Schüchtern setzte sich Elma auf den nächstbesten Platz, ganz auf die äußerste Holzkante. Die Frauen ließen kurz ihre Blicke über sie schweifen, dann fuhren sie in ihren Gesprächen fort. Elma setzte ihre Sonnenbrille auf. Ein verkrampftes Lächeln blieb in ihrem Gesicht.

«Also, meiner kommt in letzter Zeit kaum jemals vor sieben nach Hause, dann sind die Kinder natürlich schon im Bett, verstehst du.»

«Ich denke, in diesen Zeiten müssen wir alle ein bisschen zurückstecken.»

«Schau doch, wie ordentlich Lavinia ihre Förmchen ausspült und die von ihrem Bruder auch gleich!»

«Das ist wieder typisch Mädchen!»

«Ich an deiner Stelle würde sie in diesem Verhalten nicht noch unterstützen.»

«Außerdem wird der Junge so zum Macho. Du willst doch nicht zwei von der Sorte zu Hause haben!»

«Du hast es gerade nötig, wo doch alle wissen, dass deiner …»

«Und wann kommt denn deins, Monika?»

«Anfang Januar. Ein Mädchen, sagt der Arzt.»

«Mädchen sind einfacher zu haben.»

«Ich weiß.»

«Also meiner wollte ja nur noch Teilzeit arbeiten, sodass er einen Tag in der Woche die Kinder übernommen hätte. Das hat nun leider nicht geklappt. Dafür nimmt er sie am nächsten Wochenende, wenn ich meinen Yogakurs habe.»

«Das Baby auch? Das ganze Wochenende? Das würde ich nicht über mich bringen!»

«Es muss eben sein. Wegen der Vater-Kind-Beziehung, verstehst du.»

«Meiner könnte das nicht, der hat irgendwie nicht so einen Draht zu den Kindern, am ehesten noch zu Flavio, vor allem, seit der im Fußballclub mitmacht.»

«Das ist ganz normal. Männer können mit Kleinkindern nun mal nichts anfangen.»

«Das sehe ich nicht so! Hanspeter steht jeden Morgen als Erster auf und wickelt die Kleine. Dann macht er Frühstück für uns alle!» Pause.

«Ja, du hast eben Glück mit deinem.»

Elma riskierte einen kurzen Seitenblick auf die Frau, die so unverschämtes Glück hatte mit ihrem Ehemann, dass sie ihn aus purer Dankbarkeit beim Vornamen nannte. Eine rundliche kleine Person in einem kunstvoll gestrickten Pullover. Über roten Backen kniff sie die Augen zusammen. Goldfäden glitzerten auf ihrer Brust.

Elma wäre es nie in den Sinn gekommen, Giovanni als «meinen» zu bezeichnen. «Mein Mann», das schon, das hatte sie gern gesagt, «mein Mann», das waren unverrückbare Worte. «Mein Mann», das war einer, der in der Mittagspause nach Hause kam und zwei Treppenstufen auf einmal nahm. Das war einer, der wusste, wo der Sicherungskasten war, einer, mit dem sie die Anschaffung einer Spülmaschine diskutieren konnte, einer, der ihr bei unangenehmen Telefongesprächen den Hörer aus der Hand nahm und sagte «lass mich das machen». Einer, der abends mit ihr einschlief und morgens mit ihr aufwachte. Nicht einer, der beim Anblick der erstbesten Blondine den Kopf verlor. Der sie sitzenließ mit nichts als einem kleinen Kind und Anspruch auf Alimentenbevorschussung.

Beim nächsten Mal würde ihr das nicht mehr passieren, das schwor sie sich. Der Nächste, den sie «meinen Mann» nannte, der würde es wert sein. Mein Mann ist in der Werbung tätig ... Darf ich Ihnen meinen Mann vorstellen? Mein Mann sagt immer ... Bis die Gespräche am Tisch verstummten. Die Frauen, die am nächsten saßen, musterten sie irritiert. Hatte sie etwa die Lippen bewegt? Halblaut gesprochen? Steif wandte sie sich ab. Wo war Serafina? Unruhig suchte sie den Spielplatz nach dem grünen Jäckchen und den dunklen Locken ab und entdeckte sie auf einer Hängematte ganz oben zwischen den Ästen eines Baumes. Eines der größeren Mädchen schien sie als Puppe zu benutzen, was sie sich immer gern gefallen ließ.

«Sind Sie neu hier in der Gegend?», sprach sie eine der Frauen an.

«Ich? O nein, das heißt, ja, ich wohne etwas weiter draußen, seit ungefähr einem Jahr.»

Die Frau nickte verständnisvoll.

«Im Steinbruch», hakte eine andere nach.

«Nun … ja, vorübergehend, bis ich etwas Besseres gefunden habe …»

«Natürlich.»

«Alleinerziehend?», mischte sich die mit dem Pullover ein.

«Geschieden», gab Elma zu.

«Sie Ärmste!», rief die andere. Ihr Lächeln verriet Schadenfreude, und Elma fand nicht, dass sie es verdient hatte, mit einem Hanspeter glücklich zu sein.

«Dann werd ich mal nach meiner Tochter sehen», murmelte sie und machte Anstalten aufzustehen. Als sie ein Bein über die Bank schwang, sprang die Sicherheitsnadel auf. Das spitze Ende bohrte sich in ihre Hüfte. Sie hörte, wie der Reißverschluss nachgab.

In diesem Moment sah sie ihn kommen. Er fiel nicht nur ihr auf. Außer ihm war kaum ein Mann zu sehen. Er trug eines seiner Kinder auf den Schultern, das andere rannte vor ihm her. Alle drei in denselben verwaschenen Jeansjacken, blond und gebürstet, zu schön, um wahr zu sein. An seiner Seite, halb bei ihm eingehängt, schritt selbstgerecht und enorm Frau Meierhans daher. Ihre kleinen Augen flitzten über den Platz. Irgendjemand musste sie doch sehen, mit diesem seltenen Exemplar am Arm.

Elma wandte den Blick ah. Doch Frau Meierhans hatte sie schon entdeckt. Zielsicher schoss sie auf sie zu. Diese Gelegenheit würde sie sich nicht entgehen lassen. Elma konnte nicht aufstehen, ohne sich lächerlich zu machen, also blieb sie sitzen. Die anderen Frauen rutschten bereitwillig zusammen, um dem schönen Mann Platz zu machen. Missmutig legte Elma ihre Tasche auf den Schoß. Wild schnatternd, sich gegenseitig übertönend, versuchten die Frauen, die familiären Zusammenhänge zu klären. So viele Kinder? So weit auseinander? Und nun noch eines? Ein Nachzügler? (Kokette Blicke.)

«Nein, nein, nein», stellte Held sofort klar, «nur die beiden Großen gehören zu mir.»

Aha, nicken die Frauen befriedigt. Das wäre ja noch schöner gewesen, so ein wunderbarer Mann mit so einer biederen, so einer unansehnlichen, verschwitzten …

«Wir sind nur Nachbarn», fügte Held hinzu, bevor er sich setzte. Elma nahm ihre Sonnenbrille ab. Sein Protest war zu heftig, zu spontan gewesen, um noch höflich zu sein. Frau Meierhans beugte sich zu einem ihrer stämmigen Söhne hinunter und redete mit lauter Stimme auf ihn ein. Ihr Gesicht war gerötet. Beinahe tat sie Elma leid.

«Ab mit dir», sagte Frau Meierhans und verabschiedete den Jungen mit einem munteren Klaps. Folgsam trottete er auf den Spielplatz zu, die Hände in den Hosentaschen vergraben.

«Ein netter Junge», sagte Elma freundlich.

Frau Meierhans nickte, die Lippen fest zusammengepresst.

«Ist das nicht Ihre Tochter, die sich dort im Sandkasten prügelt?», fragte sie nach einer Weile. «An Ihrer Stelle würde ich langsam eingreifen!»

Elma stand auf. Der Rock rutschte, sie hielt ihn mit beiden Händen in der Taille fest. Sie kniff die Augen zusammen, sah nur verschwommen. Die Sonnenbrille mit den geschliffenen Gläsern lag vor ihr auf dem Tisch. Doch sie konnte den Rockbund nicht loslassen, um danach zu greifen. Frau Meierhans tat ihr nicht mehr leid. Eine der anderen Frauen war jetzt auch aufgestanden.

«Was ist denn da los?»

Ihre Stimme zitterte vor Empörung. Sie lief auf den Sandhaufen zu, Elma hinter ihr her, mit beiden Händen ihren grünen Minirock in der Taille festhaltend. Serafina versuchte, einem dicken Kleinkind ein Schäufelchen zu entreißen, das sich mit eigensinniger Gewalt daran festklammerte und aus weit aufgerissenem Mund brüllte. Gerade, als sie dazukamen, ließ das kleinere Kind los und purzelte rücklings in den Sand. Das Geschrei verstummte. Serafina schwang die Schaufel triumphierend durch die Luft und hieb damit auf das am Boden liegende Kind ein. Das Geschrei setzte prompt wieder ein, in einer anderen Tonlage allerdings, jetzt wurde es ernst.

«Also das ist doch!», rief die Frau. Mit einem Satz war sie bei ihrem Kind, hob es hoch, untersuchte es, tröstete es, presste es an sich und schaute Elma über seine dicke Wollschulter hinweg fassungslos an.

«Serafina!», rief Elma verzweifelt, «Serafina!», und stampfte mit dem Fuß auf. Das Mädchen hielt trotzig das Schäufelchen umklammert und schob die Unterlippe vor. Die Mütter rund um den Sandhaufen beobachteten sie erwartungsvoll. Was tut sie jetzt? Na, was wird sie wohl tun?

Elma packte ihre Tochter am Arm und zerrte sie zu sich hin, riss ihr grob das Schäufelchen aus der Hand, sodass es die Handfläche aufschürfte, und schlug sie dann ins Gesicht, zweimal hintereinander, links rechts mit lautem Klatschen. Dann warf sie die Schaufel in den Sand und lief weg, weg vom Sandhaufen und den Müttern auf den Bänken, das Mädchen am Arm hinter sich herschleifend.

Frau Meierhans hatte alles gesehen.

«Ich finde nicht, dass es richtig ist, ein Kind zu schlagen», sagte sie, als Elma den Tisch erreichte, allerdings zu niemand Bestimmtem. Die Mütter am Tisch nickten ernst. «Geschlagene Kinder schlagen zurück», fuhr Frau Meierhans fort, «wo hab ich das bloß gelesen?»

Elma nahm wortlos ihre Tasche, ihre Sonnenbrille, ihre Zigarettenschachtel.

«Das kommt davon, wenn man die Erziehung anderen überlässt … Ich an deiner Stelle würde mir das mit dieser Tagesmutter noch einmal überlegen, Zeno, du siehst ja, was sie dort auflesen.»

Duzt sie ihn schon, dachte Elma.

«Sie können wirklich gern zu mir kommen, ich habe es dir ja schon einmal angeboten. Bei mir lernen sie solche Verhaltensweisen jedenfalls nicht, das kann ich dir garantieren.»

Held rutschte auf der Holzbank hin und her. Er hob die Hand, lächelte entschuldigend. Elma drehte sich um.

«Bis dann», rief er ihr nach, «schönes Wochenende!»

Sie ging weiter.

Schönes Wochenende, allerdings. Serafina sagte gar nichts mehr, stumm ließ sie sich mitziehen bis zur Bushaltestelle. Sie warteten schweigend zehn Minuten lang. Elmas Hand krallte sich in die des Kindes. Es protestierte nicht. Es wusste, wann die Lage ernst war. Als sie an der Haltestelle Steinbrecherstraße aus dem Bus stiegen, rutschte Elmas Rock bis über die Knie herunter. Sie schüttelte ihn ab, sprang aus dem apfelgrünen Ring auf die Straße und ließ den Stoffwulst liegen. Man konnte beim besten Willen nicht behaupten, dass er seinen Zweck erfüllt hatte.

5

Ihr erster Gedanken beim Aufwachen: Gott sei Dank, es ist Montag. Sie hatte das Wochenende überlebt, sie konnte Serafina zu Lotti bringen. Sie drehte sich im Bett um. Serafina stand aufrecht in ihrem Gitterbett, hielt sich an den Stäben fest und lachte über das ganze Gesicht.

«Mama!», rief sie.

Elma stand auf. Sie hob das Kind aus dem Bett und drückte es an sich.

«Schätzchen», murmelte sie schuldbewusst in die verschwitzten Locken. Serafina schmiegte sich an sie, feucht, warm, lebendig. Das hatte sie nicht verdient. Sie hatte noch nicht einmal eingekauft.

Natalie war schon da. Sie bereitete das Frühstück zu: Nutellaschnitten mit Cornflakes bestreut, Kuchenkrümel mit Marmelade verrührt, auf Zahnstocher gespießte Käsewürfel, eisgekühlter schwarzer Kaffee mit Zitronenscheiben am Tassenrand. Sie trug einen alten rosa Trainingsanzug, auf dem vor der Brust HAVE FUN stand. Falls sie FUN hatte, war ihr das allerdings nicht anzusehen. Ihr Gesicht war ungeschminkt, blass und verquollen, die schwarzgefärbten Haare hingen matt. Sie war ungewöhnlich still. Konzentriert bereitete sie ihre Leckereien zu und richtete sie auf kleinen Tellern an.

«Du bist ja heute früh auf», sagte Elma.

Natalie knurrte. Zum Trainingsanzug trug sie hochhackige Pantoffeln mit rosa Schleifchen über dem Rist, auf denen sie geübt um den Tisch stöckelte. Elma warf Lotti einen fragenden Blick zu. Die zuckte mit den Schultern.

«Lasst uns essen», sagte sie freundlich, «das sieht ja sehr … interessant aus. Die Kinder werden es lieben. Wer möchte lieber heißen Kaffee?»

Die Kinder hatten alles aufgegessen. Dani und Mauro waren schon in der Schule, Rocky schlief in seinem Kinderwagen. Serafina verkleidete sich mit Lottis Morgenmänteln. Bis auf ihr leises Prinzessinnengeplapper war es still in der Wohnung. Eine träge Morgenstimmung machte sich breit. Eine Weile rührte sich niemand. Dann stand Lotti auf. Sie begann den Tisch abzuräumen. Sie klapperte mit dem Geschirr. Was war los? Wollten die beiden etwa den ganzen Vormittag bei ihr verbringen? Seit wann passte sie auf Erwachsene auf? Abgesehen davon, dass sie nichts zu trinken mitgebracht hatten.

«Ich lauf rasch zu Rosa und hol eine Flasche», sagte Natalie und trippelte aus der Wohnung. Das konnte ja heiter werden, wenn sie jetzt schon ihre Gedanken lasen!

«Habe ich etwa laut gedacht?», fragte sie Elma, die es sich auf dem Sofa bequem gemacht hatte. Sie besaß immerhin den Anstand, leicht zu erröten.

«Ich glaube, sie kennt dich halt schon ein bisschen», murmelte sie.

Lotti zündete sich eine Zigarette an, nahm einen winzigen Platzaschenbecher aus blauem Glas von einem kleinen Stapel und stellte ihn auf der Sessellehne ab.

«Wie war das Wochenende», fragte sie, «ich habe gehört, du warst auf dem Fest?»

«Oje, wer hat dir das denn erzählt? Nein, warte, lass mich raten – Frau Meierhans etwa?»

«Die war wohl auch da», nickte Lotti, «aber erzählt hat's mir der neue Nachbar.»

«Zeno?» Elma blickte auf. Was mochte er wohl über sie gesagt haben? Was mochte er über sie gedacht haben? Andererseits hatte er sich an sie erinnert. Ihre Anwesenheit für erwähnenswert befunden. Das war doch bestimmt positiv zu werten.

«Ich nenne ihn Herrn Held», antwortete Lotti steif.

«Herr Held? Was ist mit Herrn Held?», fragte Natalie, die eben mit einer buntbedruckten Plastiktüte vom Supermarkt zurückkam. Sie nahm die Sherryflasche heraus und stellte sie hart auf dem Tisch ab.

«Was ist mit Herrn Held», fragte sie noch einmal, «gibt er euch zu denken, der Herr Held?»

«Es besteht überhaupt kein Grund, sich aufzuregen», sagte Lotti, «hol lieber die Gläser aus dem Schrank. Die kleinen. Es ist schließlich noch nicht Mittag.»

«Was hat er gesagt?», flüsterte Elma.

«Nichts hat er gesagt. Er war heute Morgen mit den Kindern bei mir, damit sie sich alles anschauen konnten. Sie kommen heute zum Mittagessen.» Demonstrativ sah sie auf ihre Armbanduhr, die seit Jahren auf zwölf stand.

«Ach!», rief Elma, «ich dachte, er bringt sie zu Frau Meierhans?»

«Wie kommst du denn darauf», fragte Lotti verwirrt, «das wär mir das Neueste, dass sie Tageskinder nimmt.»

Natalie leerte ihr Glas.

«Die!», stieß sie hervor. «Die kennt doch nichts, wenn es um Männer geht. Hat sich in den Kopf gesetzt, Zeno zu retten, die alte Spinatwachtel.»

«Zu retten!», rief Elma aus. Dass sie darauf nicht gleich gekommen war. Immer dachte sie nur daran, selber gerettet zu werden.

«Bitte», mahnte Lotti, «ich glaube wirklich nicht, dass der junge Mann gerettet werden muss. Zum Wohl, meine Lieben.»

«Du kennst doch die Meierhans», fuhr Natalie fort, «will ihm beweisen, dass es noch anständige Frauen gibt auf dieser Welt, und wenn's nur eine einzige ist, sie selber nämlich. Fette, aufgeblasene Kröte!»

«Du meinst, er ist von den Frauen enttäuscht worden?» Mitfühlend beugte Elma sich vor. Das interessierte sie. Zum Thema Enttäuschung hatte sie auch etwas zu sagen.

«Der! Der ist so enttäuscht, dass er keinen mehr hochkriegt!»

Elma hielt den Atem an. Wie konnte Natalie nur immer so daherreden. Aus ihrem kindlichen Mund klangen solche Worte noch gröber. «Sei doch nicht so vulgär.»

«Vulgär? Du meinst, es interessiert dich nicht, ob er ihn hochkriegt?»

«Bitte!» Lotti runzelte die Stirn. «Ich muss mich jetzt um das Mittagessen kümmern. Wenn ihr heute nichts Besonderes vorhabt, könnt ihr Rocky und Serafina ja wieder mitnehmen, das würde die Sache einfacher machen.» Sie schraubte die Flasche wieder zu. Eine endgültige Geste. Die beiden jungen Frauen standen auf. Natalie nahm die Plastiktüte mit.

«Arbeitest du heute?», fragte sie flüsternd im Treppenhaus. Elma schüttelte den Kopf.

«Schon wieder geflogen?» Mitfühlend hängte sich Natalie bei ihr ein. «Kannst du mit zu mir kommen, ich brauche Hilfe. Dauert nicht lange.»

Natalie wohnte in einem kleinen Zimmer mit Kochnische und Toilette. Ein Kippfenster auf die Straße, keine Dusche, dafür billig. In dem Raum standen ein massives, geschnitztes Himmelbett, mit Tigerplüsch bespannt, zwei Sitzsäcke aus orangefarbenem Plastik und ein niedriger Tisch aus einem Holzfass. Von der Deckenlampe hingen unzählige Perlenfäden herab. Außer einer schmuddeligen Mickymausdecke und einer Windelpackung wies nichts darauf hin, dass sie hier mit einem Kind lebte.

Elma setzte sich auf einen der Sitzsäcke. Es fühlte sich an, als wäre er mit lebenden Käfern gestopft, die geräuschvoll unter ihrem Gewicht wegkrabbelten. Natalie hatte die Tüte auf den Boden geworfen. Sie beugte sich über das Spülbecken in der Kochnische und wusch sich unter dem fließenden Wasser die Haare. Mit einem Geschirrtuch trocknete sie sie notdürftig, dann legte sie das Tuch um die Schultern und setzte sich mit untergeschlagenen Beinen vor Elma auf den Boden. Sie griff nach der Tüte.

«Ich muss mir dringend die Haare färben», sagte sie, «sie sind eine einzige Katastrophe.»

Sie nahm eine Schachtel aus der Tüte, öffnete sie, schüttelte die beiden Fläschchen, mischte die Ingredienzen. Ein beißender Geruch stieg auf. Sie reichte Elma die Plastikhandschuhe.

«Ich fürchte, du hast die falsche Farbe erwischt», sagte Elma, «das hier ist Platinblond.»

«Right!» Natalie nickte ernsthaft. «Platinblond 06, die Farbe des Erfolgs.»

Sie war nicht davon abzubringen. Platinblond 06 musste es sein. Das würde ihr Leben endgültig auf den richtigen Kurs bringen. Elma verteilte die scharfe Flüssigkeit auf den Haarsträhnen.

«Was war denn mit der Meierhans?», fragte sie nach einer Weile.

«Die! Morgens früh um sechs steht sie vor der Tür,

kannst du dir das vorstellen, mit diesem riesigen gestreiften Bauch, der einem beim bloßen Hinsehen schon Übelkeit verursacht. Bringt das Frühstück in einem geflochtenen Korb, wie Rotkäppchen kommt sie mir vor, alles vorbereitet, die Brötchen gestrichen, der Kaffee mit Milch gemischt in einer Thermoskanne. ‹Leider wusste ich nicht, ob du Zucker nimmst›, flötet sie und holt vorsorglich zwei Tütchen hervor, dabei ...»

«... trinkt er den Kaffee schwarz», erinnerte sich Elma.

«So weit bist du also auch schon gekommen! Jedenfalls, Frau Meierhans deckt den Tisch, als ob sie zu Hause wäre. Die Kinder stehen auf und kommen in die Küche, schauen mich an, schauen die andere an, schauen ihren Vater an. Was jetzt, fragen sie. Der Tisch ist für vier Personen gedeckt. ‹Sie haben ja bestimmt schon gefrühstückt, Sie sind ja so eine Frühaufsteherin›, sag ich zu Frau Meierhans und setz mich hin.»

Elma lachte.

«Peinlich war es trotzdem.»

Elma wand die Plastikfolie um Natalies gräulich eingeschäumtes Haar. Mit dem Geschirrtuch tupfte sie Farbreste von Ohren und Stirn, dann wickelte sie es ihr um den Kopf und steckte es fest.

«Was hast du denn morgens um sechs in seiner Wohnung gemacht?», fragte sie, beiläufig und ganz überflüssigerweise. Natalie verzog das Gesicht.

«Das brennt, verdammt! Ich dachte immer, Blondinen hätten mehr Spaß?»

Als Elma die Verpackung in den Mülleimer warf, sah sie erst den Vermerk «nicht für bereits gefärbtes Haar verwenden».

Natalie fasste sich mit beiden Händen an den Kopf. «Das brennt aber wirklich», jammerte sie, «ich hab das

Gefühl, mir fallen die Haare aus.» Und Elma fühlte sich schuldig.

«Ich habe Frau Meierhans heute Morgen gesehen», lenkte sie ab. «Sie sah nicht besonders gut aus. Hat gesagt, sie sei die Treppe hinuntergefallen. Das ganze Gesicht aufgeschlagen.» Natalie zuckte mit den Schultern.

«Ich war's nicht.» Obwohl sie durchaus Lust dazu gehabt hätte. In das dicke, glänzende Gesicht zu schlagen. Nicht dass Frau Meierhans ihr viel verdorben hätte. Die Nacht hatte schon schlecht angefangen.

Ein ehemaliger Schulschatz hatte sich von allen Lokalen der Stadt ausgerechnet die Vollmondbar ausgesucht, um seinen Polterabend zu feiern. Die Vollmondbar war ein TOPLESS-ESTABLISHMENT. Natalie servierte da. Das brachte mehr ein, als Lederjacken zu verkaufen, und die Arbeitszeiten waren flexibel. Viele der Mädchen in der Vollmondbar hatten Kinder. Die Arbeitsbedingungen waren geradezu ideal für Mütter.

Die Bar hatte von morgens elf bis nachts um drei geöffnet, und es gab keinen festen Einsatzplan. Diejenigen, die einen Krippenplatz hatten, konnten vorgeben, einer geregelten Arbeit nachzugehen, und tagsüber kommen, die anderen, die allein waren, in der Nacht, wenn die Kinder schliefen. Und Natalie, die das Glück hatte, sich voll und ganz auf Lotti verlassen zu können, kam, wann immer es ihr passte.

Der junge Bräutigam hieß Andi. Andi Baumann, er war ein paar Jahre älter als sie und hatte sie öfters auf dem Pausenplatz geküsst. Vierzehn war sie gewesen, vielleicht fünfzehn. Er war schon einigermaßen betrunken, als er mit fünf oder sechs Freunden die Bar betrat. Sie hatten sich die Arme um die Schultern gelegt und redeten laut.

Sie trugen Anzüge, Lederschuhe, Krawatten, Siegelringe, Hornbrillen. Angehende Anwälte, schätzte sie. Sie hatte Andi sofort erkannt. Sie wollte sich schon abwenden, ausweichen, doch der Geschäftsführer gab ihr ein Zeichen. Beeil dich, die haben vor, Geld auszugeben!

Als sie langsam auf den Tisch zuging in ihrer glänzenden roten Plastikhose, wurde ihr klar, dass er sich nicht an sie erinnerte. Während sie die Bestellung aufnahm, berührte sie ihn leicht. Sie beugte sich tief hinunter, um den Tisch abzuwischen. Ihre kleinen Brüste spiegelten sich in der glänzenden Oberfläche. Eigentlich sollte sie die Braut sein. Dann würde sie jetzt zu Hause sitzen und mit ihren Freundinnen Champagner trinken. Doch die Braut war bestimmt ein nettes, anständiges Mädchen, keins von der Sorte, die auf dem Pausenplatz herumknutschte, sich die Haare färbte, mit sechzehn schwanger wurde oder gar rote Absätze trug. Also konnte sie nicht die Braut sein. «Wir können uns nicht mehr sehen», hatte er gesagt und sie recht heftig von sich gestoßen, «du hältst mich von den Schularbeiten ab.» Mädchen waren noch nicht vorgesehen in seinem Lebensplan. Und was sollte er sich mit einem Mädchen herumtreiben, das als spätere Ehefrau ohnehin nicht in Frage kam? Reine Zeitverschwendung. Natalie passte leider nirgends in seine Pläne, und wenn sie nicht immer in diesem ärmellosen T-Shirt herumliefe, wäre es gar nicht erst so weit gekommen.

Noch nicht einmal an ihre Brüste konnte er sich erinnern! Natalie richtete sich auf. Sie nestelte an dem nietenbeschlagenen Halsband, das sie auf Anraten des Geschäftsführers trug, um sich diesen punkigen Anstrich zu geben. Sie sei das typische BAD GIRL, hatte er gemeint. Ein bad girl! Ausgerechnet sie, die kochen konnte, seit sie zehn war, und während langer Schulstunden immer wieder ihr Hochzeitskleid auf einem Heftdeckel entworfen hatte! In die Mittelschule war sie überhaupt nur ihrer Mutter zuliebe gegangen, die etwas modernere Ansichten hatte, was die Zukunft ihrer Tochter betraf. Natalie wusste einfach, dass sie früh heiraten und Kinder bekommen würde. Und Andi hätte ihr schon gefallen. Nur deshalb hatte sie ihm ihre Brüste gezeigt. Wer wollte ihr denn einen Vorwurf daraus machen, dass sie mit vierzehn schon den Richtigen gefunden hatte? Dann hatte er sie verlassen. Sie hatte geheult. Ihr Gesicht war ganz nass gewesen, ihr Hals und ihr T-Shirt auch. Er hatte ihr ein Taschentuch gegeben. Dann war er weggegangen. Als sie ihm das Taschentuch zurückgeben wollte, frisch gewaschen und gebügelt, hatte er nur abgewinkt. «Behalt es. Als Erinnerung.» Aus Trotz hatte sie sich an sämtliche Schüler der oberen Klassen herangemacht. Er hielt sie also für ein schlechtes Mädchen? Sie würde ihm zeigen, was ein schlechtes Mädchen war! Kein Wunder, dass sie nicht genau wusste, wer sie nun schlussendlich geschwängert hatte. Vielleicht war es ja einer von den Studenten, die mit Andi Polterabend feierten.

Das werden wir ja sehen, dachte sie und setzte sich auf Andis Schoß. Plötzlich ernüchtert, schob er sie von sich. Seine Freunde grölten. Als sie sich vom Tisch abwandte, meinte sie, sie hinter ihrem Rücken flüstern zu hören. Hast du nicht gesehen, ist das nicht die, die war doch damals schon …

Das hielt sie nicht aus. Sie meldete sich ab und ging nach Hause. In dieser Stimmung konnte sie nicht allein sein. Sie versuchte es wohl, schminkte sich zur Hälfte ab und trank ein Glas Sirup im Stehen. Dann nahm sie den Krug und klingelte bei Held.

«Ich habe gerade Sirup gemacht», sagte sie, «mögen Sie einen Schluck?»

Es war schon spät, zwei, halb drei. Held im ausgebeulten Baumwollpyjama, hellblau mit dunkelblauen Bündchen, reagierte weltmännisch und galant, bat sie herein, holte Gläser und veredelte den Sirup mit Wodka. Er setzte sich neben sie, lehnte sich an sie, legte schließlich den Kopf in ihren Schoß, und während sie seine Haare kraulte, schlief er ein.

«Er hat ein Problem mit Frauen», sagte Natalie.

Elma nickte. Das hatte sie sich beinahe gedacht.

«Ich glaube, es ist Zeit, die Haare auszuspülen.»

Die Farbe war billig und hatte zu lange eingewirkt. Natalies Haar hatte einen grünlichen Ton angenommen. Beim Auskämmen zerbröselten ganze Strähnen unter Elmas Händen. Sie begann zu weinen.

«Dein schönes Haar, es tut mir so leid!»

«Ach, vergiss es!»

Natalie schnitt sich die restlichen Haare mit der Nagelschere ab und glättete ihren Kopf mit dem Damenrasierer. Ihr Schädel war Gott sei Dank ebenmäßig.

Am Nachmittag nach dieser Kur erhielt sie mehr Trinkgelder als je zuvor. Und zur Nachtschicht erschien schon das nächste Mädchen mit einer Glatze. Doch das ließ Natalie sich nicht bieten. Es gab einen hässlichen Streit, in dessen Verlauf Natalie mit dem Holzpantoffel auf die andere losging. Der Geschäftsführer musste sie trennen. Da Natalie eindeutig zuerst auf die Idee gekommen war, wurde die andere gezwungen, eine Perücke zu tragen.

6

Sebastian und Laura, so konnten nur Wunschkinder heißen, dachte Lotti. Zwei erwünschte und geplante Kinder, in die einige Hoffnungen gesetzt worden waren. Zu dumm, dass immer alles anders kommen musste.

Lotti hatte gekocht: gebratenes Huhn mit Erbsen und Chips, dazu Coca-Cola aus der Flasche. Die Kinder fragten sich, was das wohl wieder zu bedeuten hatte.

«Esst», sagte Lotti.

Sogar Papierservietten hatte sie gekauft. Mit Luftballons darauf. Held zahlte den doppelten Tarif. Sollten doch gleich alle davon profitieren!

Die neuen Kinder aßen langsam und sorgfältig unter den prüfenden Blicken der anderen. Unnatürlich still war es in der Küche. Bis die ersten Schubser und unterdrückten Lacher vom unteren Tischende kamen.

«Geht spielen», befahl sie. Sie räumte den Tisch ab. Sebastian folgte ihr in die Küche. Eine Weile schaute er ihr stumm beim Abwaschen zu. Dann nahm er von sich aus ein Tuch in die Hand und begann, beim Abtrocknen zu helfen. Er arbeitete vorsichtig und genau. Den einen oder anderen Teller gab er Lotti wortlos zurück. Nicht sauber!

«Hast du alle Kinder gern?», fragte er nach einer Weile.

Lotti hob die dünn gemalten Augenbrauen. «Sehe ich so aus?»

«Meine Mama hat uns nicht mehr gern», sagte er, ohne auf ihren Scherz einzugehen. Lotti seufzte.

Lass das die anderen Frauen nicht hören, dachte sie.

Sie würden sofort in die Bresche springen wollen. Würden den Jungen mit Liebe überschütten, bis sie auf den Vater tropfte. Sie strich Sebastian mit einer feuchten Hand über den Kopf.

«So ein hübscher Junge», murmelte sie, «wer könnte dich nicht gernhaben?»

Das hatte die Krankenschwester auch immer gesagt. So ein hübscher Junge! Jede Stunde brachten sie ihn in ihr Zimmer. Sie schoben das Kinderbett ganz nahe heran. Dazu zwitscherten sie in den höchsten Tönen. «Ja, wer kommt denn da, wen haben wir denn da, so ein süßes Baby, will seine Mama sehen!» Sie legten ihn in ihren Arm. Sie knöpften ihr das Nachthemd auf und legten ihn an ihre Brust. Stießen ihn mit der Nase in die weichen Fleischberge. Aber sie konnte ihn nicht anfassen. Sie konnte sich einfach nicht überwinden.

Ihr Mann dagegen war ganz hingerissen. Ein Junge! Das wurde aber auch Zeit! Schon sah er sich über ein Fußballfeld jagen, mit einer kleineren Ausgabe seiner selbst, er sah sich schmale Knabenschultern umfassen und männlich drücken, und er sah sich in Zeitlupe über die Wiese laufen, einen selbstgebauten Drachen ziehend; der Drachen war größer und schöner als alle anderen und flog viel höher, sein Sohn stand am Waldrand und applaudierte. Sein Sohn!

Ein Teil seiner Rührung übertrug sich auf seine Frau. Und wie wenn sie etwas dafür könnte, hatte er sie sehr viel großzügiger belohnt als bei der Geburt ihrer Tochter. Eine Brosche mit unzähligen Diamanten. Musste ein Vermögen gekostet haben. Das letzte Mal hatte es nur einen schlichten Anhänger gegeben. Allerdings aus Gold, ein Herz aus Gold, das hatte ihr gefallen, damals hatte sie für

Romantik noch etwas übriggehabt. «Mein Sohn», sagte er immer wieder, «mein Sohn.» Soll er ihn haben, dachte sie, ich will ihn ja gar nicht.

Wenn das Baby die Augen aufschlug, schien es geradewegs durch sie hindurchzuschauen. Konnte es ihre Gedanken lesen? Wusste es, was in ihr vorging? Sie wollte es nicht mehr im Zimmer haben. Sie vergaß sogar seinen Namen. Michael. Er kam ihr so überlegen vor. Auf die Idee, dass er ihre Pflege benötigte, kam sie gar nicht. Damals wurde noch nicht so viel Aufhebens gemacht. Die Babys schliefen im Säuglingszimmer und wurden zu festgesetzten Zeiten gebracht. Stillen war nicht obligatorisch. Die postnatale Depression noch nicht erfunden. Trotzdem wurde ihr Verhalten als auffällig eingestuft.

«Am besten, sie kommt nach Hause», sagte ihr Mann, «wenn sie erst einmal in den eigenen vier Wänden ist, wird sich das schon einrenken.» Der zuständige Arzt stimmte bereitwillig zu. Was hätten sie mit ihr auch sonst anfangen sollen.

Sie erinnerte sich, mit welchem Gefühl der Erleichterung sie ihre Tochter umarmt hatte, kaum vorzustellen, dass sie auch einmal so ein unberechenbares Bündel gewesen war wie das, das jetzt in ihrem Arm lag. Schlafend, in eine Wolldecke gehüllt, sodass sie kaum sein Gewicht spürte. So konnte sie es gerade noch ertragen.

«Meine Mama will ein anderes Leben haben», sagte Sebastian, «ohne Kinder. Sie kann jetzt keine Kinder mehr brauchen.» Er schaute sie prüfend an. Er hatte diesen blauen, durchdringenden Blick. Neun Jahre alt.

«Unsinn!», sagte sie. «Das glaube ich ganz bestimmt nicht!»

Sebastian wischte tausendmal mit dem Küchentuch

über den Tisch. Er ließ sich nicht anmerken, dass er von dieser Antwort enttäuscht war.

Lotti ging mit dem Mädchen in ihr Schlafzimmer und ließ sie an ihrem Schminktisch spielen. Serafina wurde eifersüchtig und leerte eine Flasche Parfüm aus. Das ganze Zimmer verwandelte sich in einen Jardin de Bagatelle.

«Das macht nichts», sagte Lotti, «ich habe es schon lange nicht mehr benutzt.»

Das stimmte auch. Zu viele Erinnerungen hingen an diesem Geruch. Umso schlimmer, dass ihr Schlafzimmer nun voll war davon.

«Hast du sie gehauen?», erkundigte sich Sebastian neugierig, als sie in die Küche zurückkam. «Mein Papa hat mich gehauen. Aber erst einmal. Dabei hab ich überhaupt gar nichts gemacht.»

«Gar nichts? Rein überhaupt nichts?»

«Nichts wirklich Ungezogenes, so wie, du weißt schon, Zunge herausstrecken, Laura ärgern, Fenster einschlagen oder so. So was hab ich überhaupt nicht gemacht.»

«Und warum, denkst du, hat er dich gehauen?»

«Bloß, weil ich der Marion von unserem Haus erzählt habe, unser altes Haus ist nämlich abgebrannt, weißt du, es war ein riesiges Feuer, und Laura und ich waren ganz allein zu Hause, weil, ausgerechnet an diesem Abend musste Mama arbeiten. Ich hab alles gesehen, wie's passiert ist, ich hab nämlich überhaupt nicht geschlafen, aber Papa sagt, das geht niemanden etwas an, und dann hat er mich gehauen, damit ich's nicht vergesse.»

Nachdenklich hielt er inne. «Dir hätt ich es wahrscheinlich auch nicht sagen dürfen.»

«Wahrscheinlich nicht.»

«Wirst du es dem Papa sagen?»

Sie wich seinem Blick aus. Sah auf die Uhr.

«Höchste Zeit für euch alle!»

Vom Küchenfenster aus sah sie, wie sich die Kinder auf den Weg machten. Dani und Mauro hatten Laura zwischen sich genommen. Sebastian ging ein paar Schritte hinterher, den Kopf hoch erhoben, als gehöre er nicht zu ihnen und interessiere sich auch nicht im Geringsten für sie. Als ginge er nur zufällig denselben Weg.

«Familie ist nicht alles», murmelte sie und zog die Vorhänge zu. Die Nachmittagssonne schien mit unnötiger Härte in ihr Zimmer.

Zeno Held war anderer Meinung. «Mir persönlich bedeutet die Familie mehr als alles andere», sagte er feierlich.

Er war viel zu früh gekommen. Dabei wusste er doch, dass die Schule erst um vier aus war. Nicht um die Kinder abzuholen, war er gekommen. Nein, um seine Geschichte loszuwerden. Darauf hatte Lotti sich bereits eingestellt. Geschehe nichts Schlimmeres, dachte sie. Immerhin hatte er sich an ihre Marke erinnert. Außerdem konnte Serafina jeden Moment aus dem Mittagsschlaf aufwachen und sie unterbrechen.

«Nehmen Sie doch Platz», sagte sie freundlich, «ich hole nur eben die Gläser.»

«Den jungen Frauen heutzutage geht jeder Familiensinn ab», knurrte Held, «ist doch wahr!»

«Sie reden ja, als ob Sie hundert Jahre alt wären.»

Genau so fühlte er sich auch. Aber wieso sollte er das zugeben. Er hob das Glas.

«Auf Ihr Wohl, Frau Lotti.»

«Auf das Ihre.»

Was wollen die Frauen? Wenn ihm das jemand sagen könnte! Sophie war einfach nie zufrieden gewesen. Hatte sie nicht alles gehabt, was eine Frau sich wünschen konnte? Ein Haus in einer Modellsiedlung, nach eigenen Wünschen ausgebaut und mit umweltschonenden Farben gestrichen. Das war ihr besonders wichtig gewesen. Wegen der Kinder natürlich. Und dann beschwerte sie sich, weil kein Geld mehr da war. Schulden, Schulden, Schulden. Hatte sie vielleicht gedacht, das alles sei gratis? Das Teuerste am ganzen Ausbau waren die giftstofffreien Farben gewesen. Er hatte es ihr oft genug vorgerechnet, aber sie schien es einfach nicht zu begreifen. Du arbeitest zu viel, du arbeitest zu viel. Immer bist du weg. Hatten sie nicht ein neues Haus, einen Zweitwagen und Konten bei verschiedenen Hauslieferdiensten? Was blieb ihm denn anderes übrig, als zu arbeiten? Er sei zu wenig für die Kinder da, warf sie ihm vor, er entlaste sie nicht. Und was denn noch, bitte schön? Er schuftete schon wie ein Galeerensklave, um die laufenden Kosten zu decken. Sollte er nach einem Zwölfstundentag vielleicht noch das Abendessen kochen und die Kinder baden? Während sie in aller Ruhe in einem Gartenbuch blätterte?

«Zu schade, dass alles verbrannt ist», sagte Lotti.

«Verbrannt? Wie kommen Sie denn darauf?»

«Es wird halt geredet.»

Er schwieg einen Moment.

«Das können Sie gar nicht verhindern», beeilte sich Lotti, ihn zu beruhigen. «Sie müssen einfach abwarten, bis etwas anderes interessant wird. Zum Glück passiert hier immer etwas Ungewöhnliches. Wir hatten sogar schon einen Mord in der Siedlung.»

Sie stand auf und verließ das Zimmer, während er noch überlegte, ob sie ihn mit dieser letzten Bemerkung beleidigen wollte. Eine Minute lang stand sie in ihrem parfümgeschwängerten Schlafzimmer neben dem Bett. Serafina schlief mit offenem Mund, die Hände zu Fäusten geballt. Sie machte keine Anstalten, aufzuwachen. Es blieb Lotti nichts anderes übrig, als zurück ins Wohnzimmer zu gehen und sich den Rest auch noch anzuhören. Sie glaubte eigentlich nicht, dass irgendein Teil der Geschichte sie noch überraschen konnte.

«Wirklich schlimm wurde es erst, als sie anfing, diese Kurse zu besuchen», sagte er, als ob er seine Erzählung niemals unterbrochen hätte.

Japanisches Blumenstecken, wer würde dahinter etwas Subversives vermuten. «Was willst du denn damit», hatte er gesagt, «du machst doch immer so hübsche Arrangements.»

«Es geht um meine Kreativität», hatte sie geantwortet, und in einem Ton! Kreativität, das war doch nicht ihr Ernst. Eine kleine Floristin mit roten Backen, die ein paar langstielige Blumen in ein Mooskissen steckte. Für wen hielt sie sich? Hatte sie vergessen, dass er es gewesen war, der sie aus diesem Mief befreit, der ihr dieses Leben ermöglicht hatte? Das kam noch dazu: Der Ikebana-Kurs fand abends statt. «Die Kinder brauchen dich», hatte er ihr vorgehalten. «Nicht, wenn sie schlafen», hatte sie geantwortet. Und bevor er wusste, wie ihm geschah, saß er jeden Mittwochabend allein zu Hause und kam sich überflüssig vor. Die Kinder wachten nie auf. Aber das hätte er ihr nicht gesagt. Sollte sie sich ruhig Sorgen machen. Sollte sie ruhig unter ihrem schlechten Gewissen leiden. Und dann die Art, wie sie beim Nachhausekommen immer als Erstes ins Kinderzimmer eilte. Noch im Mantel. Ohne ihm auch nur einen Blick zuzuwerfen. Von einem Kuss ganz zu schweigen.

«Ach herrje», sagte Lotti mitfühlend, «und was geschah dann?»

Sophie wurde gefragt, ob sie bereit wäre, selber Kurse zu leiten, und bevor sie sich's versah, war sie wieder berufstätig. Kursabende, Sitzungen, Vorbereitungswochenenden, sogar Unterlagen nahm sie mit nach Hause. Obwohl sie sich in dieser Frage doch immer einig gewesen waren.

«Eine Mutter muss für ihre Kinder da sein», sagte er, «man weiß doch, wie es sonst ausgeht. Aber wem sage ich das! Das wissen Sie ja wohl am besten.»

Lotti hielt ihr Glas fest.

«Wie meinen Sie das», fragte sie vorsichtig.

«Na, diese Würmer, die sie hier haben. Was soll denn aus denen einmal werden. Die Mütter kümmern sich einen Dreck. Würde mich nicht wundern, wenn sie sie sogar nachts allein ließen!»

«Das tun sie nicht», fuhr Lotti ihn an, «sie bringen ihre Kinder zu mir, wenn sie ausgehen wollen. Rocky beispielsweise hat das Wochenende bei mir verbracht, wenn es das ist, was Sie beschäftigt.»

Damit er sich nicht etwa einbildete, sie wüsste nicht Bescheid. Held nestelte verlegen an seinen Manschetten. Sie ließ ihn eine Weile köcheln, dann sah sie auf die Uhr: «Schon nach vier! Wie die Zeit vergeht. Die Kinder müssen jeden Moment zurückkommen.»

Das war deutlich. Hastig beendete er seine Erzählung, in der Kurzfassung, aber er hatte so ein Gefühl, als ob er nicht mehr oft Gelegenheit haben würde, ungestört mit Lotti zu plaudern. Irgendetwas musste er falsch gemacht haben.

Kurz und gut: Sophie verliebte sich in den Koordinator des Freizeitclubs und verließ Mann, Haus, Hund und

Kinder. Wegen eines ziemlich jungen Mannes mit dünnen Beinen und großen Füßen, die in Gesundheitssandalen steckten.

«Nein», rief Lotti, «so etwas!»

Und damit würde er sich zufriedengeben müssen.

Cristina war die Einzige, die sich ihre Kinder schnappte, sie in die Jacken steckte und nach Hause ging. Sie war ganz einfach zu müde, um mehr als einen Blick auf den Mann zu werfen, der in Lottis Diele stand. Sie war schon froh, wenn sie es noch schaffte, das Abendessen zu kochen und die Kinder zu baden, bevor sie erschöpft zusammenbrach, zu müde, um noch zu träumen. Aber die anderen! Weiber!, dachte Lotti. Wie sollte sie die je wieder loswerden! Da standen sie und schnatterten um die Wette, strichen um Held herum und versuchten, ihn festzunageln. Ob er sich auf einen ruhigen Abend gefreut hatte, ein Fertigmenü aus der Aluminiumschale, die uralte, vergammelte Trainingshose, ein Bier vor dem Fernseher?

Kein Gedanke daran! Der Mann hatte nicht die geringste Chance zu entkommen. Mit mindestens einer von ihnen würde er den Rest des Abends verbringen müssen. Für welche würde er sich entscheiden? Für Natalie mit der polierten Glatze, die sich katzenhaft an seiner ausgepolsterten Jackettschulter rieb? Oder für Elma, die unter halbgesenkten Lidern mit verschleierten Anspielungen zu verstehen gab, sie teile so manches Geheimnis mit ihm? Sogar Frau Meierhans war noch aufgetaucht, kurz nach halb fünf, unter einem Vorwand, der so windig war, dass Lotti ihn sofort wieder vergessen hatte. Frau Meierhans trug auch in der Wohnung eine Sonnenbrille. Unter dem linken Glas schimmerte schwarzverfärbte Haut durch das billige, glänzende Make-up. Anmerken ließ sie sich nichts.

Mit ihrer durchdringenden Stimme redete sie auf Held ein. Ihre Taktik bestand ganz einfach darin, die anderen zu übertönen. Lotti zog sich in die Küche zurück. Wo hatte er bloß die Flasche hingestellt? Das aufgeregte Geplapper klang durch die dünnen Wände bis zu ihr. Sie schenkte sich ein Glas ein. Sie sah die Frauen wie Spinnen ihre klebrigen Fäden ziehen und Held sich rettungslos darin verwickeln. Beinahe könnte er ihr leidtun. Als auch noch Rosa vom Supermarkt auftauchte, um einen Karton Lebensmittel abzuliefern, den sie nie bestellt hatte (schon gar nicht gehörte es zu Rosas Gepflogenheiten, den Leuten die Einkäufe nachzutragen), wurde es Lotti zu viel.

«Schluss, aus, Feierabend!», rief sie und winkte alle mit der leeren Flasche zur Tür hinaus. Noch aus dem Treppenhaus klangen die Stimmen zu ihr herauf. Welcher würde es gelingen, ihn sich zum Abendessen zu schnappen? Und wie würde sie es anstellen, die anderen loszuwerden? Lotti seufzte. Ob Rosa wenigstens daran gedacht hatte, eine Flasche Sherry in den Karton zu tun? Wohl kaum. Rosa war eine bekehrte Alkoholikerin. Ohne große Hoffnung wühlte Lotti in der Schachtel. Nichts. Nur Apfelsaft.

7

Um sieben, hatte er gesagt. Er wollte vorher noch eine Dusche nehmen. Elma stellte sich vor, wie er in diesem Moment unter dem warmen Wasser stand und sich einseifte. Sie stellte sich seine Arme vor, seine Schultern, seine Brust. Den Seifenschaum in seinen Körperhaaren. Sie sollte sich besser auf das Essen konzentrieren. Wie lange war es her, dass sie richtig gekocht hatte? Es fehlte ihr an Küchengerät, an Gewürzen, an Grundnahrungsmitteln. Sie würde noch einmal einkaufen müssen. Hatte sie überhaupt noch genügend Geld? Würde es ihr gelingen, auf der Post einen Scheck von der Krankenkasse einzulösen, Rückerstattungsbeiträge in der Höhe von 41,75, noch vor Ladenschluss? Und wo war der verdammte Scheck überhaupt? Früher hätte sie damit begonnen, sich das passende Kleid für den Anlass zu kaufen. Sie durfte gar nicht daran denken. Sie konnte froh sein, wenn sie noch Zeit hatte, sich die Haare zu waschen. Sie schaltete den Fernseher ein und auf den Trickfilmkanal.

«Ich bin gleich wieder da», sagte sie. Und bevor Serafina das Gesicht zum Weinen verziehen konnte: «Ich bring dir auch etwas Schönes mit!»

Sie verließ die Siedlung und ging in einem besseren Laden einkaufen, ein Stück die Straße hinunter. Sie wollte etwas wirklich Feines kochen, wie Filet Wellington, aber dafür reichte ihr Geld wohl nicht. Und wer sagte ihr, dass er kein Vegetarier war? Ob er wohl chinesisch mochte? Das war nicht so teuer. Allerdings war der Wok in der ehelichen Wohnung geblieben. Nein, entschied sie, lieber etwas Solides. Männer mögen das, hatte ihre Großmutter schon gewusst. Und über ihre Küche hatte sich Giovanni nie beschwert. Bis zum bitteren Ende hatte er aufgegessen, was sie für ihn gekocht hatte.

Sie würde Hackbraten machen mit viel Soße und Kartoffelbrei. Hausgemachten Kartoffelbrei. Da musste ihm doch das Herz aufgehen. Außerdem kaufte sie eine Flasche Wein und ein rosa Haarspangenkrokodil für Serafina.

Sie stellte sich vor, so würde es jetzt immer sein. Serafina planschte im Bad, während sie das Essen zubereitete. Die Hände bis zu den Ellbogen in der Schüssel. Langsam knetete sie die Fleischmasse. Rosa quoll es zwischen ihren Fingern hervor. Im Radio lief um diese Zeit immer die Herzensbrechersendung. Sie sang mit, I will always loooooove you. Gut, das hatte ihr schon einmal einer versprochen, offiziell und amtlich beglaubigt, aber daran wollte sie jetzt wirklich nicht denken. In so einem Moment sollte sie nicht kleinlich sein. Seit sie Zeno kennengelernt hatte, konnte sie es sich leisten, zu vergeben und zu vergessen. Ihr Leben begann heute Abend.

Ihr wirkliches Leben. Das vorher war nur ein Versuch gewesen, ein Irrtum, ein Probelauf im besten Fall. Es zählte nicht mehr. Von heute an würde sie jeden Abend singen, während sie das Abendessen zubereitete. Aber nicht zu laut, denn sonst würde sie ihn nicht kommen hören. Manchmal wäre das Essen noch nicht ganz fertig, wenn er nach Hause käme, dann würde er ihr helfen. Oder er würde Serafina aus dem Bad nehmen und abtrocknen. Dieser Abend würde nur der erste von vielen sein. Vorausgesetzt, dass sie den Hackbraten nicht vermasselte.

Natürlich hatte sie die Zubereitungszeit unterschätzt. Das hatte ihr wenigstens die Frage erspart, was sie anziehen sollte. So war sie als Einzige zerzaust, verschwitzt, in einem fleckigen T-Shirt. Wenigstens Serafina sah ordentlich aus in einem Bärenpyjama mit von der Feuchtigkeit gekringelten Haaren und roten Backen. Die beiden größeren Kinder zupften an ihr herum wie an einer Puppe. Sie schienen sich gut zu verstehen. Das war doch schon etwas.

Sie sah ihr Spiegelbild verschwommen in der Glastür des Backofens. Etwas Undefinierbares klebte an ihrem Kinn, und eine fettige Haarsträhne hatte sich aus dem Haargummi gelöst und fiel ihr ins Gesicht. Der Hackbraten allerdings sah gut aus. Und außerdem hatte er sie geküsst. Reine Gewohnheit, sie wusste es, genau so, wie sie ihm automatisch das Gesicht zugewandt hatte, als er in die Küche gekommen war, genau so hatte er sie geküsst, flüchtig und gedankenlos. Ein vollkommen unspektakulärer Hallo-Schatz-wie-war-dein-Tag-Kuss. Schließlich waren sie beide lange genug verheiratet gewesen. Nun gut. Aber das alles änderte nichts an der Tatsache, dass sie sich geküsst hatten.

Der letzte Mann, der sie geküsst hatte, war der Personalleiter der vorvorletzten Firma gewesen, bei der sie gearbeitet hatte. Er hatte sie auf dem Flur erwischt und zwischen seinen Armen eingeklemmt und gegen die Wand gepresst, sodass sie nicht weglaufen konnte. Nicht, dass sie etwa weglaufen wollte, sie war schon zu lange allein gewesen, und außerdem wollte sie den Job nicht verlieren. Er hatte die Augen zusammengekniffen, sodass seine Lachfältchen gut zur Geltung kamen, und sich in Zeitlupe über sie gebeugt, und dann hatte er sie geküsst. Die Mädchen im Büro fanden immer, er habe etwas von Magnum, dem Hawaiihemden tragenden Fernsehdetektiv. Er musste davon gehört haben, denn er kultivierte die Ähnlichkeit eindeutig. Treuherziger Blick, jungenhaftes Lachen, federnder Gang. Von den Hemden ganz zu schweigen. Zum Küssen kam das Vorbild im Fernsehen leider nur allzu selten, und einigermaßen enttäuschend fiel sein Kuss dann auch aus. Der Schnurrbart kitzelte, und er hatte diesen gewissen gesündlichen Mundgeruch von Menschen, die sich bewusst ernähren.

Trotzdem war es nicht unangenehm gewesen. Und am nächsten Tag hatte sie sich dabei ertappt, wie sie nach ihm Ausschau hielt. Ein paarmal hatten sie sich noch im Archiv geküsst, und einmal hatte er sie zum Mittagessen eingeladen, aber nur, weil sie darauf bestanden hatte. Aussprechen wollte sie sich! Er hatte ihr ein Sandwich gekauft, er selber hatte seinen Lunch dabei, Linsensalat in einem Tupperware, die Soße separat in einem kleineren Gefäß, natürlich war er verheiratet, wie hatte sie nur so dumm sein können. Diese Aussprache konnten sie sich sparen. Das war ihm auch sehr recht. Einige Tage später sah sie ihn eine Aushilfe küssen, und es machte ihr überhaupt nichts aus. Umso besser.

Den Job verlor sie dann trotzdem, aber das hatte nichts damit zu tun. Sagte er jedenfalls, und sie glaubte ihm. So, wie er sie ansah, konnte er sich kaum mehr an ihre Küsse erinnern. Es war nur schade, dass sie vor dem Sommer gehen musste. Nie hatte sie ihn in kurzen Hosen gesehen. Sie fragte sich noch heute, ob seine Ähnlichkeit mit Magnum vor den Wadenmuskeln haltmachte oder nicht.

Wie artig seine Kinder waren. Wie ruhig sie am Tisch saßen. Serafina war so beeindruckt, dass sie ganz und gar vergaß, herumzuhampeln und mit dem Essen um sich zu werfen. Voller Bewunderung starrte sie das große Mädchen an.

«So musst du essen», sagte Laura und hielt Messer und Gabel hoch. «Schau genau zu, wie ich es mache! So!» Und Serafina begann, mit Messer und Gabel zu essen. Er saß ihr gegenüber. Er lächelte. Sie lächelte zurück. Leider fiel ihr nichts ein, worüber sie reden könnten. Er fragte sie dies und das, aber sie wusste kaum eine Antwort. Merkte er denn nicht, dass sie schon so viel weiter waren, obwohl sie sich kaum kannten? Sie könnten seit Jahren zusammenleben, tatsächlich war es nur eine Verstrickung widriger Umstände, dass es nicht so war, und das Einzige, was jetzt einen Sinn ergab, war, diesen Zustand zu ändern. Richtigzustellen. Darauf lief es doch hinaus, wozu da über das Wetter reden oder über die Einkaufsmöglichkeiten in der Gegend oder über Lottis Kollektion von Morgenmänteln? Das war doch nichts als eine unnötige Verzögerung, ein vollkommen überflüssiger Umweg. Sollte sie ihn nicht einfach fragen, was er zum Frühstück aß, wie seine Mutter hieß und wie er sich die Zimmeraufteilung vorstellte, wenn er zu ihr zog, oder vielleicht doch besser sie zu ihm, nein, am allerbesten würden sie die Siedlung ganz verlassen. Gerade noch konnte sie die Frage, was er von einem Häuschen in der Vorstadt hielt, herunterschlucken. Also saß sie nur da und lächelte und füllte die Teller.

«Schmeckt es euch?», war so ungefähr ihr einziger Beitrag zur Unterhaltung.

«Das ist das beste Essen, das ich seit langem hatte. Ich hatte ganz vergessen, wie selbstgemachter Kartoffelbrei schmeckt!»

«Das hast du zu Marion auch gesagt», murrte Sebastian, «genau das!»

Marion?

«Frau Meierhans war so freundlich, uns in den ersten Tagen zu verpflegen», sagte er, ein wenig verlegen, wie ihr schien. Frau Meierhans, ach so. Sie stand auf und räumte den Tisch ab. Grob klapperten die Teller. Er folgte ihr in die Küche.

«Kann ich helfen?»

Geschickt stapelte er das Geschirr im Spülbecken. Dann strich er über ihre Schulter. «Ihr geschiedener Mann ist ein Idiot», sagte er leise, «eine Frau wie Sie findet man so selten wie eine Perle in einem Tiefkühl-Muschelragout!»

Sie lächelte schüchtern. Schön und gut, aber was hielt ihn davon ab, sie zu duzen? Wenn er Frau Meierhans schon per Marion kannte?

Dann gingen sie, viel zu früh, die Kinder mussten morgen wieder zur Schule. Natürlich verstand sie das. Auch wenn es ihr nicht gefiel. Nun gut, dann würde sie eben Serafina auch ins Bett bringen. Schaden konnte das auf keinen Fall. Serafina war erstaunlich brav, als hätte die erwachsene Artigkeit seiner Kinder auf sie abgefärbt. Ohne Widerrede ließ sie sich die Zähne putzen und lag in Rekordzeit im Bett. Kurz vor dem Einschlafen fragte sie, warum sie keine Schwester haben könne wie Laura.

«Vielleicht kannst du das ja», flüsterte Elma, es rutschte ihr heraus, bevor sie darüber nachdenken konnte, aber warum auch nicht. Nach diesem Abend schien ihr alles möglich.

«Verstehst du, das ist ein Zeichen des Schicksals», sagte sie später zu Lotti, «und außerdem raucht er dieselbe Zigarettenmarke wie ich.»

«Ich dachte, du hast aufgehört», sagte Lotti, aber sie

wusste schon, was jetzt kam: Natürlich hatte sie sofort wieder angefangen, wer war sie denn, um sich dem Schicksal in den Weg zu stellen?

«Und die Kinder haben sich auch gut verstanden», fuhr Elma fort, «das ist wahnsinnig wichtig für später, denn wenn das nicht klappt, wird es schwierig. Ich habe ein Buch gelesen, man nennt das die Patchworkfamilie, das ist heute gar nicht mal so selten. Statistisch gesehen halten zweite Ehen sowieso länger. Findest du, ich bin schon zu alt, um ein weißes Kleid zu tragen?»

«Ein weißes Kleid?»

«Hochzeitskleid!»

Lotti schloss die Augen.

«Wenn ich mich danach fühle, spricht doch nichts dagegen, oder? Ich fange wieder an zu leben. Mit ihm. Ein weißes Kleid gehört unbedingt dazu. Aber vielleicht sollte ich ihn fragen. Habe ich dir schon erzählt, dass er …»

«Ja», sagte Lotti, «das hast du mir alles schon erzählt!»

Aber Elma war nicht aufzuhalten. Lotti hatte es versucht. Sie habe keine Zeit, nichts zum Trinken im Haus, sie sei müde, die Gläser nicht abgewaschen … «Dann hat er gesagt, dann habe ich gesagt, und dann hat er mich angeschaut, und mir wurde ganz anders, und während des ganzen Essens lag seine Hand so ausgestreckt auf dem Tisch, dass er beinahe mit den Fingerspitzen meine Hand berührt hat, aber vor den Kindern konnte er natürlich nicht …» Es nahm kein Ende. Früher oder später würde Rocky aufwachen und anfangen zu weinen, und Lotti konnte nur hoffen, dass Elma zu sehr mit sich selber beschäftigt war, um sich zu fragen, warum Rocky hier übernachtete und was Natalie wohl vorhatte.

Natalie hatte noch eine Verabredung in den späten Abendstunden.

Führte ein recht anstrengendes Leben, dieser Herr Held. Wenigstens konnte er sich darauf verlassen, dass Frau Meierhans frühmorgens hereinschauen würde, um ihm eine schöne Portion Eier mit Schinken zu braten. So würde er schon wieder zu Kräften kommen.

8

Liebe Frau Donata

ich wollte Ihnen ja eigentlich noch den Rest erzählen von meinem Leben, wahrscheinlich haben Sie sich schon gedacht, was hat denn die, der geht es doch ganz gut, ich seh nicht, wo die Probleme haben könnte, außer, dass sie vielleicht ein bisschen fett geworden ist in der Schwangerschaft, aber darum wird sich ja wohl der Arzt kümmern. Das tut er ja auch, er hat gesagt, ich darf zwei Tage in der Woche nur Reis essen, nichts als nackten Reis aus dem Wasser, keine Gewürze, keine Butter und vor allem kein Salz. Ja, wie soll ich denn das machen, frage ich Sie, wenn die Buben aus dem Kindergarten kommen, soll ich ihnen etwa zuschauen, wie sie die Fischstäbchen verdrücken? Und ich sitze daneben und schaufle den Reis in mich hinein? Und abends der Mann? «Für zum Abnehmen ist es jetzt auch zu spät», hat er nur gesagt, und seither lass ich es bleiben, lieber streite ich mich mit dem Arzt herum als Unfrieden in der Familie, das finden Sie doch sicher auch. Ich hoffe nur, Sie haben meinen Brief nicht weggeworfen, weil Sie das Problem nicht sehen konnten, aber ich habe ja gesagt, ich erzähle es Ihnen im nächsten Brief. Je mehr Sie über mich und meinen Mann wissen, desto eher verstehen Sie uns und können einen passenden Rat geben. Ich hoffe es wenigstens. Angefangen hat es kurz nachdem wir es wussten, dass es wieder eingeschlagen hat. Zuerst war er ganz glücklich, also gesagt hat er es jedenfalls, und wir haben eine Flasche Wein getrunken, das heißt, er vor allem, denn ich sollte ja nicht. Er trinkt normalerweise lieber Bier, außer es gibt etwas zu feiern, wie in diesem Fall. Vielleicht lag es ja einfach am Wein, denn sonst ist er nicht so. Eher bin ich die, die nicht will, dann tue ich so, als ob ich schlafe, und höre ihn vor sich hin schimpfen, aber an diesem Abend hätte ich nichts dagegen gehabt, nur schon um zu wissen, dass alles in Ordnung ist und wir uns noch gernhaben und all das. Sie wissen schon, was ich meine. Aber dann wollte er nicht, und ich habe mich schlafend gestellt, weil ich ihn nicht in Verlegenheit bringen wollte, aber trotzdem gab er mir die Schuld. Am nächsten Morgen sprach er kein Wort mit mir, und am Abend, kaum war er zur Tür herein, fing er auch schon an zu schimpfen. Vollkommen ungerecht war das, wegen der Wohnung, die ich wirklich gut in Schuss halte, in der ganzen Siedlung finden Sie keine Wohnung, die so sauber und ordentlich ist wie meine, aber ich habe Ihnen ja bereits erklärt, wie das hier ist, das heißt nicht viel. Ich habe nämlich einen Wochenplan, so weiß ich jeden Tag, was ich zu tun habe, und abends kann ich es abhaken, das gibt mir schon ein gutes Gefühl, das kann ich Ihnen sagen. Vor allem, weil ich sicher bin, dass nichts vergessen geht. Es gibt nur eins, man muss sich daran halten. Wenn es zum Beispiel am Donnerstag regnet, wenn ich die Teppiche ausklopfen soll, dann mach ich es eben unten im Keller. Weil, am Freitag habe ich ja wieder andere Verpflichtungen. Aber ich bin sicher, jede andere hier würde es einfach bleibenlassen. Was soll ich denn die Teppiche ausklopfen, wenn es regnet, würden sie denken, ich geh lieber ins Café an der Ecke und schau mir eine Illustrierte an! Die würden ja noch nicht einmal auf die Idee kommen, einen Teppich auszuklopfen! Also bei denen sieht es aus, das können Sie sich nicht vorstellen! Ich würde ja nie einen Fuß in so eine Wohnung setzen, außer, wenn ich muss! Nein, also das war schon ungerecht, als Ernst nach Hause kam und rief, es sei ein einziger Saustall und er frage sich ja nur, was ich den ganzen Tag mache mit meiner Zeit und ob ich wohl noch etwas anderes im Kopf habe, als sein Geld auszugeben. Und das ist nun einfach nicht wahr. Seit wir Toni haben, das ist der Ältere, habe ich nichts mehr für mich selber gekauft, außer Strumpfhosen. Und das alles nur, weil die Schuhe nicht in einer Reihe standen, sondern alle durcheinander im Flur, ich hatte sie nämlich eben erst hervorgenommen, um sie zu putzen, und als ich mittendrin war, rief einer der Buben aus der Badewanne, und da bin ich halt gerannt, ja was soll ich denn sonst tun, bitte schön? Und in dem Moment kommt er nach Hause und stolpert über die Schuhe, die im Eingang stehen, wie soll ich denn wissen, dass er früher kommt? Ich hätte doch nie angefangen, Schuhe zu putzen, wenn ich gewusst hätte, er kommt jede Minute zur Tür herein! Oder! Und er schimpft und schreit und reißt eins nach dem anderen die ganzen Sachen aus den Schränken und fegt sie von den Regalen hinunter, und einiges geht zu Bruch, und ich denke noch, hat er getrunken, da packt er mich am Arm und schüttelt mich, sodass ich am nächsten Tag blaue Flecke habe, und schreit: «Schau dir doch mal die verdammte Sauordnung an, ist das eine Sauordnung oder ist es keine?» Ja, jetzt war es natürlich eine, aber das konnte ich ihm ja nicht sagen, ich konnte die Buben hören im Badezimmer, sie wimmerten vor Angst, und ich hatte selber Angst, so kannte ich ihn gar nicht, der Ernst ist nämlich sonst ein gutmütiger Mensch. Also habe ich mich entschuldigt, und geweint habe ich und gesagt, es tut mir leid, es tut mir leid, es kommt bestimmt nicht mehr vor, wenn er nur aufhört. Und dann ist er hinausgegangen, er hat noch gerufen, er käme erst zurück, wenn die Wohnung in einem anständigen Zustand wäre, und die Türe zugeschlagen hat er auch noch. Aber ich merkte schon, dass es ihm nicht mehr ganz wohl war dabei. Also habe ich die Buben aus dem Bad genommen und getröstet, und zusammen haben wir aufgeräumt, und beide durften die Nacht im großen Bett schlafen, einer rechts, einer links, ich in der Mitte, kein Auge hab ich zugetan. Der Ernst ist erst am nächsten Abend nach der Arbeit zurückgekommen. Er hat nichts gesagt, also hab ich auch nichts gesagt.

Liebe Frau Donata,

seit Wochen schreibe ich Ihnen Briefe, und Sie haben noch kein einziges Mal geantwortet. Langsam frage ich mich, ob es Sie wirklich gibt. Ich verlange ja gar nicht unbedingt, dass Sie einen Brief und Ihre Antwort abdrucken in der Zeitung. Obwohl das natürlich schon schön wäre, dann könnte ich es ihm schwarz auf weiß zeigen. Vielleicht würde er es sogar von selber sehen, er liest nämlich die Zeitung jeden Abend nach der Arbeit von vorn bis hinten, jede einzelne Seite. Vielleicht würde er den Brief lesen und dazu Ihre Antwort, und plötzlich würde ihm ein Licht aufgehen. Er würde denken, genau so gehe ich ja auch mit meiner Frau um, der Mutter meiner Kinder, das geht doch nicht, das darf man nicht, Frau Donata schreibt es ganz deutlich. Es ist unwürdig. Und dann würde er in sich gehen und sich fragen, was denn eigentlich mit ihm los ist, vielleicht ist er ja überarbeitet oder sonst etwas, aber meine Schuld ist es nicht. Dann würde er darüber nachdenken, ob es recht ist, alles an mir auszulassen, und er würde, mit Ihrer Nachhilfe, zu dem Schluss kommen, nein, es ist nicht recht, und er würde sich bei mir entschuldigen, und alles wäre wie früher. Oder vielleicht finden Sie es ja in Ordnung, dass er mich schlägt? Vielleicht denken Sie, irgendwie wird sie es sich schon verdient haben, umsonst schlägt keiner seine Frau?? Einmal hat Ihnen eine Frau geschrieben, die glaubte, ihre Schwester würde vom Mann verprügelt, und was sie unternehmen soll, erinnern Sie sich? Sie haben ihr geantwortet, sie solle sich ja nicht einmischen, das seien Sachen zwischen Eheleuten, die seien für Außenstehende kaum zu verstehen, und sie könne großes Unheil anrichten, wenn sich dann die Schwester zum Beispiel scheiden lässt und die Kinder im Frauenhaus aufwachsen müssen. Ich bin ja ganz mit Ihnen einverstanden, eine Scheidung wäre das Schlimmste, wenigstens für die Kinder, denn die Kinder brauchen nun mal eine Mutter und einen Vater. Aber haben Sie sich schon mal überlegt, was wäre, wenn sie die Schwester nur erfunden hat, wenn sie selber die ist, die geschlagen wird, und sich nur nicht recht getraut hat, es geradeheraus zu schreiben, so wie ich es jetzt tue? Wenn Sie meine Meinung wollen, genau so war es. Das ist doch ein klassischer Fall von «ein guter Freund von mir hat ein Problem» … Ja, und wenn es so war, dann war sie mit Ihrem Rat ganz schön angeschmiert und so schlau als wie zuvor. Nun gut, ich will Sie ja nicht kritisieren, wie käme ich denn dazu, und vielleicht lehrt Sie das wenigstens, das Kind beim Namen zu nennen. Ist ja auch schon etwas. Mein Mann, der Ernst, schlägt mich im Schnitt einmal pro Woche, wenn er von der Arbeit kommt und irgendeinen Ärger hat, manchmal aber auch einfach so, oder am Wochenende, da kann es genügen, dass das Telefon klingelt und am anderen Ende ist falsch verbunden, und schon schießt er hoch und verdreht mir den Arm und schreit mich an, er weiß, dass ich einen Liebhaber habe, kann das Schwein nicht wenigstens anrufen, wenn er auf Arbeit ist, wahrscheinlich tut er das ja auch, die ganze Zeit, kein Wunder komme ich nicht dazu, ein rechtes Essen zu kochen. Dabei habe ich noch nie etwas Fertiges aufgetragen, immer selber gekocht, immer. Sowieso ist das der größte Witz, das mit dem Liebhaber, und wenn Sie mich sehen könnten, wüssten Sie, warum. Mich hat noch nie ein Mann so richtig angeschaut, außer dem Ernst, und deshalb hab ich ihn ja so gern, weil er der Einzige ist, der etwas an mir findet, aber in letzter Zeit bin ich mir nicht mehr so sicher. Jeder Vorwand ist ihm recht, um seine Wut über mich auszukippen wie schmutziges Wasser, das vorhin war nur ein Beispiel. Das Essen passt ihm nicht, oder die Buben sind vorlaut, oder ich habe die Zeitung falsch gefaltet, weil, er liest sie erst abends, und nichts regt ihn mehr auf. Dass ich tagsüber Zeit habe, um zu lesen, und es dann nicht einmal fertigbringe, die Zeitung wieder so zu falten, dass sie aussieht wie neu. «Was willst du denn mit der Zeitung», schreit er, «dumm, wie du bist, würde mich wundern, wenn du überhaupt alle Buchstaben kennst!» Das ist gemein, weil er weiß, dass ich nie die Hellste war, in der Schule haben sie das auch gesagt, und bald traute ich mich gar nicht mehr, überhaupt etwas zu sagen, und viel gelernt habe ich sicher nicht, aber um die Zeitung zu lesen, reicht es allemal. Obwohl ich eigentlich am liebsten nur Ihre Seite lese, Frau Donata, und vielleicht auch noch die Leserbriefe. Jeden Abend habe ich Angst, wenn ich ihn nach Hause kommen höre. Erst die Schritte auf der Treppe, ich versuche herauszuhören, was er für eine Laune hat, aber es gelingt mir nicht, dann der Schlüssel, der sich dreht im Schloss, und die Türe wird geöffnet. Oft merke ich erst in dem Moment, was ich falsch gemacht habe, zum Beispiel habe ich irgendetwas falsch eingeräumt oder umgestellt oder vergessen zu besorgen, und dann ist es natürlich schon zu spät. Aber es kann auch etwas ganz anderes sein, das ihn ärgert, und manchmal ist es gar nichts, dann ist er ganz freundlich, höchstens ein bisschen abwesend. Aber Angst habe ich natürlich trotzdem, und die Buben auch, und Ben, das ist der Kleine, macht sich wieder in die Hose, nachts muss ich ihm eine Windel anlegen, und das ist wieder etwas, was den Ernst aufregen könnte. Zum Glück hat er bis jetzt nichts gemerkt. Wenigstens lässt er die Buben in Ruhe. Mir ist es lieber, er schlägt mich, wenn er schon jemanden schlagen muss. Obwohl ich manchmal doch Angst um das Baby habe. Aber manchmal denke ich auch, das Baby ist an allem schuld, denn vorher war er nicht so. Aber so etwas sollte man lieber nicht denken. Als Mutter. Vielleicht liebt er mich nicht mehr? Vielleicht bin ich nicht schön genug, das kann gut sein, ich war nie speziell hübsch. Früher habe ich mir wenigstens noch die Haare gefärbt, meine Schwiegermutter hat das gemacht, die hat einen Salon, aber jetzt mit den ständigen Schwangerschaften, das soll man ja nicht. Oder was meinen Sie?

WO KOMMT DAS ZEUG HER?? HAST DU DAS GESCHRIEBEN?? WAS FÄLLT DIR DENN EIGENTLICH EIN?????

Da konnte sie lange schreien, sie habe die Briefe ja nicht einmal abgeschickt, nur den ersten, den allerersten, und der war ja nie erschienen, niemand hatte ihn gelesen. Mit niemandem hatte sie gesprochen, niemand konnte es wissen, niemand. Er prügelte so lange auf sie ein, bis sie zu Boden sank. Dann platzte ihre Fruchtblase. Erst dachte sie, sie hätte sich vor Angst in die Hosen gemacht, aber es hörte nicht auf zu laufen. Und dann merkte er, was er getan hatte. Er kniete sich neben sie und hielte ihre Hand und strich ihr das Haar aus der Stirn. «Mein Kleines, mein Kleines», flüsterte er, «verzeih mir!»

Und sie hätte schwören können, dass er weinte.

Während er den Krankenwagen bestellte, stand sie noch einmal auf und versteckte die Briefe. Es war vorbei. Nichts sollte mehr daran erinnern. Es war vorbei. Es war vorbei.

9

Es war ein Junge. Irrtum ausgeschlossen. Er hatte die Hebamme gefragt, ob sie sich auch ganz sicher sei, und sie hatte ihm einen seltsamen Blick zugeworfen und ihm das Baby zur Überprüfung gereicht. «Überzeugen Sie sich selbst», hatte sie gesagt, und er hatte sich überzeugt. «Normalerweise freuen sich die Leute über einen Jungen», hatte sie noch hinzugefügt, etwas spitz. «Aber nicht beim dritten Mal», hatte er geknurrt. Und dafür hatte sie all die Mühe und die Schmerzen auf sich genommen?

Lotti war eine der Ersten, die sie besuchte. Sie trug einen rotseidenen Morgenmantel mit einem goldenen Drachen auf dem Rücken und arabische Pantoffeln mit Absatz. So sah man sie sonst höchstens zu Weihnachten. Aber nicht wegen dem neuen Meierhansbündel hatte sie sich so fein gemacht, sondern weil Herr Held, von schlechtem Gewissen gepackt, eine Sonderzahlung geleistet hatte, für besondere Anschaffungen oder extra Mühe, die die neue Situation mit sich brachte. Im Klartext hieß das wohl, dafür, dass sie hin und wieder Rocky über Nacht zu sich nahm, wenn er zu Natalie ging, dachte sie, aber das würde er ja niemals so formulieren. Zu viel lag ihm an der Rolle des einsamen und verlassenen Mannes. Lotti legte eine Plastiktüte vom Supermarkt auf die Bettdecke, die ihr Geschenk enthielt, zwei Flaschen dunkles Bier.

«Das regt den Milchfluss an», sagte sie, ohne jedoch den geringsten Zweifel daran zu lassen, dass sie eine der beiden Flaschen gleich selber trinken würde. Während sie etwas suchte, das als Flaschenöffner dienen konnte, und zwei mickrige Blumengebinde ins Waschbecken legte, um die Vasen als Gläser benutzen zu können, redete sie ununterbrochen vor sich hin. Marion lag blass und teilnahmslos im Kissen. Der Junge, der noch keinen Namen hatte, schlief in einem durchsichtigen Plexiglaswägelchen in einer Ecke des Zimmers. Sie hatte ihm noch keinen Blick zugeworfen, seit Lotti da war. Sie hatte überhaupt nicht reagiert. Lotti brauchte unbedingt einen Schluck.

«Ja, was haben wir denn da», plapperte sie, «eine Nagelfeile, ich fürchte, damit kann ich nichts anfangen, vielleicht sollte ich doch schnell die Schwester rufen, oder gibt es einen Kiosk hier, eine Cafeteria, ich dachte doch, ich hätte etwas gesehen im Vorbeigehen, aber wahrscheinlich ist es ja verboten, Bier zu trinken, so etwas Unsinniges, wo doch jeder weiß, dass es für stillende Mütter nichts Besseres gibt, aber ob die mir einen Flaschenöffner leihen würden, was meinen Sie …»

Lotti konnte sich denken, was mit Frau Meierhans los war, sie hatte es gleich gesehen, ein Blick auf die reglose Masse unter der weißen Bettdecke, und sie hatte Bescheid gewusst. Am liebsten hätte sie das Zimmer rückwärts wieder verlassen. Warum musste das ausgerechnet ihr passieren? War sie nicht schon genug gestraft? Natürlich musste sie etwas unternehmen, aber aus eigener Erfahrung wusste sie, dass das erstens nicht so einfach war und zweitens nichts nützte. All die wohlmeinenden Menschen, die ihr hatten helfen wollen! Ihre Schultern gedrückt und über ihr Haar gestrichen und lange Reden gehalten hatten. Wie hübsch ihr Sohn doch sei und wie glücklich ihr Mann und ob ihr überhaupt bewusst sei, wie gut sie es habe, was sie denn in den Kissen liege wie verkochtes Gemüse, das sei doch wohl der Gipfel der Undankbarkeit! Sie hatten das

Baby hochgehoben und geherzt und geküsst und «armes Schätzchen» genannt. Ein Kind brauchte Körperkontakt, das war damals die neueste Erkenntnis, aber sie hatte es nicht ertragen können, ebenso wenig wie Frau Meierhans.

Und alle hatten behauptet, sie würden sie verstehen; der größte Witz war, dass sie Frau Meierhans wirklich verstand, aber das würde sie ihr nicht einmal sagen, denn warum sollte sie es glauben? Herrgott nochmal, was sollte sie bloß machen, wenn sie doch wenigstens die Flaschen öffnen könnte! Schließlich gelang es Lotti mit Hilfe eines Nagelknipsers, der in der Nachttischschublade lag. Das Bier war unterdessen lauwarm und gut durchgeschüttelt und schäumte über den Rand der Blumenvase. Lotti trank mit zurückgelegtem Kopf in wenigen großen Schlucken. Das hatte sie aber wirklich gebraucht. Sie legte einen Arm um Marions Schulter, stützte ihren Kopf und flößte ihr vorsichtig das Bier ein. Marion trank einen Schluck und begann zu weinen. Lotti stellte die Vase auf den Nachttisch und zog die riesige, schluchzende Frau an sich. Das zuckende Gesicht an ihrer Brust warf sie fast von der Bettkante. Und dann wachte das Baby auf und begann zu schreien. Frau Meierhans verstummte sofort, rutschte ein Stück zurück und blickte hilflos um sich. Mit dem Ärmel des weißen Krankenhausnachthemdes wischte sie sich das Gesicht ab.

«Was mache ich jetzt», jammerte sie, «was mache ich jetzt bloß?»

Und ich erst, dachte Lotti, und ich erst? Sie versuchte, das Baby aus der Plexiglaswiege zu nehmen, in der es lag, aber Frau Meierhans wich sofort entsetzt zurück, also nicht, Lotti legte das Baby wieder zurück, es brüllte aus Leibeskräften, die winzigen Fäustchen geballt, die wenigen Haarsträhnen nass. Schließlich klingelte sie nach der Schwester, was hätte sie sonst tun sollen? Marion rutschte vom Kissen und zog die Bettdecke über den Kopf, als die Schwester die Tür öffnete. Diese nahm das Kind aus dem Wägelchen, hob es hoch, tröstete es mit ein paar routinierten Schnalzlauten, dann deckte sie Marion Meierhans resolut ab, zog das Nachthemd zur Seite und legte ihr das Baby an die Brust. Lotti wich einen Schritt zurück. Das machte die Schwester erst auf sie aufmerksam. Sie blickte sie strafend an.

«Was stehen Sie denn hier herum, ist doch gar keine Besuchszeit!»

Lotti sah, dass Marion die Tränen über das Gesicht liefen, und hörte die Schwester schimpfen, man sollte doch denken, beim Dritten würde sie nicht mehr so ein Theater machen. Sie schaute Lotti prüfend an, von oben bis unten, die dünnen Federhaare, die Theaterschminke, den Kimono. Sie scheuchte sie mit einer einzigen Geste davon. Mein Gott, dachte die Schwester, was hier für Leute herumlaufen, es ist wirklich kaum zu glauben. Und sie sehnte sich nach den Zeiten zurück, als sie in einer amerikanischen Privatklinik gearbeitet hatte. Als sie Fernsehmoderatorinnen, Kabarettisten und Profisportlern den Puls gemessen hatte. Sie seufzte. Da wäre ihr so etwas nicht untergekommen. Höchstens dass einmal ein Schlagersänger nicht ohne seinen Teddy einschlafen konnte. Und ohne seine Sonnenbrille natürlich.

Sie sah sie schon von weitem kommen, Natalie mit Lippenstift und Absätzen, eine riesige, herzförmige Pralinenschachtel in der Hand, Elma und Serafina mit denselben roten Turnschuhen und geknüpften Tüchern im offensichtlich frisch gewaschenen Haar. Rührend. Lotti konnte sich nicht recht vorstellen, was sie von Marion wollten, aber sie kamen direkt auf sie zu. Sie ging ihnen entgegen und fing sie vor der Tür ab.

«Es geht ihr nicht so besonders», sagte sie, «sic darf im Moment keinen Besuch bekommen.»

«Ach», fragte Natalie mit unverhohlener Neugier, «was fehlt ihr denn? Passt sie noch nicht in ihre Kleider? Lassen sie sie bei der Rückbildungsgymnastik nicht mitmachen?»

«Was ist mit Zeno? Er wollte doch auch kommen», sagte Elma.

Lotti verstand jetzt, warum sie sich so schön gemacht hatte. Nicht, um eine Nachbarin zu besuchen, die sie sonst kaum grüßte. Elma sah ihren Blick.

«Ich wollte doch nur, dass Serafina das Baby sieht», verteidigte sie sich, «wo sie doch keine eigenen Geschwister hat!»

Das Argument war umso absurder, als Rockys Kinderwagen in der Eingangshalle stand und sie ebenso gut, wie Natalie sofort vorschlug, dort herumstehen und ihn anschauen konnten.

«Schon gut», sagte Lotti, «es reicht!»

Als sie sah, dass Elma auch schon in Tränen auszubrechen drohte, fasste sie sie am Ellbogen und zog sie zum Lift. Entbindungsstationen hatten diese Wirkung auf manche Frauen. Sie selbst war nicht ganz immun dagegen.

«Gehen wir etwas trinken», schlug sie vor, aber keine der drei Frauen hatte genügend Geld bei sich, und Serafina begann zu quengeln, also setzten sie sich auf ein Bänkchen vor dem ärmlichen Spielplatz, der zum Krankenhaus gehörte, und teilten sich die Pralinen, die immerhin mit Cognac gefüllt waren.

«Was fehlt denn der guten Frau», stichelte Natalie, «postnatale Depressionen?»

«Sieht ganz so aus», sagte Lotti streng, «und ich wünschte wirklich, du würdest dich nicht darüber lustig machen!» Elma stieß Natalie gleichzeitig von der anderen Seite mit dem Ellbogen an. Jeder hier wusste doch, dass Lotti im Gefängnis gewesen war, weil sie ihr Baby hatte ertrinken lassen, obwohl es auch geradeso gut ein Unfall gewesen sein konnte, aber der Verdacht hatte bestanden. Vernachlässigung der elterlichen Sorgfaltspflicht mit tödlichem Ausgang. Wenn jemand wusste, was eine postnatale Depression war, dann doch Lotti. Wie konnte Natalie nur so herzlos sein?

«Heutzutage kann man das behandeln», sagte Elma mit so viel Mitgefühl, wie sie aufbringen konnte. Immerhin war diese fettglänzende Hausfrau mit Zeno Held per Du, das konnte sie ihr nicht vergessen. Aber ob er sie geküsst hatte? So wie sie? Das wohl kaum.

«Verlass dich lieber nicht darauf», Lotti winkte ab. «Die Ärzte haben doch überhaupt keine Ahnung. Nein, ich finde, wir müssen uns selber darum kümmern.»

«Was soll das bitte heißen?» Natalie setzte sich kerzengerade auf. «Du meinst, ich soll mich um die Meierhans kümmern? An ihrem Bett sitzen und ihre Hand halten wohl auch? So weit kommt's noch!»

Sie raffte die Pralinenschachtel zusammen und wollte aufstehen. Lotti hielt sie zurück. Nicht zuletzt wegen der Pralinen.

«Irgendetwas müssen wir aber tun», entschied sie, «auch wenn sie nicht gerade sympathisch ist, aber da kann das Kind ja wohl nichts dafür.»

Das sagt sie, weil sie an ihr eigenes Kind denkt, dachte Elma, und schon stieg eine neue Portion Tränen in ihr auf. Seit ein paar Tagen schien sie permanent zu Tränen gerührt. Selbst beim Lesen der Morgenzeitung musste sie weinen. Da war diese Geschichte von dem kanadischen Landstreicher, der einen Lottoschein gefunden und zurückgebracht hatte, obwohl er die Millionen leicht selber hätte abheben können, und dann hatte sich herausgestellt, dass der Schein einem mausarmen Rentner gehörte. Die beiden Männer teilten sich den Gewinn und hielten sich auf dem Foto umarmt, zwei zahnlos grinsende, glückliche alte Männer. Sie hatte eine Viertelstunde lang nicht aufhören können zu weinen, und der ganze Kaffee war kalt geworden. Es musste an den Hormonen liegen.

«Ich könnte das Baby zu mir nehmen», bot sie mit tränenerstickter Stimme an.

«Du!», riefen Lotti und Natalie gleichzeitig aus. «Du!» Ausgerechnet du, sollte das heißen, du wirst doch schon mit dir allein und deiner Tochter nicht fertig. Das sagten sie natürlich nicht laut, aber Elma konnte geradezu hören, wie sie es dachten. Jetzt hatte sie wirklich einen Grund zum Weinen, und das tat sie auch gründlich.

«Was wisst ihr denn schon», schluchzte sie, «keine Ahnung habt ihr. Alles ist so schwierig!»

«Also hör mal», rief Natalie, «das muss ich mir nicht bieten lassen, erst soll ich die Meierhans trösten und dann dich! Ihr verwechselt mich wohl mit Mutter Teresa. Das kann ich gerade noch brauchen, heulende Weiber rundherum, da hätte ich ja gleich bei meiner Mutter bleiben können! Und überhaupt muss ich jetzt zur Arbeit. Höchste Zeit, dass irgendjemand hier ein bisschen Geld verdient!»

Sie drehte den Kinderwagen so, dass der Griff zu Lotti zeigte, und stöckelte vom Platz. Elma schnäuzte sich in ihren Ärmel wie vorhin Frau Meierhans.

«Nun gut», sagte sie trotzig, «dann werde ich eben eigene Kinder haben, es ist ja nicht so, dass ich nicht für ein Kind sorgen kann, ich bin die geborene Mutter! Die Umstände sprechen gegen mich, das ist alles.»

«Ich habe doch überhaupt nichts gesagt», murmelte Lotti beruhigend, «keinen Ton hab ich gesagt, reg dich doch nicht so auf, Herzchen, was hast du denn, bekommst du deine Tage?»

Elma nickte bedrückt. «Ich weiß wirklich nicht, warum ich weine. Eigentlich entwickelt sich alles ganz wunderbar für mich. Seit ich Zeno kenne, ist alles anders. Diesmal ist es bestimmt der Richtige! Das habe ich einfach im Gefühl.»

Um Gottes willen, dachte Lotti, meint sie das ernst?

«Wie schön für dich», sagte sie lahm. Dann nahm jede noch eine Praline, schlürfte den winzigen Schluck Cognac und schaute zu, wie Serafina über die Rutschbahn flog und ihren weiten Rock wirbeln ließ. Sie glaubt mir nicht, dachte Elma, obwohl ich ihr von dem Abendessen erzählt habe und von dem Kuss. Sie glaubt nicht, dass wirklich etwas ist zwischen uns. Ob er manchmal von mir spricht?

«Nein», sagte Lotti, «bis jetzt nicht. Aber schau mal, da kommt er ja!»

Zeno Held ging den gepflasterten Weg hinauf zum Krankenhaus, einen Bund Moosrosen aus dem Supermarkt in der Hand.

«Huhu!», schrie Lotti und winkte mit ihren roten Seidenärmeln. «Herr Held! Hier!»

Er drehte sich um und kam auf sie zu. Er lächelte. Elma wurde rot. Sie zog ihre Jackenärmel tief über die Handgelenke und starrte angelegentlich vor sich hin.

«Zeno, Zeno», rief Serafina, «schau, was ich kann!» Elma schielte unter ihren Fransen hervor und sah verschwommen, wie Zeno auf die Rutschbahn zurannte und Serafina auffing, die kreischend vor Freude in seinen Armen landete. Dann kam er, das Mädchen auf den Schultern tragend, auf sie zu.

«Nun denn», sagte Lotti, «dann werd ich mal!»

«Lass mich nicht allein», flüsterte Elma, plötzlich beeindruckt von dem harmonischen Bild, das sie boten.

«Wie geht es Marion?», fragte er.

«Es ist ein Junge», sagte Lotti, «aber sie soll keinen Besuch haben.»

Held runzelte die Stirn. Hatte er sich doch den ganzen Nachmittag freigenommen. Was sollte er denn jetzt mit sich anfangen.

«Wir gehen in den Zoo!», rief Serafina und zupfte nachdrücklich an seinen Haaren. Elma zog ihre Ärmel noch länger und ließ sich die Fransen noch tiefer ins Gesicht fallen. Sie konnte es nicht glauben, aber er sagte ja, das sei eine gute Idee. Er nahm ihre Hand und zog sie von dem Bänkchen hoch. Die Rosen drückte er Lotti in die Hand.

Sie blieb noch so lange sitzen, bis keine Pralinen mehr übrig waren, dann stand sie auf und ging noch einmal zurück ins Krankenhaus. Eine andere Schwester hatte Dienst, die etwas umgänglicher war und Lotti erklärte, man habe Frau Meierhans ein Schlafmittel gegeben. Morgen früh würde sicher alles besser aussehen, und sie würde dafür sorgen, dass sie die Blumen bekam.

«Sagen Sie, sie seien von Herrn Held», betonte Lotti, «Zeno Held!» Die Schwester drehte den billigen Strauß in den Händen. «Wenn ich die ein bisschen zurechtstutze, können sie ganz hübsch aussehen. Trotzdem, es wäre nicht schlecht, wenn der Vater sich auch wieder einmal blicken ließe.» Lotti versprach, es auszurichten.

«Und? Was wird jetzt aus uns beiden», sagte sie zu Rocky, der gerade wach geworden war und sich neugierig umschaute. Sie nahm ihn mit zum Einkaufen. Zu Hause fütterte sie ihn mit zerdrückter Banane, für die anderen Kinder hatte sie Asterix-Pudding gekauft, langsam fragten sie sich ernsthaft, warum sie so verwöhnt wurden. Misstrauisch schnupperten sie am ersten Löffel, ob da nicht etwas faul war, aber dann siegte die vertraute chemische Vanillesüße. Herr Held kam eine halbe Stunde später als sonst, um seine Kinder abzuholen. Elma und Serafina warteten unterdessen im Treppenhaus. Lotti hörte, wie er von Hamburger-Essen im Restaurant sprach, und vom Küchenfenster aus sah sie sie alle zusammen weggehen.

Später klingelte Lotti bei Herrn Meierhans, der aber nicht zu Hause war. Die Nachbarin öffnete die Tür, eine ältere Frau, die Lotti nur vom Sehen kannte, eine von denen, die bei ihrem Anblick die Nase rümpften. Die Kinder seien bei der Großmutter, nicht, dass Lotti sich etwa einbilde, sie könne an denen auch noch verdienen, die Meierhans seien eine anständige Familie und der Mann sitze am Krankenbett, Tag und Nacht.

«Wie schön», sagte Lotti und ging die Treppe wieder hinunter, vorsichtig, damit sie nicht stolperte auf ihren glatten Pantoffelsohlen, die Freude wollte sie der Nachbarin nicht machen, dass sie die Treppe hinunterkugelte, nicht, wenn sie noch nicht einmal betrunken war.

Höchste Zeit, dass sie etwas in dieser Richtung unternahm!

Später am Abend kam Natalie, um Rocky abzuholen.

«Hast du heute keine Spätverabredung?», fragte Lotti.

Natalie sah müde aus. Mussten anstrengend sein, diese ständigen Abendverkaufsstunden in der Boutique! Lotti bereute die spitze Bemerkung und bot zum Ausgleich ein Glas an. Natalie zog ihre Schuhe aus.

«Ich hab mir das nochmal überlegt», sagte sie, «wegen der Meierhans. Wenn du findest, man muss sich um sie kümmern, dann kümmern wir uns eben um sie. Aber erwarte nicht, dass ich nett bin!»

«Du bist ein liebes Mädchen», sagte Lotti, und bevor Natalie gegen diese Einschätzung protestieren konnte, erzählte sie, wie Rocky seinen ersten Brei gegessen hatte. Natalie nahm ihn aus dem Wagen und küsste ihn und rief: «Was bist du schon für ein großer Junge!»

Dann schenkte sie sich noch ein Glas ein, und Rocky saß die ganze Zeit auf ihrem Schoß.

«Und, wie war dein Tag?», fragte Lotti.

«Du wirst es nicht wissen wollen», sagte Natalie.

Auf dem Weg zur Arbeit hatte sie drei ehemalige Mitschülerinnen getroffen. Sie hatte sie schon von weitem gesehen, sie kamen ihr in der Fußgängerzone entgegen, sie versuchte sofort, an einen Kiosk auszuweichen, beugte sich tief über die Auslagen der Illustrierten, aber sie hatten sie schon entdeckt und steuerten zielsicher auf sie zu. «Natalieeee!», schrien sie und lachten durcheinander und zogen an ihrer Mütze, um zu sehen, ob sie sich wirklich die ganzen Haare abrasiert hatte. «Oooooh, deine schönen Haare, Natalie, du hattest doch so schöne lange Haare!» Und eine von ihnen war blöd genug zu fragen, ob sie Krebs habe, das auch noch, und dann wurden sie ernst und erkundigten sich nach dem Baby. Bei dem Thema fingen sie wieder an zu kreischen, wie süß und wie gern sie es sehen würden, und hatten im nächsten Moment schon wieder vergessen, ob es ein Junge oder ein Mädchen war oder wie es hieß.

Und wo war das Baby überhaupt? Suchend schauten sie sich um, kein Kinderwagen weit und breit. Die stellten sich wohl vor, ein Kind zu haben hieße nicht viel mehr, als den ganzen Tag lang spazieren zu gehen, auf einer Parkbank zu sitzen, die Beine ausgestreckt, in die Sonne zu blinzeln, vielleicht ein Eis zu essen und dann durch die Innenstadt zu flanieren und Ausschau nach schicken Mini-Overalls zu halten. «Es gibt ja so süße Sachen, man glaubt es überhaupt nicht!»

«Das Baby ist bei der Tagesmutter, und ich muss zur Arbeit», hatte Natalie gesagt, «um die Wahrheit zu sagen, ich bin schon viel zu spät dran.»

Darüber mussten sie eine Minute lang nachdenken, und Natalie konnte direkt sehen, was in ihren Köpfen vorging: Also wenn ich einmal ein Kind habe, dann arbeite ich nicht, sicher nicht, eine Tagesmutter, wie schrecklich, das arme Kind, bin ich froh, dass mir meine Mutter die Pille besorgt hat, lieber ein bisschen Übergewicht als so etwas! Einen Augenblick lang war es unangenehm still gewesen, während die drei Schülerinnen darüber nachdachten, wie gut sie es doch eigentlich hatten. Unbefleckt lag die Zukunft vor ihnen.

Doch sie erholten sich schnell und begannen, endlose Geschichten aus der Schule zu erzählen, über die Lehrer, die Prüfungen, den neuen Kurs in Pädagogik, die Jungen, den Sportunterricht und die Schülerdisco nächsten Monat. «Ich muss jetzt aber wirklich los, ich muss zur Arbeit», hatte Natalie mindestens viermal gesagt, doch sie bestanden darauf, zusammenzulegen und etwas für Rocky zu kaufen. Nur drei Schritte weiter befand sich einer von diesen Mickymausläden, in denen man alles für das perfekte Vorzeigebaby kaufen konnte. Die ganze Zeit betonten sie, das mache ihnen viel mehr Spaß, als ins Kino zu gehen, wie sie es eigentlich vorgehabt hatten.

Sie entschieden sich für eine mehrfarbig gestreifte Latzhose, unten durchgeknöpft für problemloses Windelwechseln, und eine assortierte Schirmmütze. Es war dann etwas teurer, als sie sich vorgestellt hatten, aber eine von ihnen hatte schon ihre eigene Jugendbankkarte und lief schnell um die Ecke, um Geld zu holen vom Automaten. Ganz stolz kam sie zurück, es war das erste Mal, dass sie die Karte benutzt hatte, sie konnte es nicht fassen, dass es tatsächlich funktioniert hatte! War sie nicht schon beinahe erwachsen? Sie ließen die Latzhose einpacken und überreichten sie Natalie unter gerührtem Gestammel (gerührt in erster Linie von ihrer eigenen Großzügigkeit). Dann schlugen sie vor, Natalie noch ein Stück weit zu begleiten, dummerweise hatte sie gesagt, sie arbeite ganz in der Nähe. Natürlich hätte sie sie immer noch abwimmeln können, leicht sogar, sie brannten geradezu darauf, sich ins nächste Café zu setzen und den Fall durchzudiskutieren. Natalie wollte sie nicht nach Hause gehen lassen mit diesem selbstgerechten Gesichtsausdruck, also nahm sie sie mit bis zur Vollmondbar. Die Neonschrift TOPLESS blinkte nur blass in der Nachmittagssonne, aber deutlich genug, und Englisch konnten sie ja, wofür gingen sie auf die höhere Schule. Die Fotos im Aushang waren eindeutig, auf einem konnte man Natalie sogar erkennen mit ihrem Punkerhalsband, aber so genau schauten sie nicht hin. Natalie setzte noch eins drauf, indem sie schon vor der Tür ihre Bluse aufzuknöpfen begann. «Ich muss mich beeilen, meine Schicht beginnt gleich», rief sie, «also dann tschüs!»

Das war es wert gewesen, hatte Natalie gedacht, diese

Mischung aus Abscheu und Faszination in ihren Blicken und das Gefühl, wie mit einem Ufo abzuheben, in weit entfernte Galaxien zu entschwinden und nur ein müdes Lächeln übrig zu haben für die, die unten sitzen bleiben. Aber den ganzen Nachmittag und Abend war nicht viel los gewesen, und Natalie hatte genug Zeit gehabt, um darüber nachzudenken. Mit jeder Stunde, die verging, kam sie sich schäbiger vor, am liebsten hätte sie alles rückgängig gemacht. Verdient hatte sie an diesem Abend auch nichts, Trinkgeld gleich null.

«Versuch's mal mit Lächeln», hatte der Geschäftsführer gesagt, als sie sich bei ihm beschwerte. Und im Milchkasten ein Zettel von Zeno, der ihre Verabredung absagte. Er müsse heute mit Sebastian einen Vortrag für die Schule vorbereiten und dann früh zu Bett. Aber als sie um acht nach Hause gekommen war, waren alle Fenster in seiner Wohnung dunkel. Eine Ausrede also. Doch diesen Teil erzählte sie Lotti nicht. Das mit der Topless-Bar war genug für einen Abend.

«Du bist nicht die Erste, die das macht, und du wirst auch nicht die Letzte sein», sagte Lotti. Und dann schraubte sie den Deckel auf die Flasche, und Natalie stand auf.

«Ach ja», sagte sie und griff in ihre Umhängetasche, «das schenken wir dem neuen Meierhänschen, was meinst du? Ich will es jedenfalls nicht haben!» Sie warf die in Geschenkpapier eingewickelte Latzhose auf das Sofa. Dann ging sie nach Hause. Sie trug Rocky auf der Hüfte und den Kinderwagen zusammengeklappt am Arm. Wenn Lotti es sich recht überlegte, lohnte es sich nicht, die Flasche aufzubewahren. Wegen der paar Tropfen!

10

Elma saß auf dem Teppich mit ausgestreckten Beinen. Neben sich eine Flasche Rotwein. Eine Hand streckte sie durch die Stäbe des Gitterbetts und streichelte das schlafende Kind.

«Wie kann er nur, wie kann er nur», jammerte sie vor sich hin, «nach allem, was er mir angetan hat.»

War es nicht genug, dass er mit dieser Frau lebte, in ihrem Haus, das kam noch dazu, in ihrem Haus, das sie zusammen besichtigt hatten, als es noch nicht einmal fertig gebaut war, das sie eingerichtet und in dem sie fast zehn Jahre gewohnt hatten? Wahrscheinlich standen noch dieselben Möbel da, der runde Esstisch, den sie vom Flohmarkt mitgebracht und eigenhändig abgeschliffen und lackiert hatte. Die Vorhänge, die sie genäht hatte, blau und weiß gestreift, die dem Reihenhaus einen sommerlichen Anstrich geben sollten, einen Hauch von Strandhausatmosphäre. Beim bloßen Gedanken an die Vorhänge kamen ihr die Tränen. Sie sah sich mit gebeugtem Rücken über der Nähmaschine sitzen, sah, wie sich der blaue Faden zielstrebig durch die Streifen fraß.

Sie füllte das Glas noch einmal auf. Elma war anfällig für Symbolik, wenn es die Familie betraf. Ihre Vorstellung von Familienleben basierte auf amerikanischen Filmen. Der Vater rasiert sich im Bad (nass) und schmettert dazu eine Opernarie, ein Kind sitzt auf dem Badewannenrand, lässt die Beine baumeln, die in sauberen und auf beiden Seiten gleich hoch gezogenen Kniestrümpfen stecken, und singt lauthals mit. Während unten die Mutter, hochschwanger, aber ohne Wassereinlagerungen in den Knöcheln, in einer modischen Umstandsbluse frische Bio-Orangen auspresst. Die Brotscheiben hüpfen aus dem Toaster, sie verteilt sie auf farblich zum Blumenstrauß passende Servietten. Ein letzter prüfender Blick, ob alles da ist, ein warmes Lächeln, dann ruft sie nach oben BREAKFAST IS READY. Polternde Schritte auf der Treppe, der Mann denkt als Erstes daran, die Frau zärtlich zu umfassen und zu küssen, das Kind hüpft auf und ab, es will auch geküsst werden, und am Schluss sagen alle I LOVE YOU. So stellte sie sich das vor. Sie wusste es nicht besser.

Josepha, ihre Mutter, hatte für alle halbwegs bekannten Maler ihrer Zeit Modell gestanden. Kunst war ihre Religion, und weil sie selber kein Talent hatte, trug sie das bei, was sie hatte: ihre Schönheit. Sie stellte sich ganz in den Dienst der Kunst, was vor allem für deren irdische Vertreter praktisch war. Josepha ließ sich nur in den seltensten Fällen angemessen entlöhnen. Sie war immer bereit, den einen oder anderen Maler bei sich aufzunehmen und zu verpflegen. Das Kind hatte sie spät bekommen, zu spät, um sich noch umzustellen. Elma hatte ein paar Jahre bei der Großmutter auf dem Land gelebt, einer strengen und moralischen Frau, die ihr viele nützliche Lebensweisheiten beigebracht hatte, wie zum Beispiel: «Spitze Nase, spitzes Kinn, pfui, da steckt der Teufel drin», «Trau keinem über dreißig» oder «Haben sie erst das Geld gerochen, kommen sie aus allen Löchern gekrochen». Letzteres bezog sich auf Gerichtsvollzieher. Sie hatten in einem Bett geschlafen. Elma erinnerte sich an den trockenen, beinahe staubigen Geruch der Großmutter. Und an die Beschaffenheit ihres Oberarms. An den Knochen unter dem Fleisch, der sie mitten in der Nacht zu drücken begann.

«Gib mir deinen Arm», sagte Elma. Sie zog den Arm zu sich hinüber, legte ihn auf der Matratze zurecht und benutzte ihn als Kopfkissen. Die Großmutter schlief in den Kleidern. Nur die Schuhe zog sie aus. Elma half ihr dabei. Als sie acht Jahre alt war, starb die Großmutter, und Josepha holte sie zu sich. Sie ließ keinen Zweifel daran, dass die Kunst Priorität hatte und dass sie von Elma Anpassung erwartete.

Ihre Mutter hatte große Pläne für Elma, aber bald stellte sich heraus, dass sie nicht mehr Talent besaß als Josepha selber und noch nicht einmal ihre Schönheit. Sie war hübsch, aber ohne das Licht einzufangen. Als Elma in die Pubertät kam, merkte sie, wie ihre Mutter jeden Tag ein Stück Hoffnung aufgab, dass aus ihr noch etwas werden könnte.

Sie begann eine kaufmännische Ausbildung und lernte Giovanni kennen. Giovanni nahm sie zum Mittagessen mit zu sich nach Hause, und sie verliebte sich, womöglich zuerst einmal in die Familie. Vier erwachsene Söhne, die alle noch zu Hause lebten, eine dicke Mutter, die keine Ruhe fand, bis nicht jeder einen vollen Teller vor sich stehen hatte, ein Vater, der im Unterhemd am Tisch saß und in regelmäßigen Abständen «Ruhe!» brüllte. Giovanni wusste, was eine Familie war, und er wünschte sich für sein Leben mehr oder weniger dasselbe, möglichst in einer einheimischen Version. Sie hatten also geheiratet. Die Familien hatten zusammengelegt und ihnen ein Haus gekauft. Das kleinste in einer modernen Reihenhausgegend. Im Esszimmer stand ein großer Tisch für eine imaginäre Familie, und bis es so weit war, sorgte Elma dafür, dass immer genügend Besuch da war. Beide aßen sie nicht gern allein. Sie brauchten die Sicherheit und die akustische Unterstützung von mindestens acht Personen. Elma brachte es so weit, dass sogar ihre Schwiegermutter gern zum Essen kam und alles aufaß, ohne zu mäkeln. Dafür zwickte sie sie scherzhaft in den Leib und fragte, wann es denn nun endlich so weit sei.

Das fragte sich Elma langsam auch. Sieben Jahre lang wurde sie nicht schwanger. Sie hätte nie gedacht, dass das so kompliziert sein könnte. Und da hatte sie jahrelang aufgepasst! Das ganze Geld, das sie in Verhütungsmittel gesteckt hatte! Und immer diese Angst, schwanger zu werden! Sie war davon ausgegangen, dass es nur der winzigsten Unachtsamkeit bedurfte. Doch so einfach war es nicht. Sie ließ sich untersuchen und testen, sie maß ihre Temperatur und trug sie in komplizierte Tabellen ein, sie schluckte Hormonpräparate, von denen sie Migräne bekam, sie wechselte den Arzt und ließ neue schmerzhafte Untersuchungen über sich ergehen. Verfluchte jeden Monat den ersten Tropfen Blut in der Unterhose.

Die Ärzte konnten nichts finden. Schließlich meinten sie, es sei möglicherweise psychisch bedingt. Elma wollte nichts unversucht lassen und ging brav zu der Therapeutin, an die man sie verwiesen hatte. Nachdem sie viereinhalb Monate lang über ihre Mutter geredet hatte und ihr beim besten Willen nichts mehr zu diesem Thema einfiel, stellte sich heraus, dass die Psychologin eine große Verehrerin eines der Maler war, denen Josepha regelmäßig Modell gestanden hatte. Eigentlich hatte sie nur gehofft, auf diesem Weg neue Erkenntnisse über ihn zu gewinnen. Sie besaß mehrere Bilder von ihm, sie hingen allerdings im Gruppenraum, sonst wäre Elma schon viel eher darauf gekommen. Sie gab der Psychologin Josephas Telefonnummer und brach die Therapie ab. Inwiefern ihr das hätte helfen sollen, war ihr nicht ganz klar, aber geholfen hatte es eindeutig, denn kurz darauf wurde sie endlich schwanger. Sie weinte, als sie den blauen Ring im Teströhrchen sah.

Ein Wunder. Aber es war zu spät.

Giovanni reagierte nicht so, wie sie es sich vorgestellt hatte, nicht so wie der junge Mann und werdende Vater im Werbespot für ebenden Schwangerschaftstest, den sie benutzt hatte. Diesem nämlich verschlug es die Sprache, er stotterte und raufte sich die Haare und wusste nicht, wen er zuerst umarmen sollte, die selbstsicher lächelnde Frau oder das Teströhrchen. Giovanni hingegen fragte missmutig, ob sie wenigstens sicher sei, dass es von ihm sei, denn oft hatten sie ja nicht gerade miteinander geschlafen. Elma wollte nur noch an den fruchtbaren Tagen, dann aber um jeden Preis. Dass er sich dabei dumm vorkam, konnte sie sogar verstehen. Aber jetzt war sie endlich schwanger, und alles würde wieder gut werden!

Natürlich wurde nichts wieder gut. Das Baby litt an Schuppenflechte. Es schrie die ganze Zeit und kratzte sich blutig, sodass sie ihm die Händchen anbinden musste. Nie beugte sich jemand über den Kinderwagen und rief: «Nein, wie süß!» Viel eher wandten sich die Leute verlegen ab. Giovannis Mutter meinte sogar, es wäre besser für das arme Wurm gewesen, wenn es nie geboren worden wäre. Sie hatte eine Art, Elma anzuschauen, als habe sie komplett versagt. Was war das nur für eine Frau! Erst wollte und wollte sie nicht schwanger werden und dann das. Wie konnte sie nur so ein Ding gebären! Das Baby schrie und schrie und schrie, ununterbrochen, Tag und Nacht. Giovanni zog ins hintere Zimmer, schließlich musste er ja wieder aufstehen und arbeiten gehen und Geld verdienen. Als ob sie tagsüber auf der faulen Haut liegen konnte! Besuch kam auch keiner mehr, sie merkte es nicht einmal, zum Kochen kam sie ohnehin nicht.

Nach zehn Monaten begann der Wundschorf langsam abzuheilen. Serafina holte den ganzen Schlaf nach, den sie verpasst hatte, und entwickelte sich zu einer rundlichen, rosigen Krabbe. Giovanni hatte keinen Blick mehr dafür. Er hatte sich gerade in diese Person verliebt. Elma brauchte noch fast ein Jahr, um dahinterzukommen. Ein Jahr lang hatte sie versucht, die Zeichen zu deuten. Er kommt nach der Arbeit nicht gleich nach Hause, also liebt er mich nicht mehr. Doch, da kommt er, ich höre seinen Schlüssel im Schloss, mein Gott, und ich bin nicht angezogen, mein Pullover riecht nach säuerlicher Milch. Hat er Blumen mitgebracht, so ist das ein Zeichen von schlechtem Gewissen, bringt er hingegen keine, bin ich ihm gleichgültig geworden. Sie stülpte seine Taschen nach außen und roch an seiner Wäsche, blätterte in seiner Agenda und tätigte Kontrollanrufe in seiner Firma.

In einer nächsten Phase suchte sie die Schuld bei sich. Hatte sie ihn nicht sträflich vernachlässigt? Musste sie ihm nicht das Gefühl gegeben haben, sie benutze ihn nur, um schwanger zu werden? Hatte sie sich nicht zu sehr ihrem eigenen Leiden hingegeben, um ihm ihre Liebe zu zeigen? Doch wenn sie den Frauenzeitschriften glauben konnte, so war es möglicherweise noch nicht zu spät. Mit ein bisschen gutem Willen musste es doch möglich sein, ihren Mann zurückzuerobern. Sie wusch sich die Haare und zog sich schön an, sie presste sich an ihn, wenn er nach Hause kam und sie eigentlich nur flüchtig küssen wollte, sie kochte ihm Spargel und andere anregende, aber leichte Speisen, und servierte sie mit Champagner. Sie ging sogar so weit, Serafina mit einem Zäpfchen ruhigzuhalten, damit sie sich darauf konzentrieren konnte, ihren Mann zu verführen, ohne mit einem Ohr ständig nach verdächtigen Geräuschen aus dem Kinderzimmer zu lauschen. Wie sollte sie denn sonst in Stimmung kommen?

Aber jetzt wollte er nicht mehr, er schob sie von sich

und sagte, er sei wirklich müde, ob sie etwa glaube, er amüsiere sich den ganzen Tag im Büro? Das glaubte sie tatsächlich, je länger sie darüber nachdachte. Als sie sich im Badezimmer abschminkte, sah sie, dass das Kleid unter dem linken Arm zerrissen war und längst nicht mehr so gut saß wie früher, aber das allein konnte es ja nicht sein. Es wäre so schön, wenn sie nur vier Kilo abnehmen müsste, um Giovannis Liebe zurückzugewinnen. Sicherheitshalber versuchte sie es trotzdem mit einer Diät aus hartgekochten Eiern, die ihre Haut nachhaltig ruinierte.

Sie konsultierte die Selbsthilfebücher: Wie man Männer monogam hält. Sie musste feststellen, dass sie alles falsch gemacht hatte. Drei Dinge brauchte der Mann, um glücklich zu sein: frischgepressten Orangensaft, oralen Sex und ungeteilte Bewunderung. Bekam er das nicht oder nicht in ausreichender Menge von seiner Ehefrau, holte er es sich eben nebenan. So war das und nicht nur in Amerika. Elma klappte das Buch zu. Sie konnte einfach nicht mehr. Sie hatte keine Energie mehr.

An dem Abend, an dem sie sich zum ersten Mal seit langem nicht mehr die Mühe gemacht hatte, sich umzuziehen, sondern im milchbespuckten Trainingsanzug dasaß, kam er nach Hause, setzte sich an den Tisch, den sie noch nicht einmal gedeckt hatte, und eröffnete ihr, er liebe eine andere und wolle die Scheidung. «Das geht doch nicht, wir haben ein Kind!», hatte sie gejammert, als ob das jemals ein Grund gewesen wäre, und dann war sie auf ihn losgegangen, weinend und ihre schmalen Fäuste schüttelnd, während er sie mühelos am ausgestreckten Arm auf Abstand hielt. Später dachte sie, dass ihre Realität einer Filmszene noch nie so nahe gekommen war, aber das tröstete sie jetzt auch nicht mehr, im Gegenteil, es gab der ganzen Geschichte etwas Banales und leicht Schäbiges. Wie viele verheiratete Männer verlieben sich jährlich in ihre Sekretärinnen? Vor allem wenn die vierundzwanzig Jahre alt sind und blond?

«Nicht einmal das kriegst du richtig hin», hatte ihre Mutter gesagt, die schon lange die Hoffnung aufgegeben hatte, ihre einzige Tochter könnte ein anderes als ein banales Leben führen, aber wennschon, dann doch wenigstens banal-glücklich und nicht banal-unglücklich! Das war tausendmal schlimmer und eine wirkliche Schande. Josepha konnte nicht einmal mit ihren Künstlerfreunden darüber reden. Es waren große Männer darunter, die Elma gemalt hatten, als sie noch klein war. Ein Bild gab es von ihr, wie sie nackt in einem Brunnen stand, mit Lichtflecken und Taubendreck; das Bild hing in einem obskuren Kleinstadtmuseum, aber immerhin. Sollte man nicht denken, diesem Mädchen sei ein anderes Schicksal vorbestimmt gewesen als das einer überarbeiteten Mutter und verlassenen Ehefrau? Vertrieben aus dem Reihenhaus ihrer Träume! Elmas Mutter konnte mit der Schande nicht länger leben, also starb sie. Sie wäre sowieso keine große Hilfe gewesen. Elma hatte sich noch ungefähr ein Jahr lang gegen die Scheidung gestemmt, dann hatte sie aufgegeben und war gegangen. Unter Zurücklassung der selbstgenähten Vorhänge.

Und dann dieser Brief. Natalie hatte ihn ihr vorlesen und übersetzen müssen. Schließlich hatte sie die höhere Schule besucht. Mit Fremdwörtern kannte sie sich aus.

Giovanni bestand auf seinem Besuchsrecht. Und morgen war Sonntag.

Elma zog die Beine an und stieß dabei die halbvolle Rotweinflasche um. Ein dunkler, stark riechender Fleck breitete sich auf dem Teppich aus. Und sie hatte kein Salz im Haus. An diesem Abend schwor sich Elma zum x-ten Mal, sie würde ihr Leben ändern. Vielleicht nicht morgen. Aber übermorgen.

Zum Schlafen quetschte sie sich in das Gitterbett. Zusammengerollt und eng an den warmen Kinderkörper gepresst, schlief sie irgendwann ein.

Kurz nach sieben wachte sie auf. Ihre Beine hatten sich in den Gitterstäben verklemmt und waren eingeschlafen. Mühsam kletterte sie aus dem Bett. Ihre Knie knickten ein, sie konnte sich kaum aufrecht halten. Die Anforderungen des Tages schienen ihr enorm. Zähne putzen, duschen, anziehen, das Kind fertig machen. Was um Himmels willen sollte sie Serafina sagen? Nachdem sie ihr über ein Jahr lang weisgemacht hatte, der Papa sei verreist. Sie stöhnte laut. Dann fiel ihr etwas anderes ein. War das nicht der perfekte Vorwand, Zeno anzurufen? Wusste er als geschiedener Vater, als Direktbetroffener sozusagen, nicht bestimmt einen Rat? Vielleicht bot er sich sogar an, sie zu begleiten. Dann würde Giovanni ja sehen! Wenn sie vor der Tür stand, an der Seite dieses gutaussehenden Mannes, musste er sie da nicht plötzlich wieder mit anderen Augen sehen? Und sich fragen, was er jemals an dieser Sekretärin hatte finden können und ob er wohl Tomaten auf den Augen gehabt hatte. Held hatte selber zu ihr gesagt, er finde, ihr Exmann sei ein ausgemachter Idiot, dass er eine Frau wie sie habe laufenlassen, vielleicht würde er ihm das ja auch ins Gesicht sagen, mit einem kumpelhaften Schulterhieb verbunden: «Pech für dich, Alter, aber jetzt gehört sie mir!» Serafina würde sich an ihren Beinen festklammern und rufen, dass sie viel lieber mit ihnen beiden etwas unternehmen würde. Giovanni müsste sich geschlagen geben. Zu dritt würden sie in den Sonnenuntergang marschieren. Er würde ihnen vom Gartenzaun aus nachschauen, die Sekretärin würde versuchen, ihn zu trösten, aber er würde sie mit einer müden Handbewegung wegscheuchen, ein von Reue gezeichneter Mann.

Sonnenuntergang? Morgens um zehn?

Held war kurz angebunden am Telefon.

«Das ist ein ganz heikles Thema», sagte er, «da will ich mich als Außenstehender nicht einmischen.»

Außenstehender? Was meinte er mit außenstehend?

«Grundsätzlich ist es sicher nicht falsch, das Besuchsrecht zu respektieren», fuhr er fort, «schließlich ist er der Vater.» Vielen herzlichen Dank, das wusste sie auch. Er machte nicht die geringsten Anstalten, etwas mit ihr zu verabreden, geschweige denn ihr anzubieten, sie zu begleiten. Sie lachte verlegen.

«Ich weiß gar nicht, was ich heute Nachmittag mit mir anfangen soll», murmelte sie, «ich bin es überhaupt nicht mehr gewohnt, so viel Zeit für mich allein zu haben.»

Das war deutlich. Aber er ging nicht darauf ein. Im Gegenteil, er verabschiedete sich ziemlich hastig. Elma saß noch eine Weile mit dem Telefonhörer in der Hand da und schüttelte ihn, als hoffte sie, es würde doch noch eine günstigere Antwort herausfallen.

Sie fuhren mit dem Bus bis zum Bahnhof und dann mit dem Vorortszug aus der Stadt heraus. Natalie hatte sich in letzter Minute überreden lassen, mitzukommen.

«Ich schaffe das nicht allein», hatte Elma gesagt. Natalie, die in dieser Nacht nicht geschlafen hatte, verzog sich in ein Raucherabteil. Serafina schaute aus dem Fenster und plapperte aufgeregt, sie meinte, dies und das zu erkennen, hopste auf der Sitzbank auf und ab und rief über die Rückenlehne hinweg den anderen Reisenden zu: «Ich fahre zu meinem Papa, ich fahre zu meinem Papa!»

«Das ist aber nett», antwortete eine mitfühlende ältere Frau.

«Ja!», krähte Serafina. «Mein Papa, der war ganz lange weg, aber jetzt ist er wieder da, nur wir sind weg!»

Elma wurde rot. «Sei still», zischte sie und zog Serafina auf die Bank zurück, «das müssen doch nicht alle wissen!»

Das verstand Serafina nicht, schmollend schob sie die Unterlippe vor und schaute böse. Und als der Schaffner kam, erklärte sie ihm, sie fahre zu ihrem Papa, aber die Mama wolle nicht, dass man es wisse.

«Soso», murmelte der Schaffner verlegen, «ja, das ist aber fein!» Er schenkte ihr eine alte Fahrkarte, die er vierzehnmal lochte. Elma verkroch sich unter ihre Stirnfransen. Natalie, die unterdessen das Kinoprogramm studiert hatte, meldete sich aus dem Raucherabteil zurück.

«Grandios», rief sie durch die offene Tür, die Hand mit der Zigarette auf die andere Seite haltend, «da läuft so ein Wildwestmarathon! Wenn wir es in die Elf-Uhr-Vorstellung schaffen, können wir, Moment, drei Filme hintereinander sehen! Zum Preis von einem! Ist das was?»

«Wenn es Popcorn gibt», sagte Elma. Langsam fing sie an, sich zu entspannen und dem Sonntagsprogramm auch eine positive Seite abzugewinnen.

«Natürlich gibt es Popcorn! Was denkst du denn, wenn ich schon mal ins Kino gehe, dann aber gleich richtig! Sechs Stunden Cowboys und Indianer, wie klingt das für dich?» Elma sah aus dem Fenster. Sie erkannte das Niemandsland zwischen zwei Dörfern, die Kiesgrube, die Überlandstraße. «Klingt nicht schlecht», musste sie zugeben, und dann waren sie da.

Giovanni wartete vor dem Gartenzaun. Er ging in die Knie und breitete die Arme aus, aber Serafina versteckte sich hinter Elma und schob sicherheitshalber einen Daumen in den Mund. Eine Weile standen alle herum und ließen die Arme hängen, dann stellte Natalie sich vor, und Giovanni fragte, ob sie nicht für einen Augenblick hereinkommen wollten, damit Serafina sich eingewöhnen könne. Natalie rief sofort, das sei eine gute Idee, obwohl Elma eine eindeutige Grimasse schnitt, dass das nicht in Frage käme. Der Besuch schien eingeplant. Im Haus roch es nach frischem Kaffee. Elma sah sich verstohlen um. Die blauweißen Vorhänge hingen nicht mehr, stattdessen verhüllten üppige indische Baumwolltücher die Fenster. Es ärgerte sie aber genauso, stellte sie fest, dass man ihre Vorhänge abgenommen hatte, wie wenn man sie hängen gelassen hätte.

«Sieht ja alles ganz anders aus hier», murmelte sie und ließ keinen Zweifel daran, dass es ihr nicht gefiel. Aber das hatte wohl auch niemand erwartet. Vorsichtig ließen sie sich auf einem niedrigen marokkanischen Sofa nieder, dann ging die Küchentür auf, und eine junge Frau brachte ein Tablett mit Kaffee in winzigen Tässchen. Das musste sie sein.

«Ja, das also ist Claire», sagte Giovanni, ein wenig verlegen. «Elma, Natalie.»

Natalie stupste Elma mit ihrer Lackstiefelette an.

«Das hast du mir aber anders erzählt», flüsterte sie. Elma starrte die Frau an, die jetzt vorsichtig die vollen Tassen verteilte. Claire mochte jung sein und unbestritten blond, aber sie wog mindestens 120 Kilo, und ihre Wangen waren dunkelrot vor Schüchternheit. Sie trug ein zeltartiges blaues Kleid, das bis auf den Boden reichte und ihre Füße verdeckte.

SIE IST JA GAR NICHT MAL HÜBSCHER ALS

ICH, dachte Elma, WARUM HAT ER MICH DANN VERLASSEN?

Natalie räusperte sich. «Freut mich, Sie kennenzulernen», sagte sie laut und streckte die Hand aus.

Claires Gesicht wurde noch dunkler. Sie kicherte verlegen und blickte zur Seite. Elma sagte gar nichts, und schließlich huschte Claire in die Küche zurück. Geräuschlos bewegte sie sich durch den Raum wie auf Rädern, die unter ihrem pyramidenförmigen Kleid verborgen waren. Einen Augenblick lang sagte keiner ein Wort. Sie saßen da und pusteten angelegentlich in den heißen Kaffee, bis es Serafina langweilig wurde.

«Wo ist mein Zimmer», rief sie, «wo sind all meine Sachen?»

Das war das Zeichen. Natalie stand auf, zupfte Elma am Ärmel und sagte: «Ja, dann wollen wir mal.» Elma ging in die Knie und presste das Mädchen an sich, bis es zappelte und sich losriss.

«Also dann bis um sechs», sagte sie und ging aufrecht hinter Natalie hinaus. Es hätte schlimmer sein können, stellte sie fest.

Im Kino war sie die Einzige, die bereits die Volljährigkeit erreicht hatte, aber das störte sie nicht. Sie schauten sich drei Spaghettiwestern hintereinander an, aßen Popcorn und in jeder Pause ein Eis. Zum Schluss war Elma einigermaßen schlecht, vielleicht auch wegen der vielen ketchupverschmierten Leichen.

«Das war schön», sagte sie und hängte sich bei Natalie ein. Sie hatten noch eine halbe Stunde Zeit und beschlossen, am Ausschank im Bahnhof noch einen kleinen Magenbitter zu trinken.

«Das war schön», wiederholte Elma, «das sollten wir öfter machen.»

«Jeden zweiten Sonntag», bestätigte Natalie. Sie tranken den Schnaps aus klebrigen Plastikbechern.

«Macht es dir etwas aus, allein hinzufahren», sagte Natalie, «ich habe heute Abend noch eine Verabredung.»

«Oh! Eine Verabredung? Mit einem Mann? Erzähl!»

Natalie zuckte mit den Schultern. «Nichts Besonderes», nuschelte sie, «aber heute wollen wir zum ersten Mal zusammen ausgehen, weißt du, richtig in ein Restaurant mit Tischtuch und Musik und so weiter.»

«Wie schön», sagte Elma verträumt. Würde sie noch rechtzeitig nach Hause kommen, um Zeno anzurufen? Restaurants waren nicht ihre Sache, aber ein gemütliches Sonntagabendessen zu Hause, das würde ihr schon gefallen.

«Das erste gemeinsame Abendessen ist etwas Besonderes», sagte sie, «auch wenn es ein bisschen altmodisch klingt.»

«Du verstehst mich falsch», sagte Natalie, «im Bett waren wir schon. Das wäre quasi das erste Mal, dass wir etwas anderes machen.»

Elma nahm noch einen Schluck Magenbitter. Sie schüttelte sich. «Genau das meine ich», sagte sie schließlich, «romantischer geht es doch quasi gar nicht!»

Elma stieg allein in den Zug, um Serafina abzuholen. Giovanni lud sie ein, noch zum Essen zu bleiben, aber das ging ihr dann doch zu weit.

«Vielleicht nächstes Mal», sagte sie. Auf dem Gartenweg drehte sich Serafina noch einmal um und winkte. Claire schaute ihnen aus dem Gästeklofenster nach. Serafina plapperte ununterbrochen. Was sie mit ihrem Papa unternommen hatte. Enten gefüttert, Blätter gesammelt und zum Trocknen in dicke Bücher gelegt, Apfelkuchen gegessen, die alte Puppenstube vom Boden geholt und geputzt und die Möbel repariert, die winzigen Tischbeine hatte sie geklebt, fast ganz allein.

«Und was hast du gegessen? War das Essen gut?»

«Weiß ich nicht mehr», antwortete Serafina vorsichtig, «Claire hat gekocht.» Von der Seite warf sie ihr einen prüfenden Blick zu. Beobachtete ihre Reaktion genau.

«Es hat bestimmt geschmeckt», antwortete Elma. War es möglich, dass das Kind verstand, was sich zwischen ihnen abspielte? Man sollte Kinder nicht unterschätzen, dachte sie. Sie erinnerte sich an die Maler, die mit ihnen gefrühstückt hatten, und wie sie instinktiv unterscheiden konnte, ob einer die Nacht mit Josepha verbracht hatte oder ob er einfach das frühe Morgenlicht nutzen wollte. Und wie sie ihnen im ersten Fall das Leben schwermachen konnte. Unmöglich hatte sie sich manchmal benommen, geweint, geschmollt, Leinwände umgestoßen und gar teure Farben auf dem Boden ausgedrückt. Josepha hatte nichts dazu gesagt. Ein unbestimmtes Schuldgefühl hatte sie daran gehindert, sie zu bestrafen.

Vielleicht sollte sie mit Zeno darüber sprechen. Er hatte sicher eine Meinung zu diesem Thema. Ob seine Frau mit einem anderen Mann durchgebrannt war? Sie meinte, er hätte so etwas gesagt. Was hatte sie denn eingekauft – nicht viel. Im Notfall könnte sie Spaghetti kochen. Vierzehn verschiedene Sorten konnte sie auswendig und blind zubereiten. Ob er wohl schon gegessen hatte? Sie könnte vor sieben zu Hause sein, wenn sie sich beeilte. Sie zählte ihr Geld. Ob es noch für ein Taxi reichte? Sie ließ die Wohnungstür offen stehen. Noch in Jacke und Schuhen wählte sie seine Nummer. Sebastian nahm ab.

«Papa ist mit Natalie essen gegangen.»

11

Natalie hatte sich schöngemacht. Das hieß für sie, dass sie mit einem minimalen Aufwand an Textilien eine maximale Wirkung erreicht hatte. Sie trug eine Art Kleid aus grünen Plastikbändern, die jeweils einen Streifen weißer Haut durchscheinen ließen, kunstvoll zerrissene Strümpfe, die zehn Zentimeter unter dem Rocksaum endeten, und klobige Schnürstiefel. Sie nahm ihre warme Jacke vom Haken und schlüpfte hinein. Sie reichte ihr bis über die Hüften. Kurz entschlossen nahm sie eine Nagelschere und schnippelte den Jackenstoff knapp unter dem Busen durch. Wäre doch schade um die Wirkung. Je weniger Stoff an einem Kleid dran ist, desto besser gefällt es einem Mann. So viel wusste sie. Sie hatten sich unten an der Ecke verabredet, um den Nachbarn nichts zu reden zu geben, wie er sagte. Ob er sich auch mit anderen Frauen traf? Natalie wusste, dass er ab und zu einen Abend mit Elma verbrachte. Aber immer mit den Kindern. Sie konnte sich nicht vorstellen, dass wirklich etwas zwischen ihnen war. Sie konnte sich nicht vorstellen, dass Elma überhaupt mit irgendjemandem ins Bett ging. Sie schien ihr viel zu alt zu sein. Weit über dreißig, unbeholfen und verbittert. Wahrscheinlich wusste sie nicht einmal mehr, wie es ging.

Ihr würde das nicht passieren, schwor sie sich. So weit würde sie es nicht kommen lassen. Immer würden Männer auf sie reagieren, und wenn sie sie dazu zwingen musste. Was ja wirklich nicht kompliziert war. Allerdings achtete sie darauf, dass sie nicht aus der Übung kam. Sie dachte sich nichts dabei. Auch bei Zeno nicht. Aber jetzt wurde er ernst. Er hatte sie zum Essen eingeladen, oder etwa nicht? Das konnte doch nichts anderes heißen, als dass er sich für sie interessierte. Er wollte sie bei Tageslicht sehen, oder wenigstens beinahe. Er wollte mit ihr reden. Er wollte wissen, was sie dachte. Wenn Natalie es sich recht überlegte, dann war es das erste Mal überhaupt, dass ein Mann sie zum Essen einlud. Seit Andi in der Schulmensa ihr Tablett getragen hatte.

Natalie hüpfte bis zur Straßenecke. Zeno war noch nicht da. Sie wartete zehn Minuten. In der Zeit wurde sie viermal angesprochen. Sie war jetzt nicht mehr ganz so überzeugt von ihrer Garderobe. Doch Zeno gefiel das Kleid. Hatte sie es nicht gewusst?

Sie aßen in einer Pizzeria nicht weit von der Siedlung. Ein kleines, düsteres Lokal, in dem sich kaum jemand aufhielt. Romantisch, fand Natalie. Überhaupt, die ganze Situation. Sie unterhielten sich flüsternd, damit die Kellnerin, die gelangweilt herumstand und ab und zu mit dem Pizzaiolo schäkerte, nicht mithörte. Die Kerze in der leeren Weinflasche, ihre Füße, die sich unter dem Tisch berührten. Elma hatte schon recht, so ein Abendessen war etwas Besonderes. Das konnte doch nichts anderes bedeuten, als dass ihm etwas an ihr lag. Dass er mehr von ihr wollte als nur mit ihr ins Bett gehen. Obwohl er dagegen auch nichts einzuwenden hatte. Er beugte sich über den Tisch, streichelte ihre Hand, dann den Unterarm und hinauf bis zum ersten Plastikband, das sich in ihre weiße Schulter schnitt. Sie verließen das Lokal, bevor die Hauptspeise aufgetragen war. Genau vierzig Minuten nachdem sie sich getroffen hatten, lagen sie auf Natalies Tigerfellbett. Nun gut, dachte sie, gegen Leidenschaft hat noch nie jemand etwas gesagt. Oder?

Nach einer Weile rappelte er sich auf. Er suchte nach seiner Uhr, die er schließlich unter dem Bett in einem ihrer Schuhe fand. Er gähnte. «Ich geh jetzt lieber», sagte er, «ich hab den Kindern versprochen, dass es nicht allzu spät wird.» Sie schob die Unterlippe vor. Wenn sie im Restaurant geblieben wären, wären sie jetzt noch nicht einmal beim Kaffee angelangt. Was für eine Art von Verabredung sollte denn das sein?

«Sind sie etwa allein in der Wohnung?»

«Nicht ganz. Ich hab ihnen Frau Webers Telefonnummer gegeben, und sie schaut noch einmal kurz vorbei, bevor sie zu Bett geht.»

«Natürlich. Sie vertritt ihre Busenfreundin Meierhans. Was du an denen bloß findest! Wahrscheinlich sitzt sie jetzt auf deinem Sofa mit ihrem Strickzeug und wartet auf dich. Nur zur Sicherheit!» Natalie stand auf. Sie schlüpfte in ihren ausgebeulten Mickymauspyjama. Die Vorstellung war zu Ende. «Kein Wunder, dass du so wenig Zeit hast für mich!»

«Natalie, Liebes, du wirst doch nicht eifersüchtig sein.»

Natalie wippte mit den nackten Füßen auf der Matratze. Sie schaute auf Zeno herab, der nackt auf dem schmuddeligen Tigerlaken lag. Sie könnte ein bisschen Anlauf nehmen und ihm mit beiden Füßen ins Gesicht springen oder auf den weichen Bauch. Instinktiv rollte er sich zur Seite.

«Zum Glück für dich gibt es ja all diese hilfsbereiten Frauen», schmollte sie, «für den Haushalt die Meierhans, Elma fürs Gemüt und mich fürs Bett!»

Zeno setzte sich auf.

«Du hast mich durchschaut», sagte er und zog ihr den Mickymauspyjama wieder aus.

Trotz allem war es noch nicht zehn, als er ging. Natalie konnte beim besten Willen noch nicht schlafen. Unruhig ging sie an den Rändern des Zimmers entlang. Schließlich zog sie sich wieder an, Hosen, Pullover, Stiefel und den Jackenrest, und ging zum Block B hinüber, um Rocky abzuholen. Lotti reagierte nicht auf ihr Klingeln, und hinter ihren Fenstern war es dunkel.

Natalie ging über den unbeleuchteten Hof zurück.

«Ich bin ja so allein, ich hin ja so allein», jammerte sie.

Sie hatte Hunger. Das war das letzte Mal, dass sie ein einwandfreies Essen stehenließ, nur wegen der Leidenschaft! Schließlich ging sie zurück in die Pizzeria. Immer noch kein Mensch. Sie setzte sich wieder an denselben Tisch. Die Kellnerin erkannte sie erst wieder, als sie fragte, ob sie die Pizza noch haben könne, die sie vor vier Stunden bestellt hatte. Sie schaute Natalie unsicher an. Dann erinnerte sie sich.

«Natürlich!», rief sie voller Mitleid. «Ich bringe sie gleich!» Die Pizza erschien Natalie doppelt so groß wie eine normale und reichhaltig belegt. Die Frau beobachtete sie mit einem mütterlichen Lächeln.

«Iss, Mädchen, iss», ermunterte sie sie. «Und jetzt noch ein Eis?»

«Klar», sagte Natalie und verzehrte nacheinander vier flambierte Montebianchi. Was konnte ihr auch Besseres passieren, als dick und fett zu werden?

«Darauf trinken wir», sagte sie und bestellte Grappa für sich und die Kellnerin. Die setzte sich schüchtern auf eine Stuhlkante.

«Also gut, aber nur einen kleinen», sagte sie, schenkte dann aber recht großzügig ein.

Marina führte die Pizzeria seit knapp einem Jahr zusammen mit ihrem Mann. Mehr Gäste als heute kamen selten. Wenn es so weiterging, würden sie bald schließen müssen. Ihr Mann kam hinter dem Pizzaofen hervor und genehmigte sich auch ein Glas. Er hieß Otto, und er liebte seine Frau. Das konnte Natalie sofort sehen. Versuchsweise ließ sie ihren Pullover über eine Schulter rutschen und streckte provozierend die Brüste vor, dass ihre Brustwarzen beinahe durch die Strickmaschen guckten. Er schaute immer noch nicht hin. Sie ließ die Schultern wieder sinken und gab noch eine Runde aus. Marina tätschelte ihre Hand.

«Du bist noch jung», sagte sie, «der Richtige wird schon noch kommen.»

Natalie brach in Tränen aus, was große Bestürzung auslöste. Die Grappagläser wurden aufgefüllt.

«Trink das, armes Kind, was hast du denn?»

«Er war ja schon da», heulte Natalie, «aber jetzt ist er weg!»

Das Ehepaar wechselte einen besorgten Blick.

«Wer denn?», fragte Marina vorsichtig.

«Der Riiiiiiichtige!», schluchzte Natalie. Rotz und Tränen liefen über ihr Gesicht, sie wischte sie mit dem Handrücken ab, da hatte sie nun ihre Wirkung, wie ein kleines Kind, das aufs Knie gefallen ist. Schöner Vamp!

«Der Mann, der vorhin mit dir da war?»

«Nein, nein, der doch nicht, ein anderer.»

Und sie erzählte ihnen alles: Andi, Rocky, Zeno.

«Du hast ein Kind!», rief Marina aus, voller Erstaunen und auch Neid. Sie hätte selber gern ein Baby, aber sie bekam keins. Vielleicht war sie auch schon zu alt. 41 war sie, fünf Jahre älter als Otto. Würde er sie nicht zwangsläufig verlassen, wenn sie kein Kind bekommen konnte? Und dieses blutjunge Mädchen hatte eins! Wusste wahrscheinlich gar nichts damit anzufangen! Das Leben war nicht gerecht. Das war das wenigste, was man sagen konnte. Otto nahm ihre Hand und strich über den Handrücken, ohne sie anzuschauen. Sie beruhigte sich.

«Wenn wir dir helfen können», bot sie ihr an, «oder wenn ich das Kind hüten soll, das würde ich wirklich gerne tun.»

«Wann willst du denn ein Kind hüten», fragte Otto zärtlich, «du arbeitest doch Tag und Nacht.»

«Am Sonntag», entgegnete sie trotzig.

Natalie verabschiedete sich etwas später, beschämt und einigermaßen betrunken, aber getröstet.

Kurz nach sieben klingelte es. Natalie rappelte sich auf. Sie hatte angezogen geschlafen. Die Zähne nicht geputzt. Das Licht brannte noch, sie musste es löschen, bevor sie die Augen öffnen konnte. Zu hell. Sie öffnete ihre Tür.

«Ich komme wohl gerade richtig», sagte Jeanne. Natalie versuchte instinktiv, die Tür wieder zuzuschlagen, sah dann aber ein, wie sinnlos das wäre, und bat ihre Mutter herein.

«Ich habe wenig Zeit», sagte Jeanne, «Redaktionssitzung um acht, und vorbereitet bin ich auch nicht, aber ich dachte doch, ich schaue kurz vorbei. Nachdem mich dieses Mädchen angerufen hat, habe ich mir doch langsam Sorgen gemacht, und wie es aussieht, nicht zu Unrecht.»

«Welches Mädchen», murmelte Natalie, dann fiel es ihr wieder ein, die ehemaligen Mitschülerinnen, die sie in der Stadt getroffen hatte. Hatten sie also nichts Besseres gewusst, als ihre Mutter zu benachrichtigen. Jeanne zog ihre Jacke aus und schob die Blusenärmel hoch. Öffnete den Rollladen, machte einen Espresso, fand sogar in einem Seitenfach ihrer Agenda zwei Alka Seltzer, die sie in ein Glas Wasser warf.

«Setz dich.» Sie schob das Glas über den Tisch. Natalie tat, was man ihr sagte. Ergeben wartete sie ab, was jetzt käme. Sie konnte nur hoffen, dass der Vortrag erst begann, wenn das Alka Seltzer schon wirkte.

«Du weißt, dass ich mich so wenig wie möglich in dein Leben einmischen möchte», begann sie. «Ich respektiere deine Unabhängigkeit, das habe ich immer getan.»

«Schon weil's so praktisch war», murmelte Natalie.

«Wie bitte?»

«Nichts, nichts.» Jeanne seufzte. Sie sah sich im Zimmer um.

«Wo ist denn überhaupt dein Sohn?», fragte sie.

«Fällt dir erst jetzt auf, dass er nicht da ist?»

Jeanne schenkte den Kaffee ein. «Hör zu, Natalie, ich habe nicht viel Zeit, also lass mich bitte ausreden.»

Natalie trank ihren Kaffee und sagte kein Wort mehr. Ihre Mutter allerdings auch nicht. Es schien ihr die Sprache verschlagen zu haben. Jeanne, knapp vierzig, grauhaarig, elegant, war Chefredakteurin einer halbwegs emanzipierten Frauenzeitschrift. Womit hatte sie es verdient, dass ihre eigene Tochter so gar keine Regeln respektierte? Ein Leben führte wie vor der Befreiung der Frau? Gab es nicht die Pille und die Pille danach, den zweiten Bildungsweg, die freie Kinderkrippe der Universität?

Jeanne hatte sich das alles erkämpfen müssen. Sie stammte aus einfachen Verhältnissen. Ihre Eltern hatten nichts anderes für sie vorgesehen, als dass sie «gut» heiratete und zwei Kinder bekam. Einen Jungen zuerst und dann ein Mädchen. Mehr nicht, denn sie sollte sich nicht so abrackern müssen wie ihre Mutter. Doch Jeanne war weniger hübsch als gescheit und wollte die höhere Schule besuchen. Sie hatte gegen den Willen der Eltern studiert, daneben gearbeitet und sich politisch engagiert. Sie war intelligent und kam mit vier Stunden Schlaf pro Nacht aus. Das kam ihr dann zugute, als sie ihr Baby hatte.

Sie musste die Pille vergessen haben oder zu den 0,01 Prozent der Frauen gehören, die trotz Pille schwanger werden. Der zukünftige Vater hatte gerade eine Assistenstelle in England angetreten. Also würde sie es allein schaffen.

Eine Stunde vor der Geburt saß sie noch in einer Vorlesung. Das Krankenhaus war zum Glück gleich nebenan. Stillend legte sie ihre mündlichen Examen ab. Dann blieb sie zu Hause und schrieb ihre Doktorarbeit. Allein mit diesem winzigen Wesen, dessen Bedürfnisse ihr fremd waren. Vollkommen isoliert im fünften Stockwerk. Immer wieder stieß sie an ihre Grenzen. Was wollte das Kind? Warum schrie es gerade jetzt? Warum spuckte es auf ihren Pullover? War es krank? Wie viel frische Luft braucht ein Kind? Warum lacht es mich jeden Morgen an?

Wenn das Kind schlief, arbeitete sie. Egal, zu welcher Tages- oder Nachtzeit. Sie ließ alles andere fallen, schleppte ihre Bücher und Notizen in die Küche und begann aus dem Stand zu arbeiten. Ohne kostbare Zeit damit zu verschwenden, sich aufzuwärmen. Man konnte ja nie wissen, wie lange das Baby schlief. Manchmal wachte sie mitten in der Nacht auf der harten Tischplatte auf, den roten Abdruck eines Buchrückens quer über dem Gesicht. Als sie ihre Arbeit abgeschlossen hatte, begann sie sich in das Gebiet der Kindererziehung einzulesen, speziell der Erziehung eines Mädchens. Erst als sie sich sicherer fühlte, konnte sie sich an ihrem Kind freuen. Aber isoliert fühlte sie sich immer noch. Das Leben zog links und rechts an ihr vorbei und ließ nur ein entferntes Rauschen in ihren Ohren zurück. Kino, Theater, Freunde, Ausgehen, Trinken, Männer. Keine Zeit, keine Gelegenheit. Sie arbeitete als freie Journalistin.

Manchmal sprach sie tagelang mit keinem Erwachsenen, sodass ihr ihre Stimme ganz seltsam vorkam, wenn sie einen Redakteur anrufen musste. Sie wusste nicht mehr, wie erwachsene, erwerbstätige Menschen miteinander verkehrten. Sie hatte nicht einmal einen Fernseher. Sie verdiente sehr wenig Geld, denn sie konnte keinen Auftrag annehmen, für den sie das Haus verlassen musste. Wenn sie herumtelefonierte, um zu recherchieren, quäkte das Baby dazwischen. Die wenigsten Gesprächspartner schätzten das. Und oft, gerade wenn ein Abgabetermin bevorstand, wurde Natalie krank. Jeanne begann, rezeptfreie Appetitzügler zu schlucken, weil sie für richtige Drogen, wie sie ihre erfolggewohnten Kollegen nahmen, kein Geld hatte. Sie wurde zitterig, flatterig und leicht paranoid. Abends trank sie Rotwein, um die Symptome so weit zu dämpfen, dass sie schlafen konnte. Sie fürchtete, jeden Moment zusammenzubrechen.

Dann kam Hannes, ihr Freund von einst, aus England zurück. Als er von dem Kind erfuhr, machte er ihr die bittersten Vorwürfe. Das Kind hatte ein Recht auf ein geregeltes Leben, und er hätte es ihm bieten können. Wie kam sie nur dazu, so eigenmächtig zu handeln? Hielt sie sich für den lieben Gott?

Zwei Jahre harte Arbeit, Einsamkeit und schlaflose Nächte hatten Jeanne zermürbt. Sie wusste nicht, was sie antworten sollte. Hannes verfügte über ein sicheres Einkommen, ein geerbtes Haus und eine rosige englische

Kindergärtnerin, mit der er sich verlobt hatte. Das Beste wäre wohl, er nähme das Mädchen zu sich.

Am Anfang verspürte Jeanne nur Erleichterung, grenzenlose Erleichterung. Das Leben kam ihr vor wie eine dieser automatisch betriebenen Drehtüren; man konnte endlos davor stehen bleiben, ohne den Mut aufzubringen, hineinzutreten, und man fühlte sich ausgeschlossen und unzulänglich dabei. Aber war man einmal drin, ging es rund und rund und rund in einer bunten und blitzenden Welt. Alles war wieder jederzeit möglich. Sie fragte sich, warum sie ihr Kind nicht vermisste, warum ihr nicht das Herz gebrochen war, warum sie sich abends nicht in den Schlaf weinte. Sie hatte zu diesem Thema eine Geschichte vorgeschlagen, die nicht nur abgelehnt wurde, sondern ihr auch eine ganze Liste mit Telefonnummern von Psychotherapeuten eingebracht hatte. Das wäre gar nicht nötig gewesen. Nach knapp drei Wochen setzten die Symptome ein.

Als sie besser verdiente, wollte sie ihrer Tochter wenigstens an den Wochenenden etwas bieten: Experimenttheater, Selbstverteidigungskurse, interessante Freunde, die sie in jede Aktivität mit einbezogen, eine Rolle in einem Film, ein Fahrrad, das in Einzelteilen geliefert wurde und das sie eines Nachmittags zusammen mit anderen Mädchen unter Anleitung der ersten weiblichen Fahrradmechanikerin der Stadt zusammenbaute. Sie nahm Natalie überallhin mit. Je erfolgreicher sie wurde, desto weniger traute sich irgendjemand, sie zu kritisieren. Die wichtigsten Persönlichkeiten interviewte sie mit dem Kind auf dem Schoß, sie nahm es mit zu Sitzungen, Besprechungen, Geschäftsessen. Natalie wurde von allen verwöhnt. Niemand wagte es, sie zurechtzuweisen. Jeanne war zu einflussreich geworden. Wenn sie an all die Aufträge dachte, die sie nicht bekommen hatte, weil sie nicht konzentriert telefonieren konnte, weil sie Termine im letzten Moment absagen musste, weil sie abgehetzt wirkte und unmodisch gekleidet war, ja, oft nicht einmal sauber!

Doch die Wochenenden genügten nicht. Sie musste sich eingestehen, dass ihr Natalie von Woche zu Woche fremder wurde. Ihr Vater gab ihr alles, was in Jeannes Welt nicht vorkam: Rüschenkleider, Puppenkochherde, Gutenachtgeschichten, Ballettstunden. Jeanne wollte ihre Tochter zurückhaben, jetzt, wo sie sich der Aufgabe gewachsen fühlte. Der Vater reagierte verständnisvoll. Er schaltete eine Kinderpsychologin ein, die das Kind nach seiner Meinung fragte. Natalie musste nicht lange nachdenken: Sie wollte bei ihrem Vater bleiben. Von da an wurden die Besuchswochenenden immer seltener. Jeanne wusste nicht mehr, wie sie Natalie gegenübertreten sollte. Offensichtlich hatte sie alles falsch gemacht.

Auch Natalie hatte ein schlechtes Gewissen. Sie begegneten sich mit höflicher Unsicherheit. Als Natalie zehn Jahre alt war, wurde eine Freundin ihres Vaters, von der bis zu diesem Tag niemand gewusst hatte, schwanger. Er reagierte ganz ungelassen. Ein Wink des Schicksals, er würde eine Familie gründen, noch einmal von vorne anfangen und diesmal alles richtig machen. Die englische Kindergärtnerin wurde in ein Flugzeug gesetzt und in ihre Heimat zurückspediert. Auch für Natalie gab es keinen Platz mehr. Ein Neuanfang duldete keine Wucherungen aus der Vergangenheit. Er machte einen sauberen Schnitt, wie er es nannte, und schickte Natalie zu ihrer Mutter zurück.

Natürlich gab sie Jeanne die Schuld an der ganzen Sache und rächte sich, wie sie konnte. Natalie kannte kein anderes Ziel, als so bald wie möglich zu heiraten. Das

Gymnasium besuchte sie nur widerwillig. Sie legte es halb darauf an, hinausgeworfen zu werden. Immerhin blieb sie lange genug, um schwanger zu werden. Und das, nachdem Jeanne sie bereits mit zwölf zu ihrer Frauenärztin mitgenommen hatte, die mit ihr nicht nur über sämtliche alternativen Verhütungsmethoden, sondern auch über das Recht auf Selbstbestimmung gesprochen hatte. Und was hatte ihnen die Göre entgegengehalten, als Mutter und Ärztin sie vier Jahre später zweistimmig zur Abtreibung zu überreden versuchten? «Mein Bauch gehört mir!»

Nun gut. Jeanne hatte selber abgetrieben und konnte nicht behaupten, dass es eine angenehme Erfahrung gewesen war, eine, die ihre Tochter unbedingt auch machen musste. Aber gab es nicht auch andere Möglichkeiten, mit der Situation fertigzuwerden? Sie hätte zum Beispiel weiter zur Schule gehen können, während sich ein Au-pair-Mädchen um das Baby kümmerte. Stattdessen hauste sie in diesem Loch, gab das Kind bei einer Alkoholikerin ab und verdiente ihr Geld mit nacktem Busen. Ihre Tochter!

«Ich nehme nicht an, dass du nach Hause kommen willst», sagte sie. Aus ihrer Handtasche nahm sie einen Süßstoffbehälter, der auf Knopfdruck zwei achteckige Stückchen in die Tasse spuckte. Es klang nicht wirklich so, als ob sie sich das wünschte, und Natalie machte sich nicht die Mühe zu antworten.

«Es gibt da ein neues Projekt», fuhr Jeanne fort. «Ich habe zufällig davon erfahren. Die Stadt stellt alleinerziehenden Müttern, die zusammenziehen wollen, größere Wohnungen zur Verfügung. Ganz billig. Das wäre doch ideal für dich. Du kennst hier schon ein paar Frauen, mit denen du dich gut verstehst. Ihr könntet euch abwechseln mit den Kindern, du könntest deinen Schulabschluss machen. Per Fernkurs. Wenn du dich ein bisschen anstrengst, bist du nicht später fertig als deine ehemaligen Mitschülerinnen.»

«Ich will aber keinen Fernkurs machen! Wozu denn! Ich habe einen guten Job!»

«Deine Brüste werden nicht so lange halten wie das, was du gelernt hast, überleg es dir.»

Darauf fiel Natalie nichts ein.

«Jedenfalls habe ich dich angemeldet. Du hast gute Chancen, die Wohnung zu bekommen.»

«Angemeldet?»

«Vergiss nicht, du bist noch nicht volljährig. Und für das Zimmer hier bezahle ich.»

«Das ist nicht wahr!»

«Aber natürlich. Was stellst du dir denn vor? Du hast doch keinen Anspruch auf eine Sozialwohnung, bei meiner Stellung. Ich bezahle den Differenzbetrag. Und glaub mir, du würdest gar nicht wissen wollen, was dieses Loch kostet.»

Natalie schnippelte mit dem Küchenmesser an ihren Fingernägeln herum. Ich höre gar nicht zu, dachte sie, ich höre gar nicht zu. Ein alter Kindertrick, der meistens funktioniert hatte. Die Stimme ihrer Mutter drang nur noch undeutlich zu ihr durch. Sag deine Meinung. Sag, was du denkst. Drück dich verständlich aus. Hier, ich habe dir ein Buch zu dem Thema mitgebracht. Schau dir diese Farben an! Du musst lernen, eine Meinung zu vertreten. Du hast doch eine Meinung? Lies dies, lies das. Ich habe dich für einen Kurs angemeldet. In den Ferien wirst du mit auf Reportage kommen. Ich stelle dir interessante Menschen vor. Hör zu, wenn sie mit dir reden. Du kannst nur von ihnen lernen. Ich versuche, alle Chancen auf deine Seite zu bringen. Die Welt soll dir offen stehen. Du sollst alle deine

Möglichkeiten ausschöpfen. Aber was, wenn sie lieber Arztromane las als Rotstrumpf eins, zwei und drei? Was, wenn sie lieber mit ihren Freundinnen Jazztanz lernte als Selbstverteidigung? Wenn sie Fotos von Seriendarstellern an die Wand klebte statt von Revolutionshelden?

«Ich will doch nur das Beste für dich», sagte ihre Mutter, wie alle Mütter, und wie alle Mütter wusste sie auch genau, was das Beste für sie war.

«Du wirst Referenzen brauchen für die Wohnung. Du wirst deine Arbeitsstelle angeben müssen. Ich glaube nicht, dass du mit deiner jetzigen Anstellung eine Chance hast. Du könntest bei uns ein Volontariat machen. Gescheit genug wärst du ja.»

Natalie stand auf. «Ich will aber die Wohnung gar nicht!», rief sie. «Ich will nicht mit irgendeiner Frau zusammenwohnen! Und schon gar nicht für dein Schmierblatt arbeiten!» Schmierblatt? Jeanne zuckte leicht zusammen. Natalie sah es.

«Schmierblatt!», wiederholte sie. «Ihr schreibt doch genau dasselbe wie alle anderen: schminken und anziehen, abnehmen und kochen! Emanzipation heißt bei euch nichts anderes, als genug zu verdienen, um sich einen Stairmaster zu kaufen. Nein, nein! Ich weiß schon alles, was man über Lippenstifte wissen muss, vielen herzlichen Dank!»

«Interessanter Gedanke», murmelte Jeanne und machte sich eine Notiz. Natalie begann zu weinen. «Überhaupt ist es dir doch egal, was aus mir wird. Du hast doch nur Angst, dass dich jemand fragt, was ich gerade mache, und du nichts Gescheites antworten kannst. Du hast dich immer schon für mich geschämt, versuch nicht, es abzustreiten!»

Jeanne hatte nicht einmal den Anstand, von diesen Vorwürfen getroffen zu wirken. Seufzend schlüpfte sie in ihren Blazer, nahm ihre Mappe. Höchstens wirkte sie etwas gelangweilt, etwas angestrengt auch. Flüchtig küsste sie Natalie zum Abschied.

«Mach's gut», sagte sie und schloss leise die Tür.

Im Treppenhaus traf sie Elma, die voller Zorn die Stufen hinaufstieg, um Natalie zur Rede zu stellen. Jeanne fasste ihren Pulloverärmel und überredete sie, erst einmal einen Kaffee mit ihr zu trinken. Gleich gegenüber von der Siedlung gab es ein kleines, düsteres Café. Tische und Stühle waren aus dunkelbraunem Plastik, an den Wänden wucherten absurde orangefarbene Blüten, und auf den Tischen lagen drei Monate alte Illustrierte aus. Die Stimmung war beinahe feierlich.

In einer Ecke saß Frau Huber vor einem Milchkaffee, die Lesebrille ganz vorn auf der Nasenspitze. In einer Hand hielt sie eine Illustrierte, mit der anderen schob sie sich mechanisch kleine Gebäckstücke in den Mund. Sie blickte neugierig auf, als sie Elma hereinkommen sah mit dieser selbstbewussten, eleganten Frau. Wer mochte das wohl sein? Elma nickte ihr unsicher zu, und Frau Huber steckte sofort wieder die Nase in ihre Zeitschriften. Jeanne sah sich in dem Lokal um. Sie schauderte.

«Wollen wir nicht lieber woandershin gehen?»

«Es gibt hier nichts anderes.»

Außerdem lag Elma gar nicht so viel daran, mit Jeanne irgendwohin zu gehen. Hätte sie ihre Tochter anders erzogen, würde sie heute nicht herumlaufen und anderen Frauen die Männer ausspannen. Das sagte sie ihr auch. Jeanne seufzte. An allem sollte sie schuld sein. Hörte das denn nie auf? Was war denn mit dem Mann? Warum beschimpfte sie nicht den? War er etwa vergewaltigt worden? Dann dachte sie plötzlich daran, dass dieser Mann ja wohl einiges älter sein musste als Natalie, sie dachte an Natalies Vater und daran, dass sie ihr nie die Geborgenheit der Kleinfamilie hatte bieten können, sodass sie sich männliche Aufmerksamkeit auf solch erniedrigenden Umwegen holen musste. Es dauerte nicht lange, und sie fühlte sich wirklich schuldig.

«Ich weiß», sagte sie schließlich, «mit mir hat sie das auch gemacht. Aber es ist eben wirklich nicht einfach für sie.» Als Natalie ungefähr im dritten Monat schwanger gewesen war, hatte sie sich, statt zur Schule zu gehen, mit Jeannes damaligem Liebhaber vergnügt, einem jungen Musiker, der nachts Gitarre spielte und tagsüber in ihrer Wohnung auf dem Bett lag. Manchmal fragte Jeanne sich, warum so viele erfolgreiche Frauen in ihrem Alter mit gutaussehenden, mittellosen jungen Männern lebten und sich von ihnen ausnehmen, herumkommandieren und erniedrigen ließen. Wie oft hatte er am Samstagnachmittag, wenn sie gerade von irgendeiner Besprechung nach Hause gekommen war, den zerzausten Kopf aus den Kissen gestreckt und vorwurfsvoll-verschlafen ausgerufen, es sei kein einziger Tropfen Milch im Haus? Und wie oft war sie zum nächsten Laden gehetzt, kurz bevor die Geschäfte schlossen, um noch einen Liter Milch zu bekommen?

Sie hatten das Thema in ihrer Zeitschrift behandelt. Die Kollegin hatte es so dargestellt, dass sich erfolgsgewohnte Frauen nun einmal schöne, junge Männer leisteten, weil sie es sich leisten konnten, ebenso wie private Trainingsstunden und Designermode und einen Haustierpsychologen. Sie wissen eben, was sie wollen und wie sie es bekommen. Und alle sind glücklich und ohne Illusionen.

Sie wollten doch die erfolgreichen berufstätigen Frauen nicht in Zweifel stürzen. Ihr Leben war wunderbar bunt und berechenbar, und war es einmal nicht so, dann lag das ganz allein an ihnen selber. Es gab immer Gründe, sich schuldig zu fühlen. Man musste nur gewissenhaft danach suchen. Dafür waren schließlich die Frauenzeitschriften da. Damit die Frauen nicht vergaßen, sich schuldig zu fühlen.

Wie auch immer, eines Nachmittags war sie aus einer Sitzung nach Hause gekommen und hatte Franz in dem schmalen Kinderbett ihrer Tochter vorgefunden. Unter den treuherzigen Blicken der Seriendarsteller. «Warum bist du denn schon zurück?», hatte er gefragt, wie in einer Boulevardkomödie. Sie hatte ihn hinausgeworfen, solange sie noch die Energie dazu hatte. Ihr ganzer Hass richtete sich auf ihn. Natalie konnte doch nichts dafür, so wie sie aufgewachsen war. Natürlich musste sie sich immer wieder vergewissern, dass die Männer sie liebten. Nach dem Fiasko mit ihrem Vater. Und wessen Schuld war das alles? Nun, wessen wohl? Ihre doch, oder?

Sie war so weit gegangen, dass sie sich weinend bei Natalie entschuldigt hatte, aber das hatte nicht mehr viel geändert, zwei Tage später lief sie von zu Hause weg. Sie hatten sich erst wiedergesehen, als Rocky schon auf der Welt war. Seither trafen sie sich alle paar Wochen, und jedes Mal stritten sie sich. Natalie brachte sie immer wieder dazu, Dinge zu sagen oder zu tun, die sie eigentlich gar nicht wollte.

«Das geht mir auch so», sagte Elma, «aber ich hatte eigentlich gedacht, das würde mit der Zeit besser. Wenn sie größer sind.»

«Kleine Kinder, kleine Sorgen; große Kinder, große Sorgen», warf Frau Huber vom Nebentisch ein, auch um klarzustellen, dass sie durchaus zuhörte.

Jeanne dachte nach. Elma würde wohl kaum Lust haben, mit Natalie eine Wohnung zu teilen.

«Ich werde sowieso bald wieder heiraten», erklärte Elma.

«Wie schön für dich», sagte Jeanne. Obwohl sie das Gegenteil dachte. Manchmal war sogar sie zu müde, um ihre Meinung zu vertreten. Sie trank ihren Kaffee aus.

«Wenn du die Wohnung nicht willst», sagte sie, «dann willst du ja vielleicht den Job? Wir könnten eine weitere Hilfssekretärin gebrauchen. Die Arbeit ist einfach, nicht sehr gut bezahlt, aber die Leute sind nett.»

«Ich glaube, du hast mich nicht richtig verstanden», antwortete Elma. «Ich sagte, ich werde bald wieder heiraten!»

Jeanne schwieg einen Moment. Was immer das heißen soll, dachte sie. Sie sah, dass Elma es ganz ernst meinte. Also sagte sie nichts mehr, sondern stand auf.

«Ich wünsche dir alles Gute», sagte sie. Dann ging sie zu Frau Huber hinüber, die schon lange aufgehört hatte, so zu tun, als würde sie in ihrer Illustrierten lesen. Sie legte ihr eine druckfrische Ausgabe ihrer eigenen Zeitschrift auf den Schoß.

«Versuchen Sie es einmal damit», riet sie ihr freundlich. Dann verließ sie das Café. Frau Huber starrte ihr nach. Sie nahm die Zeitschrift und blätterte sie vorsichtig durch. Auf der plastikbezogenen Bank rutschte sie ein Stück zu Elma hinüber.

«Also, ich weiß nicht so recht», sagte sie, «schauen Sie sich das einmal an. NOCH BESSERE ORGASMEN: FINDEN SIE IHREN U-PUNKT! *Detaillierter Plan in diesem Heft.* Was soll das denn heißen, bitte schön?»

Elma wurde rot.

«Das weiß ich auch nicht», murmelte sie. Solche Sachen brachten sie in Verlegenheit. Und plötzlich kam ihr ein Gedanke. Was hatte denn Natalie, was sie nicht hatte? Eine aggressive Sinnlichkeit. Das war es. Es war ein Fehler gewesen, darauf zu warten, dass er den ersten Schritt machte. Es war ein Fehler gewesen, sich Zeit lassen zu wollen. Herrgott, wie alt war sie eigentlich? Jedes Schulmädchen war ihr auf diesem Gebiet voraus. Bestimmt wusste Natalie sogar, wo ihr U-Punkt war.

Sie musste ihn verführen. Dass sie darauf nicht schon früher gekommen war! Sie stand auf. Die Sache duldete keinen Aufschub mehr. Womöglich war es schon zu spät.

«Ich muss gehen», stammelte sie, gerade als Frau Weber und Frau Schweri das Lokal betraten. Verlegen drückte sie sich an ihnen vorbei. Sie musterten sie erstaunt. Bestimmt würden sie jetzt wieder über sie reden. Aber was kümmerte sie das. Bald wäre sie weit weg von hier. Bald würde sie das Leben führen, das ihr zustand.

12

Liebe Frau Donata

gerade eben habe ich meinen kleinen Jungen gehauen. Ins Gesicht, links und rechts und noch einmal links und rechts. Ben, den Mittleren, den Vierjährigen, und er hat gar nichts getan. Ich habe die Frauen immer verachtet, die so etwas tun, man sieht das ja zum Beispiel im Supermarkt an der Kasse, das Kind reißt etwas aus dem Gestell, und paff! hat es eine gefangen. Ich finde, eine Mutter muss in jeder Lebenslage die Ruhe bewahren, alles andere weist nur darauf hin, dass sie ihrer Aufgabe nicht gewachsen ist. Ich weiß wirklich nicht, was mit mir los ist. Ich bin nicht mehr ich selber. Seit zehn Tagen bin ich jetzt wieder zu Hause. Ich finde mich einfach nicht zurecht. Alles ist mir zu viel. Die Buben sind so laut, und ständig wollen sie an dem Baby herummachen. Das Baby schläft zum Glück die meiste Zeit, aber wenn die Großen an ihm herummachen, dann wacht es auf. Sie müssen sich ja fragen, ob das Kind denn keinen Namen hat, doch, es hat einen, es heißt Michael. Mein Mann ist auf den Namen gekommen. Nach seinem Vorgesetzten. Der soll auch Taufpate werden, aber er hat noch nicht sicher zugesagt. Die Taufe soll schon nächste Woche sein, ich finde das ja ein wenig früh, aber wenn er meint. Eigentlich sollte ich ja dankbar sein, dass er sich um diese Dinge kümmert, nachdem er sich erst überhaupt nicht für das Kind interessiert hat. Jedenfalls sah es so aus. Vielleicht bin ich auch ungerecht. Er wird auch seine eigenen Sorgen haben. Bei den ersten beiden Geburten war er von Anfang bis Ende dabei, und ob Sie es glauben oder nicht, er hat noch mehr gelitten als ich. Das wäre dieses Mal natürlich nicht gut möglich gewesen, denn noch mehr leiden wäre sterben! Sagt man doch immer, jede Geburt sei wieder leichter als die vorhergehende. Natürlich, das Kind lag verkehrt, das hätte ja auch mal jemand merken können, statt immer von der Form des Bauches zu reden und dass es bestimmt ein Mädchen werden würde! Dabei war es einfach ein Junge, der verkehrt herum lag, das heißt, genau genommen lag er quer. Er wollte und wollte sich nicht drehen, ums Verrecken nicht, und ich hatte seit 20 Stunden Wehen, richtige Wehen, der Muttermund war schon ganz offen. Dann wollten sie einen Kaiserschnitt machen. «O ja, bitte», habe ich gejammert, «gebt mir eine Spritze, mir ist es egal.» Doch dann hat es sich gedreht, jetzt lag es mit dem Po voran, aber so sollte es gehen, haben sie gesagt. Es war nicht gerade lustig, kann ich Ihnen sagen. Ich versteh einfach nicht, warum sie nicht doch einen Kaiserschnitt gemacht haben, denn so dauerte es noch Stunden, und ich dachte wirklich, ich müsse sterben. Wundert mich heute noch, dass ich das überlebt habe. Aber das ist denen wohl egal. «Für das Kind ist es das Beste, auf natürlichem Weg zu kommen», sagten sie. Wenn Sie es wirklich wissen wollen, ich habe gebetet: Lieber Gott, wenn ich das überlebe, will ich nie wieder schwanger werden!! Und ein wenig später: Lieber Gott, vergiss das mit dem Überleben, mach einfach, dass es aufhört. Also, irgendetwas muss wohl dran sein, denn überlebt habe ich es, wenn auch nur knapp. Manchmal tut es mir direkt leid. Vielleicht wäre ich besser dran gewesen, wenn ich es nicht überlebt hätte. Kein Wunder, dass mir die Sicherungen durchbrennen bei solchen Gedanken.

Schade war nur, dass der Ernst nach der Geburt sofort wieder wegmusste, keinen Moment hatten wir für uns, ich wusste nicht einmal, ob er jetzt böse ist mit mir. Die Männer geben ja meistens der Frau schuld, wenn das Kind nicht das gewünschte Geschlecht hat, dabei ist es eigentlich umgekehrt. Aber das ist Wissenschaft. Das interessiert doch die Männer nicht. Er kam erst ganz am Schluss dazu. Sie fragten ihn wegen dem Kaiserschnitt. Er war mit allem einverstanden, was der Arzt sagte, der wird es ja am besten wissen, oder. Dann hat er das Kind noch gebadet, und die Hebamme hat eine Polaroidaufnahme gemacht, leider hat er ein bisschen zu spät gelächelt. Dann kam die Nachgeburt, das war das Schlimmste, die Hebamme presste ihre Fäuste in meinen Bauch mit aller Kraft, immer wieder, und ich schrie so laut ich konnte. Jetzt war das Kind doch endlich da, warum sollte ich noch weiter leiden? Oder wie sehen Sie das? Aber das ist eben die Natur. Nach einer Weile sagte die Hebamme, ich solle versuchen, zur Toilette zu gehen. Sie half mir vom Bett hoch und stützte mich auf einer Seite, meine Füße berührten das kalte Linoleum, und meine Knie knickten ein.

«Halten Sie sie auf der anderen Seite», sagte die Hebamme zu meinem Mann. Aber der schaute so auf den Fußboden und meinte, er müsse jetzt gehen, sonst erwische er den letzten Bus nicht mehr. Weg war er! Die Hebamme sagte kein Wort mehr, aber ich merkte schon, dass ich ihr leidtat, und das kann ich gar nicht haben. Ich hatte ein Zimmer für mich allein. Die anderen beiden Betten waren nicht belegt. Das Baby blieb gleich in der ersten Nacht bei mir, Rooming-in heißt das. Das Baby weinte und ich auch ein bisschen, ich hatte solche Nachwehen, das wird mit jeder Geburt schlimmer, sagt man, und das wenigstens stimmt auch. Einmal habe ich nach der Schwester geklingelt, ob sie mir ein Schmerzmittel gibt, aber sie war ganz außer sich, dass ich das Baby schreien ließ, warum ich es um Himmels willen denn nicht anlegte? Beim Trinken tat es noch viel mehr weh, ich habe mir regelrecht die Lippe aufgebissen, aber sie wollte mir kein Schmerzmittel geben, zur Strafe, würde ich behaupten. Einmal haben sie meinen Mann angerufen, weil er nie zu Besuch kam. In dem Krankenhaus ist die Besuchszeit abends für die Väter reserviert, außer man ist alleinstehend, dann kann es auch die Großmutter sein oder eine Freundin, aber das muss man vorher sagen. Und weil ich ja verheiratet bin, dachten natürlich alle, am Abend komme der Ernst, und ließen mich in Ruhe. Das heißt, viel Besuch bekam ich sowieso nicht, sie ließen nur die Verwandten zu mir, weil es mir nicht gutging. Verwandte waren meine Mutter, meine Schwiegermutter und die beiden Schwägerinnen. Meine Schwester nicht, die hat nämlich ins Ausland geheiratet, sodass ich sie nie sehe.

Meine Schwester hat mir gefehlt. Einmal kam die Nachbarin, diese Lotti, Sie wissen schon, die auf die Kinder von den ganzen Sozialfällen aufpasst. Dafür wird sie bezahlt und kann sich Portwein kaufen oder was es ist, was sie da trinkt, ich habe einmal die Kassiererin im Supermarkt gefragt, aber die hat doch glatt geantwortet, das ginge mich nichts an. Sie sage ja auch nicht weiter, wie viel Schachteln Salzstangen ich jeden Tag abräume. Salzstangen sind meine Schwäche, müssen Sie wissen. Gut für den Blutdruck.

Ausgerechnet diese Lotti brachte ein Geschenk vorbei für das Baby. Sie hätten alle zusammengelegt, hat sie gesagt. Das hätte ich ehrlich gesagt nicht erwartet, schließlich habe ich nie ein Hehl daraus gemacht, was ich von diesen Frauen halte, aber gefreut hat es mich trotzdem. Und Zeno, der neue Nachbar, hat gelbe Rosen abgegeben.

Ein wunderschöner Strauß! Das war das schönste Geschenk, weil es allein für mich war und nicht für das Baby. Wenn sie mich nur in Ruhe lassen würden mit dem Baby! Den ganzen Tag nörgelten sie an mir herum, du musst dies, du musst das, dein Kind braucht dies, dein Kind braucht das. Und ich? Um fünf mussten alle gehen, und dann gab es zu essen, darauf freute ich mich schon den ganzen Tag, aber es war immer zu wenig. In zehn Minuten höchstens hat man so ein Tablett leer. Die ersten Abende habe ich noch gewartet und gewartet, ob der Ernst nicht kommt. Manchmal bin ich ein wenig auf den Flur hinausgegangen. In der Halle gab es einen Süßwarenautomaten, da holte ich mir dann einen Schokoladenriegel oder ein in Cellophan eingeschweißtes Stück Kuchen. Dort sah ich die anderen Väter mit den riesigen Blumensträußen und den Geschenkschachteln. Mit langen Schritten liefen sie durch die Gänge zu ihren Frauen, den Mantel über dem Arm und die Krawatte im Wind. Manche küssten sich auch vor der Lifttür, konnten sich gar nicht trennen, und dann fuhr der Lift wieder weiter, und sie standen immer noch da. Den Schwestern war es langsam peinlich. Ich glaube, sie haben den Ernst auch einmal angerufen, er soll vorbeikommen, denn eines Abends kamen sie zu zweit und richteten mir aus, der Ernst sei bei einer Vertreterkonferenz und lasse mich grüßen. Dann saßen sie noch ein bisschen an meinem Bett und wussten nicht, was sie sagen sollten. Im Zweifelsfall schimpften sie mit mir, weil ich mich nicht richtig um das Baby kümmerte. Herrgott, was sollen wir mit der bloß anfangen, dachten sie wohl. Wenn es so weitergeht, müssen wir sie noch hierbehalten! Eigentlich war ich aber ganz froh, dass ich abends meine Ruhe hatte und ein bisschen herumwandern konnte, ohne dass sich jemand in meine Gedanken mischte.

Leider dauerte es nicht lange, und sie erwischten mich, weil das Baby so laut schrie, dass die Nachtschwester es hörte, und ich war nicht im Zimmer, sondern trieb mich auf dem Flur herum. Mitten in der Nacht war das, und am nächsten Morgen kam die Sozialarbeiterin. Sie fragte mich unter anderem nach den blauen Flecken, hatten sie es also doch gesehen, und fragte mich, ob mein Mann mich schlagen würde, also ich bitte Sie, was soll ich denn dazu sagen? Ja, das tut er, bitte verhaften Sie ihn? Das kann ich doch nicht machen, habe ihn schließlich geheiratet, wie es so schön heißt, für die guten und für die schlechten Zeiten. Jetzt sind eben gerade schlechte Zeiten, das ist alles.

Liebe Frau Donata,

Sonntag in einer Woche soll die Taufe sein. Mein Mann, der Ernst, hat mir Geld gegeben, damit ich mir ein Kleid kaufen kann. Sonst muss er sich ja schämen, hat er gesagt. Es ist eben leider so, dass ich in meine alten Sachen noch nicht wieder hineinpasse, es kommt mir vor, als sei ich genauso dick wie vor der Geburt, aber das kann doch wohl nicht sein, oder? Mindestens vier, fünf Kilo müssen ja weg sein, aber vermutlich fällt das gar nicht auf in meiner Masse. Sowieso wäre es nicht übertrieben, wenn ich mir wieder einmal etwas Neues kaufen könnte, das hab ich seit Jahren nicht mehr gemacht. Nach den ersten beiden Geburten habe ich immerhin ein Geschenk bekommen vom Ernst. Beim Toni eine Anstecknadel mit einem Glückskäfer aus Email und beim Ben einen Turbomixer. Hätte er mir diesmal ja einfach ein Kleid schenken können. Kein Grund, gleich zu schimpfen. Er ist schließlich selber nicht der Schlankste.

Liebe Frau Donata, das wollte ich Sie wirklich einmal fragen. Das mit der Figur: Ist das nicht eine einzige Ungerechtigkeit? Ich bin noch nicht mal dreißig und war schon dreimal schwanger. Sie und ich wissen, was das heißt. Ich habe keine Zeit, um zu turnen, und kein Geld, um mir eine teure Creme zu kaufen. Trotzdem soll ich so dünn sein wie ein junges Mädchen. Mein Mann hingegen kann aussehen, wie er will, da sagt niemand etwas. Dabei wird er allein vom Fernsehen dick, und das tut noch nicht einmal weh. Finden Sie das etwa gerecht?

Aber von dem Kleid wollte ich erzählen. Gestern war das. Ich brachte die Buben in den Kindergarten und ging dann zu Fuß in die Innenstadt. Mit dem Baby im Kinderwagen. In der Fußgängerzone gibt es ein paar ganz nette Geschäfte, und nicht mal teuer. Ich blieb eine Weile vor einem Schaufenster stehen und sah auch gleich ein wunderschönes pflaumenblaues Kleid. Es war aber ziemlich teuer, und wahrscheinlich hatten sie meine Größe sowieso nicht vorrätig. Ich hielt eine Hand gegen die Scheibe und versuchte, in den Laden reinzusehen. Auf die Verkäuferinnen kommt es nämlich an. Wenn sie so ganz jung und dünn sind, hat es gar keinen Sinn zu fragen. Die schauen einen nur von oben bis unten an, als ob man schmutzig wäre. Wartet nur, bis es euch auch erwischt, denke ich dann. Ich ging ein paar Schritte weiter, bis zu einem Warenhaus, die haben manchmal auch ganz nette Sachen, und außerdem kann man sich da ungestört umschauen. Allerdings wusste ich nicht, wie ich mit dem Kinderwagen die Rolltreppe hinaufkommen sollte. Es ist nämlich so ein alter, schwerer Kastenwagen, in die Straßenbahn komm ich damit schon gar nicht, aber das ist mir egal, ich laufe sowieso lieber. Ich überlegte hin und her, ob ich den Wagen wohl einfach vor dem Eingang stehenlassen sollte, war sogar schon halb durch die Tür, als mich mitten in diesem Vorgang aus heißer Luft jemand von hinten ansprach.

«Ach, Frau Meierhans, nett, Sie zu sehen», es war diese Lotti, von der ich Ihnen schon erzählt habe, diese Tagesmutter, und neben ihr stand diese Junge, wie heißt sie nun schon wieder, Natalie.

«Gehen Sie ein bisschen shoppen», sagte sie, «Sie haben recht, das hilft immer.»

So was von unverschämt, ich bitte Sie! Diese Natalie ist wahrscheinlich noch keine 18 und hat schon ein Baby, unverheiratet natürlich, und putzt sich heraus wie die letzte Straßendirne, entschuldigen Sie den Ausdruck, aber anders kann man es nicht nennen, und jetzt hat sie sich auch noch kahl geschoren, eine richtige Glatze hat sie! Das muss man gesehen haben, um es zu glauben! Aber eines muss man ihnen lassen, richtig nett waren sie zu mir, fast, als freuten sie sich, mich zu sehen, dabei sind wir sonst gar nicht so gut aufeinander zu sprechen. Bei uns in der Siedlung ist es nämlich so, dass die verheirateten Frauen mehr für sich bleiben und nicht mit den anderen verkehren, die unverheiratet sind oder geschieden, oder Ausländerinnen, oder Alkohol trinken. Nicht, dass wir etwas dagegen hätten, wir sind so tolerant wie irgendjemand. Die leben einfach nicht so wie wir. Ihre Kinder sind die reine Landplage. Alles machen sie kaputt, man kann sie richtig rutschen sehen auf der schiefen Bahn, und für unsere Kinder ist das kein Umgang. Auch wenn man kein Geld hat, kann man anständig bleiben, sagen wir immer, dann erst recht. Jedenfalls, bevor ich wusste, was geschieht, saß Lotti schon auf der Holzbank auf dem Platz vor dem Warenhaus und schaukelte den Kinderwagen.

«Ich passe auf ihn auf, während Sie einkaufen», sagte sie, und ich solle mir ruhig Zeit lassen. Die andere, Natalie, hängte sich bei mir ein und meinte, sie wolle mir helfen, ein Kleid auszusuchen, sie hätte nämlich früher in einer Boutique gearbeitet und kenne sich aus. Zuerst ließ sie mich eine Weile herumschauen, aber nichts von dem, was ich mir aussuchte, gefiel ihr.

«Herrgott, Marion», sagte sie, «wie alt bist du eigentlich, sechzig? Das Kleid kannst du deiner Schwiegermutter anziehen!»

Woher sie bloß meinen Namen kannte?

«Komm, wir schauen woanders.»

«Aber die großen Größen hängen hier», sagte ich.

«Große Größen, sonst noch etwas!» Sie zerrte mich ausgerechnet in die Juniorenabteilung, wo sie wahnsinnig laute Musik spielten, sodass ich in kürzester Zeit ganz benommen war und nicht mehr wusste, wo mir der Kopf stand. Sie schob mich in eine Kabine und reichte mir andauernd Sachen über die Türe hinweg, und am Schluss stand ich da in elastischen dunkelgrünen Samthosen, Leggings nennt man das, und einem knielangen schwarzen Hemd, das über und über mit Jettperlen bestickt ist, die bei jedem Schritt leise klirren. Dazu noch ein samtenes Haarband und einen dunkelroten Lippenstift. Ich sah mich im Spiegel und kannte mich nicht wieder. «Schuhe noch», sagte Natalie, denn das alles hatte gar nicht viel gekostet. Sie suchte mir eine Art goldbestickte Pantoffeln aus, so etwas habe ich noch nie gesehen, aber sie sind ganz flach und bequem und trotzdem festlich. Am Schluss reichte es sogar noch für eine Limonade an dem Stand beim Ausgang, ich bot Lotti auch eine an, aber sie wollte nicht.

An diesem Abend hat mich der Ernst zum ersten Mal wieder verprügelt, seit das Baby auf der Welt ist.

«Bist du denn noch zu blöd, um dir ein Kleid zu kaufen», schrie er. «So kannst du doch verdammt nochmal nicht herumlaufen, willst du mich lächerlich machen vor allen Leuten, ich habe meine Vorgesetzten eingeladen! So lassen sie dich noch nicht einmal in die Kirche!» Mit der zusammengerollten Zeitung hat er mich geschlagen, wie einen Hund, das fitzt wie eine Peitsche, aber man sieht nachher nichts, nur, dass ich hingefallen bin und mir an der Tischkante die Lippe aufgeschlagen habe, aber das konnte er ja nicht voraussehen.

Natürlich verlangte er, ich solle das Zeug zurückbringen und umtauschen gegen etwas Anständiges. Also bin ich heute noch einmal hin. Ich stand vor dem Warenhaus und wartete und wartete. Ob plötzlich wieder jemand hinter mir auftauchte, aber nichts. Nach einer Weile drehte ich mich um und ging nach Hause. Ich würde einfach sagen, die Sachen seien herabgesetzt gewesen und könnten nicht umgetauscht werden. Und dann würde ich Lotti und Natalie zur Taufe einladen.

Vielleicht hätte ich den Kinderwagen einfach stehengelassen, hätte in dem Warenhaus herumgetrödelt, bis jemand das Baby gestohlen hätte. Ich hätte es nicht einmal gemerkt. Vielleicht hätte ich das Warenhaus auch durch den Hinterausgang verlassen und wäre nie mehr nach Hause zurückgekehrt. Wer weiß denn, was gestern wirklich passiert wäre, wenn sie nicht plötzlich neben mir aufgetaucht wären? Ob sie mich wohl heimlich beobachten?

Warum sie wohl heute nicht gekommen sind, was meinen Sie?

13

Als Natalie an diesem Nachmittag ihre Schicht antrat, hatte sie immer noch die Stimme ihrer Mutter im Ohr. … länger halten als dein Busen … Wie lange würde er denn nun noch halten, dieser Busen? Und was genau hatte sie davon?

«Da sitzt er wieder», maulte der Geschäftsführer, «wartet wohl auf dich. Kommt jeden Tag vorbei und spricht mit niemandem.» Natalie schaute kurz zu dem Ecktisch hinüber und wieder weg. Andi. Glatt rasiert und gebügelt.

«Kenn ich nicht», sagte sie knapp und wollte auf einen anderen Tisch zugehen. Der Geschäftsführer hielt sie an ihrem nackten Oberarm fest. Seine Fingernägel waren gelb.

«Bring ihn gefälligst dazu, dass er etwas Richtiges bestellt», sagte er leise, «sonst lass ich ihn entfernen. Seit Tagen sitzt er da und trinkt nur Tonicwasser. Wo sind wir denn hier!» Natalie schenkte ihm an der Bar einen doppelten Gin zu seinem Tonicwasser ein und trug das Glas zögernd an den Tisch.

«Du hast mich gesucht?» Sie stellte das Glas auf den Tisch. Er fasste ihr Handgelenk und zog sie auf den freien Stuhl.

«Setz dich bitte», sagte er ernst, «ich muss mit dir reden.»

«Aber nicht zu lange.»

«Ich muss das Kind sehen», stieß er hervor, «bevor ich das Kind nicht gesehen habe, kann ich nicht heiraten. Ich muss wissen, ob es von mir ist. Hat es meine Augen, hat es meine Ohren?»

Natalie schüttelte den Kopf. «Du bist verrückt», stellte sie fest, «trink deinen Gin aus und verschwinde, ich habe zu tun.»

Er hielt sie zurück. «Meine Zukunft hängt davon ab. Ich habe die Hochzeit verschoben, die Karten waren schon gedruckt, es wird einen Skandal geben! Das kann mich meine Karriere kosten, meine Ehe, meine Position, alles!»

«Kümmert mich das?» Sie stand auf. Er ging in die Knie, warf beide Arme um ihre Hüften, zog sie an sich und presste sein Gesicht an ihren Schoß. Jetzt weinte er, Herrgott nochmal, ausgerechnet heute musste ihr das passieren, wo sie diese empfindlichen, veilchenfarbenen Satinshorts trug. Der Geschäftsführer schaute zu ihnen hinüber. Sie fasste hinter sich und löste Andis verkrampfte Hände.

«Ich muss noch einen Drink holen», sagte sie, «sonst setzt er mich zu jemand anderem an den Tisch, das ist nun mal so.»

«Alles im Griff?», fragte der Geschäftsführer, als sie an ihm vorbei zur Theke ging. Sie nickte. Dann schenkte sie einen zweiten Gin ein, obwohl er den ersten nicht angerührt hatte.

Hauptsache, er bezahlte. Wenn er sich weiter so aufführte, würde sie ihn selber trinken. Normalerweise trank sie nicht während der Arbeit. Wie sollte sie bitte schön die Abende überstehen, wenn sie jedes Glas austrank, das ihr spendiert wurde? Wozu stehen denn in solchen Lokalen überall Topfpflanzen herum, ja wozu wohl? Heute allerdings konnte sie einen Schluck vertragen. Sie nippte am Glas, bevor sie es hinstellte.

«Ich kann dich nicht vergessen», sagte Andi, «dabei habe ich es versucht, ehrlich. Jahre meines Lebens hast du ruiniert. Tag und Nacht musste ich an dich denken. So war das. Was glaubst du, warum ich jetzt schon heiraten will? Ich muss dich endlich aus meinen Gedanken streichen. Du passt einfach nicht in mein Leben. Es gibt keinen Platz für dich, verdammt nochmal. Mit Annette ist es nicht so. Mit ihr kann ich es durchziehen. Was ich mir vorgenommen habe. Sie versteht mich. Sie unterstützt mich. Aber das genügt nicht. Das habe ich verstanden, als ich dich wiedergesehen habe. Ich gebe es auf. Ich folge meinem Schicksal.»

Was das wohl wieder heißen sollte.

«Tu nichts Unüberlegtes», warnte sie ihn. Er schüttelte den Kopf. Im Gegenteil, er hatte sich alles ganz exakt ausgemalt und von allen Seiten abgeklopft. So gut sollte sie ihn doch kennen.

«Ich will dich. Ich will für unser Kind sorgen.»

«Es ist nicht unser Kind», sagte Natalie, «weißt du nicht mehr?»

«Aber im Herzen ist es meins!» Andi stand auf. Er ist betrunken, dachte Natalie, Tonicwasser hin oder her. Er nahm ihre Hand und zog sie zum Ausgang. «Lass mich los!», rief sie und stemmte ihre Absätze in den roten Plüschteppich. Der Geschäftsführer kam auf sie zu.

«Nun mal langsam», näselte er, «das Mädchen lassen Sie bitte hier, das gehört zum Inventar!»

Andi ließ Natalies Hand los und drehte sich um. Er reichte dem Geschäftsführer gerade bis zur üppig gerüschten Hemdbrust, türkis eingefärbt, passend zu seinem dunkelgrün-schwarz irisierenden Abendanzug. Drohend baute er sich so dicht vor Andi auf, dass seine Nase die Hemdrüschen berührte. Andi schob mit dem Zeigefinger seine Brille zurück, packte den anderen an seinen glitschigen Satinaufschlägen und versuchte, ihn zu schütteln.

«Wie können Sie es wagen, solche Ausdrücke zu benutzen», schrie er, «Sie sprechen von meiner zukünftigen Frau!»

Der Geschäftsführer blieb unbeeindruckt. Schnippte nur mit den Fingern, und zwei bullige Rausschmeißer tauchten hinter ihm auf. Sie packten Andi je unter einer Schulter, hoben ihn hoch wie eine Puppe und trugen ihn durchs Lokal zum Ausgang. Er strampelte und schimpfte, seine Stimme überschlug sich, seine kleinen Füße zappelten über dem Boden, bis er in hohem Bogen aus dem Lokal geworfen wurde. Der Geschäftsführer wischte sich sein Revers ab und wandte sich Natalie zu.

«Das wär's dann wohl», sagte er kalt. «Schade, ich habe immer gedacht, aus uns beiden könnte noch etwas werden. Aber du bist auch nicht gescheiter als die anderen. Bildest dir ein, etwas Besseres zu sein. Heiraten! Den!» Er deutet ein Ausspucken an. «In zwei Jahren stehst du wieder hier und bettelst um Arbeit. Aber dann bist du zu alt. Verbraucht und fertig. Wirklich schade.»

Natalie nahm ihre Tasche und ihren Pullover und lief hinaus. Sie schaute links und rechts die Straße entlang. Andi war verschwunden. Und das Geld hatte sie sich auch nicht auszahlen lassen. Sie zog ihren Pullover an und ging langsam nach Hause.

Jetzt konnte ihr nur noch Zeno helfen.

Nach mehrstündigen Anproben entschied sie sich für das Modell «Scarlett».

«Das wird vor allem von jüngeren Bräuten gern getragen», wandte die Verkäuferin ein, aber Elma ließ sich nicht mehr davon abbringen. Genau so ein Kleid hatte die dritte Madame Halliday getragen, beim Empfang in Saint-Tropez. Es war mit einer ausladenden Krinoline und einer Schleife über dem Po versehen, mit Stoffröschen am Dekolleté und Puffärmeln. An der Taille war es mit Korsettstäben verstärkt und ließ sich trotzdem nicht schließen. Was habe ich gesagt, war in den Augen der Verkäuferin zu lesen, dieses Kleid ist nicht für Sie gemacht. Madame Hallyday war schließlich neunzehn.

«Meine Schneiderin wird es einen Zentimeter auslassen», sagte Elma trotzig.

Die Verkäuferin hob eine Augenbraue. Einen Zentimeter? Doch sie packte ihr das Kleid ein, gegen eine Anzahlung von hundert Franken und Vorweisen einer alten Identitätskarte (auf der noch ihre frühere Adresse stand). Den schleifengeschmückten Sonnenschirm allerdings sowie den breitkrempigen Hut, die im Preis inbegriffen waren, rückte sie nicht heraus. Elma nahm, was sie bekam. Die Tragetasche maß zwei mal zwei Meter und schlug beim Gehen gegen ihre Knöchel.

Zu Hause zog sie das Kleid sofort wieder an. Sie stellte sich auf den Toilettendeckel, von wo aus sie sich beinahe ganz im Spiegel sehen konnte. Sie sah jetzt, dass ihr Gesicht über der eisigen Pracht kränklich wirkte, dass die Haut zwischen ihren Brüsten im Ausschnitt ziehharmonikaartig zusammengepresst wurde und dass sie den Reißverschluss im Leben nie zukriegen würde. Von dem Kleid ging ein hartes Leuchten aus, das sich wie ein Ganzkörperheiligenschein um Elma legte und schließlich auf sie überging. Je länger sie in den Spiegel schaute, desto weicher wurden ihre Ränder, desto jünger ihr Gesicht, bis sie sich schließlich ganz auflöste. Ihr Leben würde schön sein, egal, wie alt sie war, egal, wann sie zum letzten Mal die Haare gewaschen hatte. Sie zog das Kleid wieder aus und legte es flach auf ihr Bett. In Turnschuhen verließ sie die Wohnung. Ihr Gang war schwebend. Es war der Gang eines neunzehnjährigen Fotomodells, das im Begriff steht, Johnny Hallyday zu ehelichen.

Zeno hatte seine eigenen Vorstellungen von «helfen». Tatsächlich fiel ihm nichts anderes ein, als was ihm sonst auch einfiel, wenn er Natalie sah.

«Du hörst mir ja gar nicht zu», rief sie und gab schon halb nach. Was sollte sie sonst tun.

«Hmmmmmm», machte er unter ihrem Hemd.

Natalie seufzte. Nun, wennschon, dachte sie und zog sich das Hemd über den Kopf. Damit er ein bisschen mehr Luft bekam. Und so fand sie Elma, die atemlos die Treppe hinaufgelaufen war, um sich bei Natalie den einen oder anderen Ratschlag zu holen. Den U-Punkt und andere erotische Finessen betreffend. Sie hatte geklopft, was Natalie nachher bestreiten würde, aber wahrscheinlich hatte sie es ganz einfach nicht gehört. Was Elma dagegen gehört hatte, war ein unbestimmtes Grunzen, das sie als «Herein!» gedeutet hatte.

Völlig zu Unrecht, wie sie bald genug merken sollte. Später warf sie Natalie vor, sie hätte die Szene inszeniert, sie hätte ja gewusst; dass sie noch vorbeikommen würde. Tatsächlich war es nur eine vage Abmachung gewesen, die Natalie vollkommen vergessen hatte. Außerdem schloss sie ihre Tür nie ab. Es war höchst ungerecht, ihr zu unterstellen, sie hätte die Tür nur offen gelassen, um Elma zu demütigen, indem sie sie absichtlich und vorsätzlich in die Szene trampeln ließ. Damit sie gleich selber sehen konnte, was raffinierter Sex war. Hatte sie nun Nachhilfeunterricht haben wollen oder nicht? In Wahrheit hatte Natalie natürlich keinen halben Gedanken an Elma und ihr Problem verschwendet, was es aber nicht besser machte.

Zeno kam, wie so oft, relativ ungeschoren davon. Während sich die beiden Frauen anschrien, schlüpfte er flink in seine Kleider und machte sich unauffällig davon. Natalie kannte das. Sie war nicht zum ersten Mal in dieser Situation. Jedes Mal musste sie daran glauben! Jedes Mal! Immer war sie an allem schuld. Als ob sie die Männer vergewaltigte (wahrscheinlich stellten sie es genau so dar: «Sie hat sich mir regelrecht an den Hals geworfen, ich wusste nicht, was ich tun sollte, ich wollte ja gar nicht, aber was hätte ich denn tun sollen, mein Liebling, du hättest sie sehen sollen, vollkommen entfesselt war sie!»). Und wennschon. Sie hatte noch nie eine Frau erlebt, die dem geständigen Mann einen Stuhl über den Kopf zog und rief: «NEIN SAGEN HÄTTEST DU SOLLEN, IDIOT!!!» Nein, so waren sie nicht, die Frauen. Sie strichen dem Mann tröstend übers Haar und ließen ihren ganzen Zorn an Natalie aus. Der arme Schatz konnte doch wirklich nichts dafür. Sie war schuld, sie allein mit ihren bauchnabelfreien Blusen! Es war wirklich zum Speien.

Sie ging erst spät zu Lotti. Sie wollte niemandem begegnen. Aber sogar Lotti schien sie missbilligend zu mustern.

«Na was denn», sagte Natalie trotzig, «komm schon, sag mir, was du von mir hältst!» Rocky wachte auf und begann leise zu quengeln. Natalie nahm ihn auf und ging in die Küche, wo sie ihn wickelte und fütterte. Lotti kam ihr nach. Sie holte die Sherryflasche aus dem Kühlschrank. Held hatte für einen Vorrat gesorgt. Dagegen gab es nichts zu sagen. Lotti schenkte ein.

«Beruhige dich erst einmal», sagte sie. Natalie nahm einen Schluck, Lotti nahm einen Schluck, Rocky nahm einen Schluck, Natalie nahm wieder einen Schluck. Ihr Glas war leer. Sie erzählte Lotti die Geschichte mit Andi.

«Er kann gar nicht der Vater sein, verstehst du, wir haben

uns nur geküsst. Also, was denkst du, hat er das vergessen oder verdrängt oder was?»

«Ich denke, das klingt nach einem anständigen jungen Mann», sagte Lotti.

«Ja, aber was nützt mir das jetzt? Er ist verschwunden, und ich werde ihn nie wiedersehen!»

«Warum rufst du ihn nicht an?», fragte Lotti. «Er steht doch bestimmt im Telefonbuch.»

Darauf wäre Natalie nicht gekommen. Konnte es denn so einfach sein? Lotti holte das Telefonbuch, sie schauten unter B wie Baumann, eineinhalb Seiten Baumann, zwölf Andreas, Andi, Andy oder A. Baumann.

«Da siehst du!» Natalie klappte das Buch zu. «Es ist vollkommen hoffnungslos. Außerdem wüsste ich gar nicht, was ich sagen sollte.»

«Es wird dir schon etwas einfallen. Du bist doch sonst auch nicht schüchtern.» Lotti schlug das Buch wieder auf, nahm das Telefon zu sich und begann, eine Nummer nach der anderen zu wählen.

«Guten Abend», sagte sie höflich, wenn überhaupt jemand abnahm, «sind Sie zufällig ein Bekannter von Natalie Schlumberger?» Natalie hielt das Baby auf dem Schoß und wippte nervös mit den Knien, bis es anfing zu weinen.

«Tauschen wir», sagte Lotti, nachdem sie die nächste Nummer gewählt hatte. Sie reichte Natalie den Hörer und nahm ihr das Baby ab, das sich in ihren Armen sofort beruhigte. Natalie runzelte die Stirn.

«Der ist es», sagte Lotti, «das habe ich im Gefühl.»

Andi, denn er war es natürlich, meldete sich korrekt mit «Andi Baumann». Natalie schnitt eine Grimasse. Was jetzt? Hilfe! Lotti trieb sie mit stummen Gesten an. Sag etwas, los, sag irgendetwas.

«Andi?», sagte Natalie schließlich. «Ich bin's, Natalie.» Das genügte. Der Rest war einfach. Er würde in seinen Wagen springen und zu ihr fahren, sobald er den Hörer aufgelegt hatte. Sie hatte gerade noch Zeit, sich zu waschen und einen frischen Lidstrich zu ziehen. Sie riss Lotti das Baby aus den Armen, küsste sie flüchtig und lief nach Hause, so schnell sie ihre Absätze trugen.

Himmel, die Wohnung! Das Zimmer vielmehr! Wie sah das aus! Das Tigerbett, die schmuddlige Bettwäsche, das Laken, das über den Fußboden schleifte, der Stuhl, der bei ihrem Streit umgekippt war. Was sollte er von ihr denken? Hektisch begann sie, hin und her zu laufen und wenigstens oberflächlich etwas Ordnung zu schaffen. Hatte sie noch frische Bettwäsche? Sie riss die Tür des Einbauschranks auf, zerrte Handtücher, Küchentücher, Stoffwindeln, Kleider hervor, kein einziges sauberes Laken, dafür ein Berg Textilien auf dem Fußboden. Sie schwitzte, sie merkte, wie ihr Gesicht feucht wurde, und sie roch ihren eigenen Schweiß. Und natürlich musste es in dem Moment klingeln. Sie nahm Rocky aus seinem Körbchen, bevor sie die Tür öffnete, und hielt ihn schützend vor sich. Er nahm ihr das Baby vorsichtig aus dem Arm und trat in das Zimmer. Einen kurzen Blick warf er hinein, das genügte ihm. Er streckte seine freie Hand nach ihr aus.

«Ich hole dich hier raus», sagte er. Ganz genau wie im Film.

Elma weinte so lange, bis sich die Haut von ihrem Gesicht löste. Sie wälzte sich auf dem Brautkleid, sie biss in die weichen Stoffrosetten, ließ sich von Pailletten die Wangen aufkratzen. Sie krallte sich in den Applikationen fest. Sie jammerte laut. Sie stöhnte. Mit aller Kraft zerrte sie an dem Kleid, als wollte sie ihren Körper aufreißen. Irgendwann mitten in der Nacht wurde Serafina wach. Sie kletterte aus dem Gitterbett und lief zu Elma hinüber. Sie nahm ihren Arm und schüttelte ihn.

«Nicht weinen, Mama», rief sie, «nicht weinen!» Ihre Stimme war ganz schrill vor Angst. Elma putzte sich die Nase und rappelte sich auf. Nicht mal ungestört weinen kann ich, dachte sie. Reiß dich zusammen. Putz die Nase. Lächle.

«Es ist alles in Ordnung», sagte sie. «Nur ein bisschen Bauchweh.»

Elma schnäuzte sich in das Kleid, dann fegte sie es auf den Boden. Sie gingen in die Küche und tranken heiße Milch mit Honig. Serafina saß ihr am Tisch gegenüber und beobachtete sie genau. Sie fragte nichts mehr. Sie pustete auf ihre Milch, bis sie abgekühlt war, dann tranken sie sie langsam, mit geräuschvollen Schlucken. Elma versuchte zu lächeln. Es gelang gut genug.

«So, und jetzt gehen wir schlafen.» Serafina stellte ihre Tasse mit einem Knall hin. Elma zog sich halbherzig aus, schlüpfte in Unterhose und T-Shirt ins Bett und hielt die Decke hoch. Serafina kroch zu ihr.

«Alles ist wieder gut», sagte sie und schlief sofort ein. Elma bewegte sich nicht. Serafinas Schultern drückten auf ihren Arm, sie versuchte, ihn unter ihr wegzuziehen, ohne sie zu wecken. Ab morgen wird alles anders, dachte sie, zum siebenhundertmillionsten Mal, bevor sie einschlief.

14

Liebe Frau Donata

Eben. Von der Taufe wollte ich Ihnen erzählen. Ob Sie das verstehen. Sie fand etwas außerhalb statt, in der Kirche, in der wir geheiratet haben und wo schon die beiden Großen getauft worden sind. Da wurde mir schon ein bisschen anders, als ich das wiedersah. Ich nahm Ernst bei der Hand und drückte sie ganz fest, aber nach einem Moment schob er mich weg. Es sind nur wenig Leute gekommen, seine Eltern, meine Eltern, seine Schwester mit Familie, sein Vorgesetzter mit seiner Frau und noch zwei, drei aus dem Büro, die ich nicht einmal kannte. Dazu ein paar Nachbarinnen aus meinem Block, dann Lotti und Natalie, Zeno mit seinen Kindern und diese Elma, die hatte ich nicht einmal eingeladen, oder vielleicht doch, ich kann mich gar nicht erinnern.

Nur die ersten drei Bankreihen waren besetzt, das hat mir ein bisschen leidgetan, aber ich konnte mich gar nicht mehr erinnern, ob es die letzten Male anders gewesen ist. Von wegen, man würde mich gar nicht in die Kirche lassen mit den neuen Hosen, erinnern Sie sich! Im Gegenteil, sogar der Herr Pfarrer hat mir ein Kompliment gemacht, ich sähe richtig blühend aus, ich wusste gar nicht, was ich antworten sollte. Meine Schwägerin hatte ihr verkniffenes Gesicht. Herr Keller, Ernsts Vorgesetzter, hat wortwörtlich gesagt, es sei ein Jammer, dass ihm der Herr Meierhans seine charmante Frau so lange vorenthalten habe! Die Nachbarinnen steckten die Köpfe zusammen, ich konnte es direkt hören, ich war ja oft genug dabei gewesen. Jetzt kam ich also dran. Kein Wunder, wenn man bedenkt, was in der letzten Zeit passiert ist. Erst die Geschichte im Krankenhaus, wer weiß, was die ihnen gesagt haben, Nervenzusammenbruch oder noch Schlimmeres, ständig die blauen Flecken im Gesicht, und dann ausgerechnet die Frauen mit dem schlechtesten Ruf aus der ganzen Siedlung an meiner Taufe. Die Leggings haben ihnen dann wohl den Rest gegeben. Wahrscheinlich haben sie mich abgehakt und umgeteilt, auf die andere Seite. Zum Taufessen im Gasthaus ist jedenfalls keine von ihnen geblieben, sie mussten alle dringend nach Hause, um den Braten aus dem Ofen zu nehmen, als ob sie sich abgesprochen hätten. Aber es war dann auch recht, denn so hat es gerade gereicht. Der Ernst ist leider in solchen Dingen immer ein wenig sparsam. Herr Keller hat sich gleich neben mich gesetzt und die ganze Zeit mit mir geplaudert. Es war ganz einfach, ich hatte keinen Moment das Gefühl, ich würde gleich etwas Dummes sagen, wie mir das leider manchmal passiert. Der Herr Keller hat ganz interessiert zugehört, wenn ich etwas gesagt habe, richtiggehend über den Tisch gebeugt hat er sich, damit ihm kein Wort entgeht. Ernst war wohl auch zufrieden mit mir, vielleicht sogar ein wenig stolz, jedenfalls hat er mir ganz nett den Stuhl gerückt, und dann hat er eine kurze Rede gehalten, und dann hat der Herr Keller auch noch ein paar Worte gesagt. Es war richtig schön, sodass ich beinahe heulen musste, auch das passiert mir manchmal in der Öffentlichkeit, leider. Ich habe ein Glas Wein getrunken. Mein Gesicht wurde ganz warm. Doch dann kam Zeno auf mich zu und gab mir ein Zeichen. Als ich nicht gleich reagierte, beugte er sich zu mir herunter und fragte mich, ob ich wisse, wo das Baby sei.

DAS BABY! Ich sprang auf, der Stuhl kippte nach hinten, und alle schauten, dabei hatte er doch extra leise gesprochen. Alle standen auf und riefen durcheinander und durchsuchten das ganze Gasthaus, und zum Schluss mussten wir einsehen, dass wir das Baby in der Kirche vergessen hatten. Ich rannte den ganzen Weg zurück, Zeno kam mit mir und alle anderen hinterher, da stand das Körbchen hinter dem Altar, das Baby schlief ganz friedlich in seinem wunderhübschen Taufanzug, den alle meine Kinder getragen haben. Ich hob ihn aus dem Körbchen und presste ihn an mich, da wachte er natürlich auf und fing an zu weinen. In dem Moment kam der Hilfspfarrer mit ein paar Männern, um die Dekoration abzunehmen, für die Beerdigung am Abend war etwas anderes bestellt worden, etwas eher Feierliches wahrscheinlich, jedenfalls sah er mich mit dem schreienden Baby und meinte wohl, wir wollten es entführen. Wir mussten warten, bis der Pfarrer kam. Er sagte zwar, es sei in Ordnung, aber in der Eile fiel ihm auch keine Erklärung ein, und so sagte er halt, das Baby sei bei der Taufe zurückgelassen worden, und alle schauten mich ganz vorwurfsvoll an! Als ob ich als Einzige daran hätte denken sollen! Natürlich bin ich die Mutter, und ich habe mich auch gründlich geschämt, aber ich verstehe trotzdem nicht, warum alle mich so angeschaut haben, hätte denn der Ernst nicht auch daran denken müssen? Hätte es ihm als Vater nicht auch auffallen müssen, dass sein Kind fehlte? Oder was denken Sie? Dann kam der Blumenschmuck für die Beerdigung, der Pfarrer meinte, er würde besser gleich dableiben und nach dem Rechten schauen. Wie auf ein Zeichen waren plötzlich alle verschwunden. Eine Frau in grünen Latzhosen fragte mich, ob wir aus dem Ort seien, und ich sagte nein, aus der Stadt, und sie wollte wissen, wo in der Stadt, und ob wir alle Nachbarn seien, richtig aufdringlich war sie, aber ich wusste nicht, wie ich sie loswerden sollte, ohne unhöflich zu sein. Schließlich kam mir Lotti zu Hilfe, sie zog die Frau am Ellbogen zur Seite und redete leise auf sie ein.

«Sollten wir nicht mal zurück ins Gasthaus gehen», sagte Natalie, «es wäre doch irgendwie schade um all das gute Essen!»

Doch Ernst war vor uns dort und sagte, er hätte schon bezahlt, und die Serviertöchter waren dabei abzuräumen.

«Das Fest ist gelaufen», sagte er, «Schluss mit dem Freibier für heute!» Natalie ließ mich mit ihm allein, und er prügelte mich quer durch den leeren Festsaal. Nicht, dass ich mich herausreden möchte, Frau Donata, aber sind Sie denn auch der Meinung, es sei ganz allein meine Schuld, dass das Baby in der Kirche liegenblieb? Und meinen Sie, ich bin jetzt bei allen untendurch, den Nachbarinnen, dem Pfarrer und dem Vorgesetzten von Ernst, das wäre ihm nämlich gar nicht recht. Wahrscheinlich ist es aber so, sonst wären sie ja nicht alle so schnell verschwunden. Nicht einmal Zeno hat mir noch auf Wiedersehen gesagt. Der war so schnell weg, dass ich es nicht einmal bemerkt habe.

Eines ist jedenfalls klar, seit ich das Baby habe, geht mir alles schief.

15

Am Montagmorgen hatte sie Jeanne angerufen. Die Stelle war noch frei. Außerdem führte der Konzern eine interne Krippe für Kinder bis fünf. Und sie hatten noch genau einen Platz.

«Ein Mädchen, wie nett», hatte die Frau am Telefon gesagt. Elma und Serafina konnten gleich am Montag anfangen. Ein neues Leben.

Umso besser. Das Kleid kostete zweitausendsiebenhundert Franken, abzüglich der hundert Franken, die sie angezahlt hatte. Und sie konnte froh sein, dass die Geschäftsleitung von einer Anzeige absah. Die Verkäuferin hatte sich unerwartet für sie eingesetzt. Kurzerhand hatte sie eine Geschichte erfunden, von einem Verlobten, der sich mit der besten Freundin davongemacht hatte, welche erst noch das schöne Kleid übernehmen wollte, was Elma natürlich nicht zulassen konnte. Lieber sterben! (Oder wenigstens das Kleid zerstören.) Elma hatte zu allem stumm genickt. Sie musste wirklich einen jammervollen Anblick bieten.

Der erste Tag war schwierig. Serafina weinte und klammerte sich an ihre Beine, die Kindergärtnerin lächelte etwas verkrampft und versuchte, das Kind von ihr wegzuzerren. «Es ist besser, wenn Sie jetzt gehen», sagte sie immer wieder. Elma wollte nicht am ersten Tag schon zu spät kommen. Sie riss sich los. Das Heulen verfolgte sie durch alle Flure und Stockwerke, sodass sie sich heillos verirrte und vollkommen verschwitzt und außer Atem ankam. Als man ihr ihr Pflichtenheft vorlas, verstand sie nicht die Hälfte. Hatte sie Jeanne etwa gesagt, sie könne Maschine schreiben? Dann hatte sie gelogen. Sie konnte es nicht, jedenfalls nicht so, wie man es von einer Sekretärin erwartete. Sie war allerhöchstens in der Lage, zwischen zwei Telefonaten einen Bogen einzuspannen und ein bisschen herumzuprobieren. Wenn es nicht eilte. Wenn ihr niemand dabei zuschaute. Sie tippte mit einem Dreifingersystem. Zeige- und Mittelfinger links, Mittelfinger rechts. Das musste reichen. Hier sollte sie mit einem Kopfhörer endlose Bändchen abhören und gleichzeitig tippen. Dabei verstand sie noch nicht einmal die Hälfte. Nuscheln, Rauschen und immer wieder «und so weiter, Sie wissen schon».

Sie wusste eben nicht. Sie saß in einem Büro mit zwei anderen Frauen, Helen und Noemi, die sich in einer geheimen Grimassensprache unterhielten, ohne im Tippen innezuhalten. Sie alle drei waren die Sekretärinnen der Sekretärinnen, die eigene Büros hatten und Assistentinnen hießen. Das Vorzimmer des Vorzimmers. Die anderen Frauen waren freundlich und hilfsbereit, und bis zum Mittag hatte sich Elma immerhin so weit mit der Telefonanlage auseinandergesetzt, dass sie sie bedienen konnte. Jeanne hatte einmal kurz hereingeschaut und gesagt: «Ich seh schon, du findest dich zurecht.» Das hatte Helen und Noemi für einen Augenblick die Sprache verschlagen. Ach so, deshalb sitzt sie hier, obwohl sie nicht einmal tippen kann! Freundin der Chefredakteurin, ach so! Aber so war es nun einmal. Elma lächelte entschuldigend, und bis zum Mittagessen tauten sie wieder auf. Sie überließen es ihr, das Telefon abzunehmen und Termine einzutragen. Während sie tippten und Grimassen schnitten und von einer

Beförderung träumten. Oder von einem braungebrannten Auslandskorrespondenten.

«Die Kinder essen mit uns», sagte Noemi, die einen achtzehn Monate alten Sohn hatte. Sie ging mit Elma in die Kantine. Im Lift war der Speiseplan angeschlagen. Es gab auch ein Diätmenü, eingeführt von Jeanne.

«Damit wir ihr keine Schande machen», murmelte Noemi, die eher üppig proportioniert war. Helen hatte keine Kinder und war frei zu essen, wo sie wollte, beziehungsweise während der Mittagspause zum Friseur zu gehen.

Serafina kam weinend auf Elma zugelaufen, als ob sie den ganzen Morgen lang nichts anderes getan hätte, aber die Kindergärtnerin versicherte ihr, dass sie ganz vergnügt gespielt und sich mit den anderen Kindern gut vertragen hatte.

«Das war bei uns nicht anders», sagten die Mütter, «das gibt sich mit der Zeit.»

Abends um fünf war Elma müde wie schon lange nicht mehr. Serafina abholen, einkaufen, Abendessen machen, dachte sie. Bad einlaufen lassen, Pyjama anziehen, wickeln für die Nacht, Zähne putzen, Geschichte vorlesen, vier Strophen von «Der Mond ist aufgegangen» singen, Rücken kraulen, zudecken. Abwaschen, duschen, Zähne putzen. Schlafen. Sie saß an ihrem Schreibtisch und ließ den Kopf hängen. Sie konnte sich nicht vorstellen, wie sie dazu noch in der Lage sein sollte. Jeanne streckte den Kopf herein und lud sie ein, noch etwas zu trinken. Um ihren ersten Tag zu begießen. Ein paar von der Redaktion würden auch mitkommen. Interessante Leute. Komm schon.

«Und Serafina?»

«Was ist mit Serafina?» Jeanne verstand nicht. «Die nehmen wir natürlich mit.»

Aber was ist, wenn sie sich schlecht benimmt, wenn sie ein Glas herunterreißt in der Bar, wenn sie quengelt, wenn sie die Gespräche unterbricht, außerdem kenne ich ja gar niemanden, und ich bin müde … Sie kam sich dumm vor und machte keine Einwände mehr.

Serafina hopste auf dem Ledersofa in einer eleganten Hotelbar herum und stopfte sich mit Nüsschen voll. Niemand kümmerte sich um sie, bis sie schließlich auf Elmas Schoß einschlief.

«Siehst du, alles kein Problem», sagte Jeanne. Elma trank drei Campari Orange, um ihre Vitaminzufuhr zu sichern, und hörte den Redakteurinnen zu, die sich in selbstbewusster Lautstärke über ihre Reportagen, Männer, Kolleginnen unterhielten. Ein Fotograf mit Stoppelbart und Hundert-Taschen-Abenteuerweste saß relativ unbeachtet dabei. Jedes Mal, wenn er einen Satz beginnen wollte («Damals, in Somalia, als mich diese Kugel gestreift hat …»), unterbrachen ihn die Frauen rücksichtslos mit noch mehr Geschichten über ihre Projekte, die Fitnessclubs, die Konkurrenz. Elma sagte kein Wort, bis schließlich alle überstürzt und für sie ohne ersichtlichen Grund aufbrachen. Der Reporter fuhr sie nach Hause. Im Auto hatte er endlich Gelegenheit, seine Geschichte loszuwerden.

«Nein!», sagte Elma immer wieder. «So etwas!» Als sie ausstieg, belohnte er sie mit einem Kuss. Er mochte sie, sie war anders. Immerhin etwas. Serafina wachte nicht mehr auf. Elma legte sie ins Bett, aß ein Stück Brot im Stehen und schlief in der Badewanne ein.

Dieses neue Leben war anstrengend. Aber Elma gewöhnte sich daran. Ein Tag nach dem anderen verging, ohne dass sie Zeit gehabt hätte, auch nur fünf Minuten über irgendetwas nachzudenken. So war sie von allen Sorgen befreit. Nur die Bewältigung jedes einzelnen Tages zählte. Dann kam das Wochenende, an dem sie Serafina zu ihrem Vater brachte.

Giovanni war wütend. «Du hättest mich fragen können», rief er, «woher weißt du denn, ob mir das recht ist, dass meine Tochter den ganzen Tag in einer Krippe herumhängt? Wer weiß, was sie dort aufliest!»

«Das ist doch nichts Neues!» Elma war verwirrt. «Ich hab doch immer gearbeitet, und Serafina war bei Lotti.»

«Du willst wohl sagen, ich gebe dir zu wenig Geld, ja, ist es das? Du lässt wie immer keine Gelegenheit aus, mich zu demütigen!»

Serafina begann zu weinen. Claire nahm sie mit in die Küche.

«Genau das meine ich», schrie Elma zurück. «Ich wollte nie allein leben und arbeiten gehen! Ich nicht! Du hast mich dazu gezwungen.»

Türschlagend verließ sie das Zimmer. Elma kam langsam wieder zu Atem. Sie schaute sich um. Dieses kleine Reihenhaus war einmal ihre ganze Welt gewesen. Wollte sie wirklich zurück? Plötzlich erinnerte sie sich wieder daran, wie allein sie gewesen war, allein mit dem weinenden Baby, ohne jemanden, mit dem sie drei Worte wechseln konnte. Die anderen Frauen trafen sich zum Kaffee und hielten Versammlungen ab über die Gestaltung der gemeinsamen Innenhöfe. Sie konnte nicht hingehen, weil das Baby immer brüllte und weil sie keinen klaren Gedanken fassen konnte. Sie ging nur aus dem Haus, um den Kinderwagen die Straße entlang bis zu dem kleinen Park zu schieben und um einzukaufen. In der Vorstadt fuhr man mit dem Zweitwagen einkaufen, in ein nahegelegenes Einkaufszentrum. Dabei ergab sich selten Gelegenheit, mit jemandem zu sprechen.

Im Einkaufszentrum gab es ein sogenanntes Kinderparadies. Manche Frauen ließen ihre Kinder dort, während sie ungestört einkauften und nachher einen Kaffee zusammen tranken. Aber Serafina mit ihren Pusteln und dem Schorf konnte sie nicht dort lassen. Das junge Mädchen, das die Aufsicht hatte, zuckte bei ihrem bloßen Anblick zurück. Dann eben nicht. Elma erledigte ihre Einkäufe. Der Endbetrag leuchtete auf einem kleinen Schirm auf, der der Kundin zugewandt war. Nicht einmal die Kassiererin musste das Wort an sie richten. Elma hatte beinahe vergessen, wie sehr sie sich das Kind gewünscht hatte. Sie lebte nur für den Moment, in dem ihr Mann nach Hause kam und ihr einen Teil der Last abnahm. Ein Erwachsener! Mit dem Geruch der Außenwelt an der Jacke! Sie lauerte hinter der Tür und stürzte sich regelrecht auf ihn. Und er war jeden Tag ein bisschen später nach Hause gekommen. Sie konnte es ihm nicht verdenken.

Elma ging in die Küche. Serafina saß auf einem hohen Stuhl und manschte in einer Schüssel. Claire wallte den Teig aus. Sie verstummten beide, als Elma hereinkam, und schauten sie beinahe schuldbewusst an. Elma tauchte den Finger in die Masse und leckte ihn ab.

«Interessant», sagte sie.

Claire lächelte. «Er hat seine Stelle verloren», sagte sie, «du darfst es ihm nicht übelnehmen, wenn er sich schlecht benimmt.»

Elma dachte darüber nach, während sie weiter aus der Schüssel naschte, bis Claire sie ihr wegnahm. Sie schnitt den Teig in Dreiecke und löffelte die Masse in die Mitte. Dann rollte sie die Teigstücke zusammen. Da Giovanni offenbar nicht mehr auftauchen würde, lud sie Elma zum Mittagessen ein.

«Die anderen Frauen hier mögen mich nicht», sagte sie.

«Sie halten zu dir. Sie sagen, ich habe dir den Mann weggenommen.»

«Hast du ja auch», antwortete Elma mit vollem Mund.

Zweite Ehefrauen waren im Konzept der Siedlung nicht vorgesehen. Hier lebten, in geschmackvollen Reihenhäusern, die um einen gepflasterten Innenhof angelegt waren, den man Patio nannte, gutgestellte, verantwortungsbewusste und anspruchsvolle Kleinfamilien. Wo käme man hin, wenn sich plötzlich alle scheiden ließen? Wenn Ehefrauen und Mütter, womöglich auch Kinder, so leicht zu ersetzen waren wie die Kompostieranlage, die übrigens auch beim dritten Versuch nicht funktionierte und ständigen Anlass zum Ärger gab. Die meisten Frauen hatten einen anspruchsvollen Beruf ausgeübt und gaben sich nun mit ebenso viel Ernst und Professionalität der Mutterschaft hin. Keine Regung der Kleinen entging ihnen. Erst nachdem der letzte Schorf verheilt war, hatte Elma sich überhaupt mit Serafina hinausgewagt. Sie musste feststellen, dass Serafinas Leiden schon besprochen und abgehakt worden war: eindeutig psychische Ursachen.

Wahrscheinlich ein emotionales Manko. Und wer hatte schuld? Ja, wer wohl? In solchen Fällen immer die Mutter. Und die Mutter war sie. Sie biss die Zähne zusammen und lud die Frauen zu sich nach Hause ein, eine nach der anderen, dann alle zusammen. Sie nahm an allen Versammlungen teil. Sie durfte sich jetzt nicht entziehen. Sie würden erst recht über sie herfallen, ihren Fall durchkauen und erst ausspucken, wenn sie sich ein Urteil gebildet hatten. Oberflächlich betrachtet, hätte sie dann ihre Ruhe. Vielleicht wäre ihr das sogar recht, aber Serafina würde darunter leiden, nicht jetzt, aber später.

Nun, dieses Opfer hatte sich kaum gelohnt.

«Du musst Kinder haben», sagte sie zu Claire. «Dann gehörst du auch dazu.»

Claire seufzte. «Das können wir uns aber nicht leisten», murmelte sie. Geschickt stapelte sie die Teller aufeinander und trug sie hinaus. Serafina warf ihrer Mutter einen rabenschwarzen Blick zu. Elma hatte ganz unerwartet ein schlechtes Gewissen. Sie folgte Claire in die Küche und berührte ihre weiche runde Schulter. Sie wusste nicht recht, was sie sagen sollte. Zu lange hatte sie sich nicht mit anderen Problemen als ihren eigenen befasst. Und hier war eine, der es schlechter ging als ihr! Etwas später kam Giovanni zurück. Er entschuldigte sich. Sie entschuldigte sich. Er bot an, Serafina vorläufig jedes Wochenende zu nehmen, dafür weniger zu zahlen. Elma hielt die Luft an. Jedes Wochenende? Und sie? Was würde sie mit sich anfangen? Wer war sie ohne ihre Tochter?

«Also gut», sagte sie und atmete langsam wieder aus.

Am selben Abend um zehn stand Zeno vor ihrer Tür, mit treuherzigem Blick und einer Flasche Champagner. Elma bat ihn herein. Eine Weile gab sie sich kühl und geschäftig. Sie erzählte ihm von ihrem neuen Leben, von ihrer Arbeit und den Kollegen, den berühmten Leuten, die sich von ihr Termine bestätigen ließen, wie wohl sich Serafina in der Kinderkrippe fühlte und wie entspannt sie die freie Zeit miteinander verbrachten. Und während sie sich so reden hörte, dachte sie plötzlich ICH HABE ES GESCHAFFT. Sie hatte ihr Leben im Griff. Fast wie in den Artikeln, die abzuhören und zu tippen ihre neue Aufgabe war.

Er schien beeindruckt, sah sie von unten herauf schüchtern an und wagte kaum eine Zwischenbemerkung. Sie lächelte. «Nimmst du noch einen Schluck?» Sie hatte die Möbel umgestellt und aufgeräumt. Auf einem Spiegeltablett stand ein ganzes Flaschensortiment. Es konnte jederzeit jemand vorbeikommen, dem sie einen Aperitif anbieten würde. William zum Beispiel, der rasende Reporter. Sie nahm die Postkarte vom Bord und erzählte Zeno in aller Ausführlichkeit die Geschichte von der Kugel, die William gestreift hatte, und sie nannte ihn «einen guten Bekannten». Zeno leerte sein Glas in einem Zug und ließ es sich sofort wieder nachfüllen. Erst jetzt fiel ihr auf, wie niedergeschlagen er wirkte, wie bedrückt.

«Was ist mit dir?», fragte sie schuldbewusst. «Geht es dir nicht gut, sag doch etwas, und ich rede die ganze Zeit nur von mir!»

Er lächelte, wehmütig und charmant. «In deinem wunderbaren neuen Leben ist wohl kein Platz mehr für mich?»

Oh!

Das war der Moment! Genau wie in den Frauenzeitschriften! Der Moment der Überlegenheit, der Rache, da liegt er zu ihren Füßen, klein und beschämt. Sie muss sich nur nach ihm bücken. Soll sie ihn liegenlassen, mit einem großen, souveränen Schritt über ihn hinwegsteigen wie über eine übelriechende Pfütze? Oder soll sie ihn aufheben? Sie tut es und nimmt ihn mit in ihr Schlafzimmer. Das hat sie sich schon lange gewünscht. Außerdem ist sie nicht mehr ganz nüchtern. Sie flüstert etwas an seinem Hals. Er versteht sie nicht, und sie wird es auch nicht wiederholen.

LASS UNS DEN U-PUNKT SUCHEN

16

Es stand in der Zeitung. Schwarz auf weiß. Er hatte doch geheiratet. Annette. Wen denn sonst. Natalie hatte gewartet und gewartet und gewartet. Dass er sie hier rausholte. Schließlich hatte er es versprochen, oder. Einmal hatte er ihr einen riesigen Früchtekorb mitgebracht, wie man sie abgepackt in Supermärkten kaufen konnte. Früchte, Konserven, Pralinen, Wein unter Cellophan, mit einer glänzenden rosa Masche verziert. So etwas konnte nicht billig sein. Sie wollte ja nicht undankbar scheinen, aber war das nicht etwas, das man bei Krankenbesuchen mitbrachte? Etwas, das man ehemaligen Hausangestellten in den wohlverdienten Ruhestand mitgab? Fast schon ein Almosen? Für Leute, denen man nicht zutraute, dass sie sich anständig ernähren konnten? Ein andermal kam er mit einer Flasche Champagner und dem festen Vorsatz, mit ihr zu schlafen.

Sie hatte nichts dagegen. Aber irgendwie klappte es nicht richtig, und er gab ihr die Schuld. Natürlich hatte sie alles gesagt, was man in solchen Situationen nicht sagen sollte: Was hast du denn? Gefall ich dir nicht? Liebst du mich nicht? Bis er wütend wurde (im Nachhinein konnte sie es ihm nicht verdenken). Während er seine altmodischen Hosenträger wieder anknöpfte, stellte er klar, dass ihm SO ETWAS mit Annette nie passiert war. In diesem Augenblick erinnerte er sich wahrscheinlich wieder an die Umstände ihrer Trennung und daran, dass er beim besten Willen nicht der Vater dieses Kindes sein konnte. Nachholen ließ es sich offensichtlich auch nicht. Lohnte es sich wirklich, deswegen alles über den Haufen zu werfen?

Die Zeitung lag vor ihr auf dem rotweiß karierten Tischtuch, zerknüllt und halb zerfetzt und wieder glatt gestrichen, hundertmal gelesen. Sowiesodingsda und Dingsda haben die Ehre und die Freude, die Vermählung ihrer Kinder bekanntzugeben, blablabla. Solche Anzeigen musste man frühzeitig aufgeben, so eine Hochzeit im großen Stil musste geplant und organisiert werden. Das konnte man nicht einfach abblasen und dann im letzten Augenblick doch durchführen. Aber hatte er nicht gesagt, dass er die Hochzeit abgesagt hatte? Offenbar hatte man ihn nicht ernst genommen. Wenn er nicht schlicht gelogen hatte.

Natalie trank einen Schluck Grappa aus dem Wasserglas, das vor ihr stand. Sie legte ihren Kopf in Marinas Schoß und weinte weinte weinte. «Keinen Moment lang hat er es ernst gemeint. So dumm bin ich, so dumm, so dumm!»

«Ach, mein armes Mädchen.» Marina schenkte ihr nach.

Natalie war nicht mehr zu Lotti und zu den anderen gegangen. Zu sehr hatte sie mit ihrem Verlobten angegeben und mit der wunderbaren Welt, in die er sie entführen würde, sie und Rocky. Sie hatte ihre Mutter angerufen: «Ich heirate! Und weißt du auch, wen? Andi Baumann von meiner alten Schule, erinnerst du dich, der Junge mit den guten Noten und den handgenähten Schuhen, genau den!»

Jeanne hatte nur geseufzt. Das musste wohl ansteckend sein. Gerade eben hatte Elma ihre Stelle gekündigt, weil es nun ernst wurde mit der Heirat. Nein, gefragt hatte er sie noch nicht, aber so gut wie. Es konnte sich nur noch um Tage handeln. Mit Müh und Not hatte sie Elma überreden können, weiterhin zur Arbeit zu kommen, bis es wirklich so weit war. Überreden? Zwingen hatte sie sie müssen. Schließlich war sie die Chefredakteurin. Ein wahrer Heiratswahn war ausgebrochen, so kam es Jeanne wenigstens vor, auch in ihrem Freundeskreis und in der Welt der Prominenz, alle schienen sich zusammenzutun. Nur sie blieb allein und bewahrte einen kühlen Kopf.

Bei Natalie konnte sie es noch verstehen, das Mädchen war noch siebzehn und hatte noch Träume. Illusionen, sie hatte ein Recht darauf. Aber Elma! Elma war wenige Jahre jünger als Jeanne selber, in derselben Zeit groß geworden, mit denselben Idealen. Man sollte es nicht glauben, Jeanne erwog, zur professionellen Trauzeugin zu avancieren, sie würde die Hochzeitsgeschenke so aussuchen, dass sie auch im Falle einer Scheidung noch sinnvoll waren oder wenigstens leicht aufteilbar. Sie machte sich eine Notiz. DER NEUE HEIRATSWAHN. Sie wollte das Thema bei der nächsten Sitzung vorschlagen. Jeanne zeigte nicht ganz die Reaktion, die Natalie sich gewünscht hätte.

Also hatte Natalie ihren Vater besucht. Sie stöhnte beim Gedanken an diese weitere Demütigung, die schmerzte wie Zuckerwatte an den Zähnen. All die Jahre hatte sie sich geweigert, ihn zu sehen. Er hatte es immer wieder versucht, hatte ihr sogar angeboten zurückzukommen, ihr Zimmer sei noch unberührt. Nein, vielen Dank, ich will nicht stören, und dich brauche ich schon gar nicht. Nicht einmal das Baby hatte sie ihn sehen lassen.

Die Frau ihres Vaters öffnete ihr die Tür. Julia hieß sie, genau genommen ihre Stiefmutter. Ganz nett, dachte Natalie, anders, als ich sie mir vorgestellt hätte. Anfang vierzig, nicht besonders hübsch, ein bisschen gesetzt, damenhaft, farblos. Aber Natalie hatte es auch nicht mehr nötig, gehässig zu sein. Sie hatte über die Umstände gesiegt, sie konnte es sich leisten, sich versöhnlich zu geben. Sie setzte sich auf das Sofa, hielt die Knie zusammengepresst und trank den Tee in kleinen Schlucken. Sie spielte ein bisschen mit ihrer Halbschwester, der kleinen Melanie, einem pummeligen Mädchen in weißen Strumpfhosen und Lackschuhen.

«Ich freue mich so für dich», sagte Julia, «und auch für Hannes. Er lässt es sich nicht anmerken, aber er macht sich solche Sorgen, kein Tag vergeht, an dem er nicht von dir spricht.»

«Ach so, ja», sagte Natalie scheinbar gleichgültig, «das ist von nun an nicht mehr nötig. Es hat sich ja zum Besten gewendet.»

«Ich bin so froh», wiederholte Julia und umarmte sie. Dann machte sich Natalie auf den Weg, sie wollte um fünf zu Hause sein, vielleicht würde Andi anrufen oder vorbeikommen. Sie hatten noch so viel zu besprechen! Julia verstand das. Sie würde Hannes alles erzählen. Natalie musste versprechen, bald schon zu Besuch zu kommen, wenn ihr Vater zu Hause war. Vielleicht am Wochenende? Dann könnte Andi mitkommen. Natalie wusste, dass Andi sich hier wohl fühlen würde. Sie könnte den einen mit dem anderen beeindrucken.

So weit war es gar nicht gekommen. Ob ihr Vater die Anzeige in der Zeitung gesehen hatte? Natalie musste sich die Seite immer wieder anschauen, ein bloßer Blick genügte schon, um ihr die Tränen in die Augen zu treiben. Marina streichelte ihr über den Kopf.

«Ist ja gut, ist ja gut», murmelte sie. Dann stockte sie. Strich noch einmal prüfend über Natalies Kopf.

«Stoppeln», stellte sie erstaunt fest, «lässt du die Haare wieder wachsen?»

Natalie heulte nur noch lauter. Ja, sie hatte die Haare wachsen lassen wollen, damit sie ihm keine Schande machte, damit sie nicht auffiel in seiner Umgebung, damit seine Mutter nicht der Schlag traf, wenn sie sie sah.

«Wenn du mal fünf Minuten aufhören würdest zu heulen, könnte ich dir einen Vorschlag machen», sagte Otto.

«Otto!» Marina schnalzte missbilligend. «Er benimmt sich nur so, wenn er gerührt ist», erklärte sie und half Natalie, sich aufzurichten.

«Wir suchen jemanden, der hier bedient», sagte Otto. «Für Marina wird es langsam zu viel.» Natalie rieb sich mit den Fäusten die Augen.

«Zu viel?» Sie sah sich um. Wie immer war kein Mensch in der Pizzeria. Zu viel? Otto wurde rot.

«Ich möchte nicht, dass sie sich anstrengt», knurrte er. «In ihrem Zustand.»

Natalie ließ die Pizzeria schließen. Sie brauchte wenige Tage, um das Lokal vollkommen zu verändern. Otto gab seine letzten Reserven für Neonschrift, Plastikblumen, buntes Mobiliar, Musikanlage und Phantasieuniformen aus.

«Ich weiß nicht recht, ich weiß nicht recht», murmelte er ein übers andere Mal.

Aber Natalie hatte sich alles genau überlegt. «Du hast drei Schulen hier in der Gegend. Das Gymnasium, die Berufsschule und die Kunstschule. Diese Kids musst du hierherholen. Über Mittag, nach der Schule, von mir aus schon zum Frühstück!»

Unsicher schaute er zu seiner Frau hinüber. Sie lächelte und nickte.

«Vertrau ihr ruhig», sagte sie. Und sie hatte recht.

Bei der Neueröffnung, eine Woche später, war das Lokal so überfüllt, dass sich die Leute auf der Straße drängten. Das zog noch mehr Neugierige an, und sogar ein Lokalreporter erschien mit einer Sofortbildkamera.

Natalie hatte auf den Schulhöfen Handzettel verteilt. Sie waren so aufgemacht, als ginge es um ein halblegales Untergrundlokal, von dem nur ganz angesagte junge Leute wissen konnten.

Sie hatte auch in der Siedlung Einladungen verteilt. Sogar ihre Mutter war gekommen. «Na ja, aus der Hochzeit ist nichts geworden», konnte sie nun schon wieder ganz beiläufig sagen. «Vielleicht ist es ja besser so. Der Laden nimmt meine ganze Zeit in Anspruch!» Ganz zu schweigen von den Stapeln von Telefonnummern und Visitenkarten, die sie von Schülern und Lehrern gleichermaßen zugesteckt bekam. Sie warf sie alle weg. Sollten sie in die Pizzeria kommen, wenn sie sie wiedersehen wollten.

«Es freut mich zu sehen, dass du wenigstens vollständig bekleidet bist», sagte ihre Mutter kühl. «Aber servieren ist servieren.»

Natalie wollte sie hinauswerfen lassen, ihr Lokalverbot erteilen, aber Otto mischte sich ein und ließ es nicht zu.

«Sie ist deine Mutter», sagte er, «sie hat das Recht, dir auf die Nerven zu fallen.»

«Das sagt er zu mir auch immer.» Marina verdrehte die Augen. «Tauschen wir», schlug sie vor, «ich kümmere mich um Jeanne, und du übernimmst meine Mutter. Dort hinten am Ecktisch.»

Hermine trug eine ähnliche Frisur wie Natalie, millimeterkurze weiße Stoppeln. «Das Praktischste überhaupt», sagte sie, «ich bin nämlich Perückenträgerin!» Sie zog eine kupferfarbene Kleopatrafrisur aus ihrer Handtasche, schüttelte sie kurz durch und ließ sie unentschlossen auf ihrem Zeigefinger kreisen.

«Viel zu heiß hier drin», entschied sie und stopfte die Perücke wieder in ihre Handtasche. «Vierzehn Stück hab ich davon», sagte sie zu Natalie, «kannst dir jederzeit eine ausleihen!»

Sie verstanden sich sofort. Hermine war Natalie in vielleicht sechzig Jahren. Sie trug die gleiche Art von textilsparender Kleidung, rauchte die gleichen Zigaretten und hatte die gleiche Art, Männer zu provozieren. Die ihr ebenso wenig widerstehen konnten wie Natalie. Gegen Ende des Abends begannen sie zu wetteifern. Wer innerhalb von zwanzig Minuten am meisten Verabredungen hätte. «Blaue Flecken auf dem Hintern», hatte Hermine vorgeschlagen, aber das ging Natalie dann doch zu weit.

«Telefonnummern», entschied sie, «das kann man wenigstens belegen. Du bescheißt doch, wie du atmest!»

Hermine gewann den Wettbewerb. Sogar der frisch gefesselte Zeno Held, der kaum einen Zentimeter von Elmas Seite weichen konnte, ohne dass sie ihn am Ellbogen zurückriss, beugte sich tief über Hermines Ausschnitt und murmelte vieldeutige Komplimente in ihr Ohr. Hermine zog die flügelförmig nachgezogenen Augenbrauen hoch und fragte: «Darf ich mir Ihre Telefonnummer notieren?» Da hatte ihn Elma schon wieder weggezerrt. Mit einem bedauernden Lächeln entfernte er sich.

«Das gilt sowieso nicht», zischte Natalie, «sie müssen dir die Nummer schon freiwillig geben.» Hermines Lachen verfolgte sie bis in die Küche.

«Tolle Frau, deine Mutter», sagte sie zu Marina, als sie ein Tablett voll leerer Gläser abstellte. Sie sagte es laut genug, dass Jeanne es hören konnte.

17

Liebe Frau Donata

Ich bin ausgegangen! Ich habe mich schön angezogen und geschminkt, ich habe sogar getrunken! Und das alles ohne meinen Mann. Natalie hat uns alle eingeladen zur Eröffnung einer Pizzeria, an der sie irgendwie beteiligt ist. Ganz hier in der Nähe, ich habe allerdings zum ersten Mal davon gehört. Kein Wunder, wir gehen ja praktisch nie aus. Höchstens mal am Hochzeitstag, aber in den letzten Jahren auch nicht mehr. Können wir uns nicht leisten. «Aber das ist eine Eröffnung, alles ist gratis, und die Kinder können wir auch mitnehmen, wenn wir früh genug hingehen», sagte ich, «es fängt um sechs an, um neun sind wir wieder zu Hause.» (Obwohl Natalie mich gewarnt hat, dass vor zehn, halb elf nicht viel los sein wird. Aber das ist mir ohnehin lieber.) Nichts zu machen. Ernst hat es verboten. Doch dann bekam er einen Anruf und musste dringend weg. Einen Kollegen vertreten in einer anderen Stadt. Ein anderer Vertreter, der so gut wie vor einem Abschluss stand und dann von Nierensteinen ins Bett geworfen worden war. Ernst sollte den Abschluss für ihn machen und dafür die Hälfte seiner Provision kassieren. Ich habe das ehrlich gesagt nicht richtig verstanden, aber Ernst meinte nur, das wundere ihn überhaupt nicht, weil ich ihm nie richtig zuhöre.

Nicht, dass er viel erzählen würde. Er wollte am Samstag mit dem letzten Zug zurückkommen. Er ging aus dem Haus, ohne sich von mir zu verabschieden. Die Buben maulten, weil er ihnen versprochen hatte, mit ihnen Basketball zu spielen unten im Hof. Das gab den Ausschlag, die traurigen Gesichter der Jungen: «Wir gehen zu einem Fest», sagte ich, «wir ziehen uns schön an und essen Pizza, bis wir platzen!» Zum ersten Mal, seit ich verheiratet bin, tat ich das Gegenteil von dem, was mein Mann gesagt hatte. Und auch noch heimlich. Aber ich muss Ihnen gestehen, dass es großen Spaß gemacht hat. Ich zog die goldenen Pantoffeln an, schwarze Stützstrumpfhosen und einen schwarzen Umstandspullover, der so ausgeleiert war, dass er auch als Minirock durchgehen konnte. So etwas habe ich noch nie getragen. Ich fragte mich, ob ich nicht doch lieber etwas darunterziehen sollte, aber ich fand beim besten Willen nichts Passendes. Dann machte ich leider einen Fehler, indem ich meine Freundin, Frau Schweri, um Rat fragte. Ob ich denn so gehen könnte. Etwas gewagt sah es aus, aber gar nicht schlecht. Ich drehte mich vor dem Spiegel und fragte mich, warum mir noch nie jemand gesagt hat, ich hätte hübsche Beine, denn die habe ich. Frau Schweri und die anderen hatten beschlossen, die Pizzeria zu boykottieren, obwohl sie auch eingeladen waren, was ich, unter uns gesagt, mehr als anständig finde von Natalie, so wie die immer über sie herziehen. Jedenfalls meinten sie, die Pizzeria würde Halbstarke und Drogensüchtige anziehen und die Nachtruhe stören und so weiter. Sie wollten Handzettel in den Briefkästen verteilen und die Nachbarn auffordern, sich zu beschweren. Wenn möglichst viele Beschwerden bei der Polizei eingingen, würden sie schon in der Nacht der Eröffnung Ärger bekommen. Sie hatte sogar nur deshalb bei mir geklingelt, um mich aufzufordern, mitzumachen. Und erwischte mich dabei, wie ich mich schönmachte, um ebendorthin zu gehen!

In letzter Zeit scheine ich alles falsch zu machen mit meinen Freundinnen. Ich habe das Gefühl, sie wenden sich jeden Tag mehr von mir ab. Irgendwie scheine ich nicht mehr den richtigen Ton zu treffen. Ich trample von einem Fettnäpfchen ins andere. Früher wusste ich immer, ganz ohne darüber nachdenken zu müssen, was richtig war und was falsch. Ich bewegte mich sicher in meiner Welt und wusste, dass ich das Recht auf meiner Seite hatte. Seit mehr als fünf Jahren wohnen wir in der Siedlung, und von Anfang an verkehrte ich mit denselben Frauen, Frau Huber von oben, Frau Schweri und der Frau Weber vor allem. Wir haben Kinder im selben Alter, außer Frau Huber, die schon ein bisschen älter ist und kinderlos. Wir haben oft zusammen auf dem Spielplatz gesessen oder Bastelnachmittage veranstaltet, oder uns gegenseitig ausgeholfen, Frau Schweri zum Beispiel hat eine Teppichschamponiermaschine, die hat sie uns jeweils ausgeliehen. Oder wir haben Billigangebote genutzt im Großmarkt, für drei Familien lohnt sich das ja. Mit Webers haben wir uns auch schon ein-, zweimal am Wochenende zum Grillen getroffen, aber die Männer haben sich nicht so viel zu sagen. Der Ernst findet sowieso immer, dass er während der Woche genug fremde Gesichter sieht, er ist nämlich Vertreter, müssen Sie wissen. Allerdings auf Stadtgebiet, seit der Ben da ist. Früher, mit dem Toni, war ich oft tagelang allein. Jedenfalls, der Ernst sagt immer, in der Freizeit will er keine fremden Leute sehen, da ist er am liebsten mit seiner Familie. Und recht hat er ja, man braucht einfach die Zeit, um so richtig voneinander zu profitieren, aber trotzdem muss man doch auch Freunde haben. Finden Sie nicht, es sollte Platz für alles haben im Leben? Und finden Sie es nicht auch erstaunlich, dass ich mit den einen Frauen nach zwei Wochen per Du bin und mit den anderen nach fünf Jahren noch nicht? Und meinen Sie, die hätten sich um mich gekümmert? Wir sind doch immer eingesprungen, wenn wieder ein Baby kam, haben die groben Arbeiten im Haushalt übernommen oder etwas zu essen mitgebracht. Nicht einmal im Krankenhaus haben sie mich besucht. Gut, möglicherweise hat die Schwester sie nicht vorgelassen.

Aber Lotti ist auch einfach später noch einmal gekommen. Dabei hatte ich mit Lotti ein paarmal Ärger wegen den Kindern, die sie hütet, das sind wirklich halbe Straßenkinder, die trampeln die Treppe hinauf und hinunter, das glauben Sie gar nicht. Zweimal habe ich mich sogar bei der Hausverwaltung beschwert. Heute tut mir das leid, denn wenn man sie nur ein bisschen kennt, merkt man, was für eine feine Frau das ist, wenn sie nur nicht immer im Morgenrock herumlaufen würde. Pünktlich um sechs war ich da mit den Kindern, natürlich waren wir die Ersten, Natalie hat mich ja gewarnt. Nette Leute sind das, Marina und Otto, die die Pizzeria führen. Sie waren beide ein bisschen nervös, weil man noch nicht wissen konnte, ob Leute kämen, und um sich abzulenken, haben sie mit meinen Kindern gespielt. Otto hat den Buben den Pizzaofen gezeigt und ihnen eigene kleine Pizzas gebacken, die sie selber belegt hatten. Marina hielt das Baby auf dem Schoß, und Natalie brachte mir ein Glas nach dem anderen mit einem bläulichen, sprudelnden Getränk, das ganz eigenartig schmeckte. In kürzester Zeit war ich beschwipst, und als die ersten Leute kamen, hatte ich keine Angst mehr. Ich redete sogar mit denen, die ich nicht kannte. Zeno war da, den habe ich schon ewig nicht mehr gesehen, aber ich konnte mich kaum mit ihm unterhalten, weil diese Elma an seinem Arm klebte und ihn keine Minute aus den Augen ließ. Der arme Mann tat mir beinahe leid. Obwohl es ja sicher richtig ist, dass er wieder jemanden hat. Aber ausgerechnet Elma, die oft tagelang nicht aus dem Bett kommt und noch halb im Pyjama einkaufen geht, die sich die Haare nicht wäscht und, soviel ich weiß, sogar trinkt. Frau Huber hat mir das erzählt, sie hat Elma einmal abends spät beim Müllcontainer getroffen, und als sie ihre Tüte hineinfallen ließ, klang es eindeutig nach zerbrechendem Glas. Frau Huber, die ja immer so nachsichtig ist, meinte, es sei sicher Liebeskummer.

Also, wenn Sie mich fragen, ist sie nicht die Richtige für Zeno. Ob sie überhaupt in der Lage ist, für ihn zu sorgen? Lotti, der ich von meinem Streit mit Ernst erzählt hatte, zupfte mich um zehn am Ärmel und meinte, ich solle besser langsam nach Hause gehen, damit ich noch Zeit hätte, mich umzuziehen und abzuschminken, bevor Ernst nach Hause käme. Es tat mir richtig leid, dass ich schon gehen musste, und aus einer Ecke rief jemand: «Nein, gehen Sie noch nicht, es ist doch noch früh!» Ich fühlte mich richtiggehend beliebt! Aber trotzdem sammelte ich meine Kinder zusammen und ging nach Hause. Das Baby lag in Marinas Arm und lächelte. Zum ersten Mal sah es aus wie ein richtiges Baby, unschuldig und rund, ich schaute einen Augenblick zu, dann riss ich es ihr förmlich aus den Armen. Ich hätte mich gar nicht so beeilen müssen. Ernst kam nicht mit dem letzten Zug, sondern mit dem ersten, morgens um sechs. Ich hatte einen kleinen Kater von letzter Nacht und sah blass aus im Spiegel, beinahe bereute ich meinen heimlichen Ausflug. Also sagte ich nichts, fragte auch nicht, warum er erst jetzt kam und wo er gewesen war, und er sagte auch nichts. Jetzt haben wir also Geheimnisse voreinander. Es ist so schnell gegangen, dass ich es nicht einmal bemerkt hatte.

Liebe Frau Donata,

ich glaube, mein Mann hat eine Freundin. Nein. Das kann gar nicht sein. Der Ernst ist doch nicht so. Vor mir war er nur einmal verliebt, und das Mädchen wollte nicht einmal etwas von ihm wissen. Wahrscheinlich hat sie ihn ausgelacht. Seither ist er ein bisschen schüchtern mit Frauen. Andererseits kann sich so etwas ja jederzeit ändern.

Ich darf mir nichts einbilden. Wahrscheinlich werde ich langsam verrückt. Ja. Das ist wahrscheinlicher. Aber dieser Brief. Das verstehe ich einfach nicht. Ich weiß, was Sie von Frauen halten, die die Taschen ihrer Männer durchsuchen. Vor zwei Jahren haben Sie in einem Brief dazu Stellung genommen. Ich kann mich noch gut daran erinnern, Sie waren richtig aufgebracht. «Niedere Instinkte», haben Sie geschrieben und «unwürdiges Verhalten». Der Brief hat mich lange Zeit beschäftigt. Wie soll denn eine Hausfrau vermeiden, die Taschen ihres Mannes zu leeren, dachte ich, wenn es doch ihre Aufgabe ist, die Sachen zu waschen oder wenigstens zur Reinigung zu bringen? Soll sie ihm vielleicht sagen: «Schatz, denk bitte daran, deine Taschen zu leeren, ich geh morgen bei der Reinigung vorbei»? Abgesehen davon, dass ein Mann wie Ernst nur denken würde, ich sei verrückt geworden, und im besten Fall etwas wie «So weit kommt's noch, alles muss man selber machen» knurren würde, die meisten Männer würden es sowieso wieder vergessen! Und da steht sie dann, die arme Frau, und weiß nicht, soll sie ihren niederen Instinkten folgen und eine unwürdige Handlung begehen, oder soll sie sich beherrschen und dafür riskieren, dass sich eine Zwanzigernote in der Wäsche auflöst oder ein Kleenex und die Waschmaschine voller Fusseln ist, oder gar der Angestellte in der Reinigung mit spitzen Fingern ein öliges Bratwurstpapier aus der Jackentasche fischt und es ihr über den Ladentisch hinweg zuschiebt?

Keine Chance für die Hausfrau, ihre Würde zu bewahren. Es erstaunt mich, dass Ihnen das nicht bewusst ist. Vielleicht sind Sie ja alleinstehend. Vielleicht sind Sie eine dieser gutverdienenden, erfolgreichen Berufsfrauen, die sich eine Putzfrau leisten können und zwei Katzen, die abends spät nach Hause kommen, die Musik laut aufdrehen und sich etwas zu essen liefern lassen? So jedenfalls war es bei mir: Ich hängte die beige Jacke in den Mottenschrank und nahm dafür die etwas dickere graue heraus. Die muss ich noch ausklopfen und lüften, das darf ich auf keinen Fall vergessen, aber um diese geht es ja gar nicht, sondern um die hellbeige, die Sommerjacke. Schon seit Wochen sage ich, er soll sie nicht mehr anziehen, sie ist zu leicht und zu hell, schließlich ist es schon empfindlich kalt, vor allem morgens, und er geht so früh aus dem Haus. Außerdem sitzt sie ihm schon ein bisschen eng. Es würde mich wundern, ehrlich gesagt, wenn er die Knöpfe schließen könnte. Mit den feinen lila Streifen wirkt sie ein bisschen arg jugendlich, vor allem, wenn er noch die Ärmel hochkrempelt. Das passt so gar nicht zu ihm, aber im Fernsehen machen sie das auch so. Ist Ihnen auch aufgefallen, wie elegant die Fernsehpolizisten plötzlich daherkommen? Dafür haben sie wieder Geld! In der Innentasche der beigen Jacke war ein gelber Umschlag, «Hr. & Fr. Meierhans» stand darauf. Fr. Meierhans bin ja wohl ich, also hatte ich ein Recht, den Umschlag zu öffnen, das finden Sie doch auch, das ist noch kein niederer Instinkt! Innen war ein gelbes Visitenkärtchen, eine Künstleragentur in Deutschland und eine Privatadresse in Basel. Leute, von denen ich noch nie gehört hatte. Auf dem Kärtchen stand: «Nochmals herzlichen Dank für den schönen Abend und das wunderbare Essen. Das nächste Mal bei uns! Conny & Livio». Conny und Livio? Conny und Livio? Künstleragentur? Gepflegte Country & Western-Unterhaltung? Ich drehte und wendete die Karte in meinen Händen.

Ich bitte Sie, was soll ich davon bloß halten? Ich kann mich an keinen herrlichen Abend und an kein wunderbares Essen erinnern. Ich kann mich nicht einmal erinnern, wann wir das letzte Mal Gäste hatten. So richtig zum Essen, nicht bloß ein paar Nachbarinnen zum Kaffee. Ich wüsste es doch, wenn ich für Conny & Livio gekocht hätte? Also hat er eine Freundin. Eine Freundin in Basel, die er als seine Frau ausgibt. Wenn es aber noch eine zweite Frau Meierhans gibt, warum verprügelt er nicht die? Warum geht er mit ihr essen, warum hat er mit ihr zusammen Gäste, warum ist alles Angenehme an einer Ehe für sie und der Rest für mich? Wenn er wirklich eine Freundin hätte, wäre ich ihm dann nicht schon längst gleichgültig geworden, zu gleichgültig auch, um verprügelt zu werden? Ich muss mich beruhigen. Es kann nicht zwei Frau Meierhans geben. Ich meine, das wäre Bigamie, oder? Und das ist verboten. Der Ernst würde nie etwas Verbotenes tun. Außerdem hätte er gar keine Zeit. Seit er sich hier auf Stadtgebiet hat versetzen lassen, ist er noch jeden Abend nach Hause gekommen. Außer, er musste zu einer Vertreterkonferenz, oder ein Kollege fiel aus, so wie letzten Samstag ... Wenn ich es mir recht überlege, kam das gar nicht so selten vor. Nein, ich muss aufhören damit. Es gibt sicher eine ganz einfache Erklärung für diese Karte. Das Problem ist nur, dass ich den Ernst nicht fragen kann. Ich weiß nicht, wie er reagieren würde. Ich wage nicht, es mir vorzustellen.

Um die Wahrheit zu sagen, ich habe Angst. Nie weiß

ich, wie seine Laune ist. Wenn ich den Schlüssel höre an der Wohnungstür, werde ich steif. Ich stoße mich an den Möbeln, weil ich mich so hölzern bewege. Nicht einmal mehr meine Arme und Beine habe ich unter Kontrolle. Ich bitte Sie! Ich schaue mir die Karte noch einmal genau an, fahre mit dem Finger über den Prägedruck. Country & Western. Der Ernst mag das. Früher sind wir manchmal zu Tanzveranstaltungen gegangen, er mit einer Bindfadenkrawatte und ich im gerüschten Rock, beide mit Hut. Das haben wir uns aber nicht oft leisten können. Ist es möglich, dass er allein zu solchen Veranstaltungen gegangen ist? Wenn ich dachte, er macht Überstunden? Ich wähle die Nummer, die auf der Karte steht. P: Privat. Eine Frau nimmt ab.

«Hello?», sagt sie, so singend, amerikanisch. Ich lege wieder auf. Dumm von mir. Wenn ich es jetzt gleich noch einmal versuche, ist sie schlecht gelaunt. Ich wünschte, meine Schwester wäre hier. Die wüsste, was zu tun wäre. Nach einer Stunde versuchte ich es noch einmal.

«Hello?»

«Hier ist Meierhans», flüsterte ich, sie versteht mich erst nicht, singt noch einmal «hello», ich räuspere mich und sage ein bisschen lauter: «Meierhans.»

«Oh, HANNI!», ruft sie, sie spricht es aus wie Hänni, «how are you, wie geht es dir, du klingst so komisch, bist du erkältet?»

Ich lege wieder auf. Ich schiebe die Karte zurück in den Umschlag. Er ist nicht abgestempelt, wahrscheinlich wurde er zusammen mit einem Blumenstrauß übergeben. Zum Dank für das gute Essen. Frau Huber sagt doch immer, dass man die Blumen nicht mitbringt, wenn man eingeladen ist, sondern erst am nächsten Morgen schicken lässt. Ich kenne allerdings niemanden, der das so macht.

Wenn ich je zum Essen eingeladen würde, würde ich die Blumen gleich mitbringen, das finde ich einfach netter.

Aber Conny & Livio wissen es besser. Darum steht da wohl auch GEPFLEGTE Country & Western-Unterhaltung. Aber auf der Karte stand ein Datum. Ich schaue es mir noch einmal an. Der 21. Oktober. Zwei Tage nachdem Michael geboren wurde. Ich erinnere mich, dass Ernst nach der Geburt gleich verschwunden ist, weil er den Bus noch erwischen wollte. Vielleicht war es eher der Zug, den er nicht verpassen durfte, der Zug nach Basel? Vielleicht hatte er Gäste? Und warum erstaunt mich das nicht?

Liebe Frau Donata, bitte glauben Sie mir, ich wünsche mir nichts anderes, als unsere Familie zusammenzuhalten. Ich bin auch bereit, dafür zu bezahlen. Das wissen Sie, Frau Donata. Das Schlimme ist nur, dass Dinge geschehen, die ich nicht verstehe, nicht verstehen kann. Dann bekomme ich Angst. Ich weiß nicht, ob die Dinge sich verschieben oder ob ich es bin, die langsam, aber sicher verrückt wird. Vielleicht sind die Dinge dieselben wie immer, vielleicht kann ich sie einfach nicht mehr erkennen? Ich gehe zum Stubenwagen und schaue das schlafende Baby an. Ich möchte es herausnehmen und schütteln, bis es auseinanderfällt. Vor dem Baby waren die Dinge anders. Ich konnte sie klar erkennen. Seit das Baby da ist, scheint nichts mehr richtig zu funktionieren.

Am allerwenigsten ich.

18

Um sieben Uhr morgens klingelte es. Energisch. Frau Meierhans in ihren besten Zeiten, dachte Lotti, als sie sich mühsam aufrappelte und ihren Morgenrock enger um sich wickelte. Fast vermisste sie Marions selbstgerechtes altes Ich. Sie öffnete die Tür, als es zum zweiten Mal klingelte. FE war Herr Meierhans. Die beiden Buben standen links und rechts von ihm, schmollend, verstockt und rot im Gesicht. Eindeutig frisch geohrfeigt, dachte Lotti.

«Kommen Sie herein.»

Meierhans räusperte sich. «Meierhans Ernst!», bellte er und streckte seine Hand aus. «Und das sind meine Jungs, Toni und Ben.» Er schubste die Buben, die stolpernd vortraten.

«Lotti», sagte Lotti und schloss die Tür hinter ihnen. Wie kam so ein weicher junger Mann zu so einem militärischen Benehmen? «Bitte, setzen Sie sich doch», sagte sie sanft.

«Habe nicht viel Zeit.» Meierhans blieb stehen. «Wollte nur anfragen. Was man rechnen müsste, wenn man die Buben eine Zeitlang bei Ihnen lassen würde? Bin wieder zurückversetzt worden. Auf die Straße, wie wir sagen. Die ganze Zeit unterwegs!» Lotti schnalzte mitfühlend mit der Zunge. Meierhans setzte sich jetzt doch. Ein dicklicher junger Mann mit gerötetem Gesicht, weichen Lippen, roten Backen. Peinlich sauber gekleidet.

«Und Ihre Frau?»

Meierhans runzelte die Stirn. «Krank!», bellte er. «Das Baby auch!» Dann reichte er ihr einen Umschlag, in dem sich etwas Geld und die säuberlich notierten Kindergartenstundenpläne befanden.

Lotti zählte das Geld. «Das reicht für eine Woche», meinte sie und schob den Umschlag in den Ausschnitt ihres Morgenrocks. «Wenn Sie wollen, schaue ich bei Ihrer Frau vorbei. Nur um sicher zu sein, dass alles in Ordnung ist.»

«Nein, nein, das ist nicht nötig!»

«Es kostet nicht zusätzlich.»

Meierhans schaute auf die Uhr. «Muss zum Bahnhof, sonst verpasse ich den Zug. Weiß nicht genau, wann ich nach Hause komme. Ob ich's vor dem Abendessen schaffe.»

«Kein Problem», sagte Lotti. «Es sei denn, sie mögen keine Fischstäbchen?»

Die Jungen rückten enger zusammen. Sie hatten noch nie irgendwo anders als zu Hause gegessen. Aber so, wie der Vater sie anschaute, war es wohl klüger, nichts dazu zu bemerken.

«Seid brav!» Mehr kollegial als väterlich klopfte Herr Meierhans auf ihre kindlichen Schultern, dann ging er.

«So», sagte Lotti, «dann werden wir uns mal um das Frühstück kümmern.» Die beiden Buben halfen gewissenhaft mit, hielten sich aber dicht nebeneinander und sagten kein Wort. Wenig später polterten Dani und Mauro herein. Sie blieben wie angewurzelt stehen, als sie die anderen Buben sahen. Die drängten sich noch dichter aneinander. Einen Moment lang starrten sich alle an wie Waldtiere. Dann setzten Dani und Mauro ihren Poltergang zum Frühstückstisch fort und benahmen sich so, als sei nichts geschehen. Lotti beschränkte sich darauf, sie gegenseitig vorzustellen.

«Kann ich Sie einen Augenblick lang sprechen», fragte Zeno Held höflich vom Türrahmen aus. Die Kinder setzten sich an den Tisch, Laura übernahm sofort das Kommando.

«Esst anständig», mahnte sie, «und nehmt nicht so viel Butter. Was das wieder kostet!»

Lotti führte Held in die Küche und schloss die Tür hinter ihnen. Vatertag, dachte sie.

«Was gibt es?»

«Ich mache mir Sorgen», fing er an, «die Sicherheitsvorkehrungen scheinen mir einfach nicht ganz ausreichend.»

«Die Sicherheitsvorkehrungen?»

«Hier kann jeder einfach hereinmarschieren und sich die Kinder schnappen, das ist Ihnen doch bewusst? Die Tür steht immer offen.»

«Aber ich bitte Sie! Hier ist noch nie jemand vorbeigekommen, der sich ein Kind schnappen wollte.»

«Und was ist, wenn sie auf dem Spielplatz sind? Ohne jede Aufsicht?»

«Was soll denn schon groß passieren? Im schlimmsten Fall fällt eines hin und schlägt sich die Knie auf.»

«Nein, nein, nein! Das meine ich nicht!» Held blieb stur. Schließlich musste Lotti versprechen, die Kinder zur Schule zu begleiten und wieder abzuholen und sie, falls sie nachmittags zum Spielplatz gingen, nicht aus den Augen zu lassen. Sie seufzte, es gab nichts, was ihr unangenehmer war, als in einer Reihe mit den professionellen Müttern auf einem Bänkchen zu sitzen und aufzupassen, dass dieser nicht jenen mit Sand bewarf. Kein Grund zum Jammern, dachte sie, richtige Mütter machen den ganzen Tag nichts anderes: abholen, bringen, abholen, bringen. Held schien sich ernsthaft Sorgen zu machen, es war ihr nur nicht ganz klar, worüber. Aber was ging sie das an. Er war der Kunde. Er bezahlte. Außerdem konnte es immer noch regnen bis am Nachmittag. Held wollte gerade gehen, als Natalie kam. Sie hörte sie flüstern vor der Wohnungstür, lachen und schließlich eine halbherzige Verabredung treffen. Natalie pfiff eine Schlagermelodie, als sie mit dem Baby auf dem Arm in die Küche kam. Lotti schaute streng.

«Was denn», verteidigte sie sich, «darf ein Mädchen nicht einmal ausgehen?»

«Aber Natalie, wo soll das denn hinführen!»

Lotti wusste, dass Elma ihn vor die Wahl gestellt hatte: sie oder ich. Dann hatte sie die Augen zugemacht und fest zusammengekniffen, sodass sie farbige Kreise sah. Denn genau das hatte sie damals auch zu ihrem Mann gesagt, und der hatte geantwortet: «Sie.» Aber Zeno sagte «du», und sie konnte die Augen wieder öffnen. In Erwartung eines Heiratsantrags blieb sie nun zu Hause.

«Er hat es ihr versprochen, Natalie.»

«So! Hat er! Und ich soll schuld sein, wenn er sein Versprechen nicht hält! Schau mich an, die Verführung in Person, die reinste Eva mit Birne, was.»

«Apfel», korrigierte Lotti automatisch.

«Warum hältst du mir den Vortrag und nicht ihm? Ich habe schließlich niemandem etwas versprochen!»

Lotti musste zugeben, dass Natalie nicht unrecht hatte. Außerdem wurde es langsam Zeit. Sie packte Rocky in den Kinderwagen und begleitete die größeren Kinder zur Schule. Sie baten sie, zwei Schritte hinter ihnen zu bleiben, damit sie nicht auffielen. Kein Kind in ihrem Alter wurde noch begleitet. Also folgte sie ihnen bis zur Straßenecke, blieb dann vor der Bäckerei stehen und beobachtete aus den Augenwinkeln, wie sie auf den Pausenplatz liefen. Dann kaufte sie Rosinenbrötchen für die kleinen

Jungen. Es lohnte sich kaum mehr, in die Wohnung zurückzukehren, bis der Kindergarten anfing. Also trödelten sie eine Weile herum, aßen ihre Rosinenbrötchen und hüpften vom Gehsteig auf die Straße und wieder zurück, um sich warm zu halten. Lotti begann die Geduld zu verlieren. Seit sie selber kleine Kinder gehabt hatte, hatte sie keinen Morgen mehr so sinnlos verbracht wie diesen. Bald sah sie die ersten Mütter nahen. Der Kindergarten lag nur vier Straßen von der Siedlung entfernt, trotzdem wurde die Hälfte der Kinder begleitet. Zwei Frauen, die ihnen entgegenkamen, blieben stehen.

«Ja, hallo, ihr beiden, was ist denn los, ist eure Mama nicht da?»

«Sie ist krank», flüsterte Lotti hinter dem Kinderwagen hervor. Sie zog den Gürtel ihres Morgenrockes fester. Die beiden Frauen musterten sie scharf. Sie sahen ihre gelblichen Haare, die verschmierte Brauenschminke, die trüben Augen, die geplatzten Äderchen im Gesicht, den abgewetzten Kimonostoff, den Eigelbfleck am Kragen und die wackligen Pantöffelchen. Nachdem sie all dies registriert hatten, wandten sie sich ab. Was war das für eine Welt, in der anständige Frauen wie Marion Meierhans ihre Kinder einem solchen Wesen anvertrauen mussten? Lotti küsste die Buben auf den Kopf und schickte sie die letzten Schritte allein.

«Bis um elf, ich hole euch ab», rief sie ihnen nach. «Aber ab morgen geht ihr alleine hin», fügte sie etwas leiser hinzu.

Sie hatte Veronica zur Schule gebracht. Mit dem Wagen, wie jeden Tag. Wie jeden Tag war sie ausgestiegen und um den Wagen herumgegangen, um sie zu küssen. Nicht wie die anderen, die es nicht erwarten konnten, die Kinder los zu sein, womöglich noch den Motor laufen ließen, um nur keine Zeit zu verlieren. Ihre Tochter hatte sich verlegen frei gemacht. Sie trug noch ihren Morgenmantel und Pantoffeln. Die anderen Mütter hatten sie angestarrt, aber sie hatte es nicht bemerkt. Später hatten sich die Frauen daran erinnert.

Und an noch mehr. Plötzlich hatten sie es immer schon gewusst, dass mit ihr etwas nicht stimmte. Hatten sie immer schon seltsam gefunden und nicht ganz normal. Hatten sich Sorgen gemacht wegen ihrer Trinkerei. Als ob sie die Einzige gewesen wäre. Eine hatte sogar gemeint, sie hätte den bösen Blick. Erstaunlicherweise hatte dann gerade dieses Verhalten für sie gesprochen. Dass sie mehr oder weniger weitergemacht hatte, als sei nichts geschehen. Gefrühstückt, die Schultasche der Tochter gepackt, Pausenbrote eingewickelt, ihre Schuhe gebunden und sie zur Schule gefahren. Alles ganz genau wie jeden Tag. Wie wenn nichts wäre. Das ließ eindeutig auf verminderte Zurechnungsfähigkeit, auf hochgradige Verwirrung schließen. Statt ins Gefängnis kam sie in eine psychiatrische Klinik. Seither trug sie niemals mehr etwas anderes als Morgenrock und Pantoffeln. Ohne allerdings darüber nachzudenken.

Im Supermarkt erkundigte sie sich nach Frau Meierhans. «Also ich gebe ja eigentlich grundsätzlich keine Auskunft über meine Klienten», zierte sich Rosa.

Klienten! Herrgott nochmal! Lotti griff in ihren Ausschnitt, nahm den Briefumschlag in die Hand und ließ Rosa einen Blick auf die gebündelten Banknoten werfen.

«Aber um ehrlich zu sein, mache ich mir auch langsam Sorgen um die gute Frau. Wenn Sie mich fragen, sie wird von ihrem Mann verprügelt. Glauben Sie mir, ich weiß, worauf ich achten muss. Ich habe die Zeichen gesehen. Und gedeutet! Mit dem Baby ist auch etwas nicht in Ordnung, es ist so stumm wie eine Puppe, doch wenn ich es bedenke, das kleine Würmchen, das Sie dabeihaben, lässt auch nicht gerade viel von sich hören. Apropos hören: Es wird nicht gerade freundlich über die Meierhans gesprochen in diesen Tagen, ich bekomme da ja so einiges mit. Die Schweri, die mal ihre Busenfreundin war, die sagte doch heute Morgen glatt, sie hätte ihr noch nie über den Weg getraut. Was ist denn nun eigentlich bei der Taufe passiert?»

«Nichts», sagte Lotti. Sie schlängelte sich zwischen den Regalen durch und legte ein paar Lebensmittel in ihr Körbchen. Apropos! «War sie heute denn schon da?»

«Sie kommt nicht jeden Tag. Kauft immer gleich eine gewisse Menge ein. Nach einem Plan, wenn Sie mich fragen.»

«Heute haben Sie sie also nicht gesehen?» Lotti legte ihre Einkäufe auf das Band. Während Rosa die Beträge eintippte, spielte sie lässig mit dem Geld im Briefumschlag.

«Es heißt, das Kind sei ins Taufbecken gefallen und um ein Haar ertrunken», sagte Rosa, «macht vierundzwanzig achtzig.»

Lotti schob den Umschlag wieder in ihren Ausschnitt, zog ihren Geldbeutel aus der Tasche des Morgenrocks und legte den Betrag genau abgezählt hin. «Das stimmt nicht ganz», flüsterte sie vertraulich, «es war viel eher so, dass sich der Pfarrer zu tief über das Kind gebeugt hat und mit der Nase voran im Taufbecken gelandet ist. Ein durstiger Mann, unser Herr Pfarrer. Er konnte aber gerettet werden.»

Den ganzen Tag lang hatte Lotti sich gefragt, ob sie nicht doch schnell zu Marion hinüberlaufen sollte. Nur um sicher zu sein, dass alles in Ordnung war. Natürlich sollte sie das. Aber irgendetwas hielt sie immer im letzten Moment davon ab. Held rief zweimal von der Arbeit aus an, um sich zu vergewissern, dass sie sich an seine Anordnungen hielt. Wusste sie, wann die Schule aus war? Kannte sie die Stundenpläne der Kinder, die natürlich verschieden waren? Hatte sie frühmorgens etwas Verdächtiges beobachtet auf dem Schulhof? Herumlungernde Gestalten, unbeschriftete Lieferwagen?

«Was haben Sie denn heute», unterbrach ihn Lotti schroff, «ich kenne Sie nicht mehr wieder!»

«Damit ist nicht zu scherzen! Erst gestern habe ich wieder etwas in der Zeitung gelesen, von wegen Kindesentführung am helllichten Tage! Man kann gar nicht vorsichtig genug sein.»

«Das habe ich auch gelesen, da ging es aber um einen Sorgerechtsstreit», beruhigte ihn Lotti. «Das ist ja wohl bei Ihnen nicht der Fall.»

Soviel sie wusste, war Sophie nach der Geschichte mit dem Hausbrand das Sorgerecht entzogen worden. Das geschah selten genug, aber eine Mutter, die ihre Kinder abends allein ließ? Als sie von ihrem Kurs zurückkam, stand das Haus in Flammen. Die Kinder waren mit dem Schreck davongekommen, aber es sprach nicht gerade für sie. Schon gar nicht, als sich herausstellte, dass der Kurs eigentlich schon um halb zehn zu Ende war. Was hatte sie bis Mitternacht gemacht? Sie hatte sich in einem Nachtlokal vergnügt. Getrunken hatte sie. Während die Kinder allein zu Hause mit den Streichhölzern spielten. Zudem war der junge Mann mit den Gesundheitssandalen, der sogenannte Scheidungsgrund, nicht mehr aufzufinden.

Eine Reihe noch jüngerer Männer hatte ihn abgelöst. Zum Zeitpunkt der Verhandlung lebte die beschuldigte Mutter mit einem einundzwanzigjährigen Theologiestudenten und Freizeit-Rapper in einer Wohngemeinschaft.

Musste der halt als Scheidungsgrund herhalten. Was wiederum seinen Eltern nicht gefiel. Sie drohten ihrerseits mit Anzeige wegen Verführung Minderjähriger, mussten aber über die Tatsache aufgeklärt werden, dass die gesetzliche Volljährigkeit auf achtzehn herabgesetzt worden war, seit sie das letzte Mal darüber nachgedacht hatten. Das alles warf kein gutes Licht auf die Mutter, und das Sorgerecht wurde im Eilverfahren dem Vater zugesprochen. Sophie hatte nichts zu ihrer Verteidigung vorzubringen, sie hatte das Urteil nicht angefochten, sich nicht einmal an die vereinbarten Besuchstage gehalten. Sie schien jedenfalls keine gesteigerte Sehnsucht nach ihren Kindern zu verspüren.

Dachte Lotti.

«Man kann nie vorsichtig genug sein», sinnierte Held, «meine Kinder sind mir das Wichtigste auf der Welt, das müssen Sie wissen.»

Lotti versprach, die Kinder einzeln abzuholen (das Mädchen um elf, den Jungen um zwölf) und sie auch nachmittags keinen Moment aus den Augen zu lassen. Held wollte heute früher Schluss machen und sie gegen vier bei ihr abholen. Lotti legte den Hörer auf die Gabel und wischte sich mit dem flauschigen Gürtelende ihres Morgenrocks über die Augen. War es ihm also doch noch gelungen, sie zu rühren. Sie so weit zu kriegen, dass sie ihm jeden Wunsch erfüllte. So was Dummes!

Gar nicht erst einreißen lassen, dachte sie und nahm sich vor, ihm um vier entschlossen entgegenzutreten und diese Sonderregelung gleich wieder abzuschaffen. Sie hatte nicht die Zeit, ununterbrochen zur Schule und wieder zurück zu laufen, und es weckte zu viele Erinnerungen.

Als sie aus der Klinik entlassen wurde, zehn Jahre später, war alles anders. Ihr Mann war umgezogen. Vielleicht hatte er die Stadt auch ganz verlassen. Auf jeden Fall stand er nicht mehr im Telefonbuch. Es gelang ihr nicht, ihn ausfindig zu machen. Sie ging sogar so weit, Bekannte von früher anzurufen, die sich auch nach zehn Jahren nur zu gut an sie erinnerten. Nun, kein Wunder bei all den Zeitungsartikeln. Sie stellte sich vor, wie sie die Gespräche warm gehalten hatten über so lange Zeit. Keine von ihren alten Freundinnen wollte sich mit ihr treffen. Sie wimmelten sie am Telefon ab, manche waren nur verlegen, andere grob. Sie wussten nichts über Veronica. Und wenn, dann würden sie es ihr bestimmt nicht sagen. Sie hatten Angst, dass sie vor der Tür stehen und Freundschaftsdienste einfordern konnte. So dumm war Lotti nicht. Ob sie fürchteten, sie könnte ihren Kindern etwas tun?

Sie versuchte es bei den Schwiegereltern, die aber inzwischen gestorben waren. Von ihrer eigenen Familie war schon lange niemand mehr übrig. Lotti wandte sich an die Ämter, die sie für zuständig hielt, die aber diese Einschätzung nicht teilten und sie unverdrossen weiter- und zurückverwiesen, bis eines Tages ihre Daten vom Computer verschluckt und nicht mehr ausgespuckt wurden. Lotti setzte Anzeigen in die Zeitungen, die zum Teil monatelang liefen, bevor sie es aufgab. Das Einzige, was ihr noch blieb, waren die Schulhöfe. Sie lungerte in der Nähe der Oberstufenschulen und Gymnasien herum, bis sie in ihrem Morgenrock allmählich auffiel und schließlich von der

Polizei vertrieben wurde. Aufgrund ihrer Vergangenheit wäre es beinahe zu einer Verhandlung gekommen, aber niemand mochte Klage einreichen. War es nicht ein wenig lächerlich, anzunehmen, dass diese winzige, vorzeitig gealterte Frau in ihren rutschigen Pantöffelchen diesen lauten und gesunden jungen Leuten etwas antun könne? Allenfalls bot sie einen irritierenden Anblick. Aber das war nicht verboten.

Man ließ es bei einer Verwarnung bewenden. Lotti gönnte sich nur verstohlene Blicke im Vorübergehen, bis sie annehmen musste, dass Veronica unterdessen die Schule abgeschlossen hatte und erwachsen geworden war. Sie hätte nun natürlich vor der Universität Stellung beziehen können, aber sie tat es nicht. Sie glaubte eigentlich nicht, dass sie ihre Tochter noch einmal sehen würde.

«Ich halte das nicht mehr aus. Frauen! Frauen! Frauen!»

Held strich sich nervös über die Jackettärmel, wie um lästige Fusseln abzustreifen. «Alle wollen sie etwas von mir: dass ich ihre Suppe esse, über ihr Haar streiche, ihre Probleme löse, mit ihnen schlafe. Nie sind sie zufrieden, nie haben sie genug. Sie zerren an mir, sie quengeln, sie stampfen mit den Füßen. Sie wollen immer mehr, immer mehr, immer mehr. Wenn das so weitergeht, ist bald nichts mehr übrig von mir!»

«Oje», sagte Lotti. So sieht er das also. Ich hätte nun eher gedacht, es sei umgekehrt. Held seufzte tief.

«Ich muss hier raus», sagte er, «das verstehen Sie doch.»

«Aber ja.»

«Ich fahre für ein paar Tage weg. Ein alter Freund hat mich angerufen. Hab ihn lange nicht mehr gesehen. Er ist selber frisch geschieden, müssen Sie wissen.»

«Dann haben Sie sich bestimmt viel zu erzählen.»

«Wir werden uns ein Fußballspiel anschauen. Wie in alten Zeiten.» Er entspannte sich ein bisschen. «Bratwürste! Bier! Geschrei! Schweiß! Rundes Leder! Keine Frau weit und breit!»

«Schon gut», sagte Lotti, «ich verstehe schon. Die Kinder können bei mir bleiben.»

Er wurde wieder ernst. «Versprechen Sie mir, dass Sie sie zur Schule bringen und wieder abholen. Ich würde es nicht ertragen, wenn ihnen etwas passieren würde. Vielleicht sollte ich besser doch nicht wegfahren …»

«Machen Sie das nur», sagte Lotti, «das tut Ihnen bestimmt gut.»

«Ja.» Er seufzte wieder. «Ich bin nicht mehr ich selbst. Seit ich hier wohne … Ich habe eine Weile gebraucht, um mir darüber klarzuwerden. Ich bin ein Sklave geworden, ein Sklave des Alltags und der Frauen.»

Interessant, dachte Lotti.

«Mein Leben gehört nicht mehr mir. Ich bin kein freier Mensch mehr. Sie machen sich keine Vorstellung!» Na, na. «Früher stand ich morgens um sieben auf und machte meine fünfzig Liegestütze, dann frühstückte ich in aller Ruhe und las die Zeitung, bevor ich zur Arbeit fuhr. Ich las die Zeitung! Beim Frühstück! Wenn Sie mich fragen, was ich am meisten vermisse, dann ist es wohl das: die Zeitung lesen, einen Kaffee trinken, in aller Ruhe und ungestört. Das zeichnet einen freien Mann aus.»

Das hieß nichts anderes, als dass seine Frau die Kinder ruhig hielt, damit sie ihn nicht störten. Wie sonst konnte jemand mit zwei kleinen Kindern am Tisch in Ruhe Zeitung lesen?

«Heute stehe ich um sechs Uhr auf, mach das Frühstück, wecke die Kinder, sie jammern, sie sind noch müde. Am liebsten würde ich sie schlafen lassen, aber das geht ja nicht. Selbst wenn die Schule an diesem Tag erst um zehn beginnt, muss ich um acht im Büro sein, das heißt, sie müssen auch aufstehen. Ich helfe ihnen, ihre Siebensachen zusammenzusuchen, Laura braucht ihr Trikot für die Ballettstunde, und Sebastian muss vierzehn Bilder von verschiedenen Tieren aus Illustrierten ausschneiden. Natürlich hat er keine Zeit mehr, die Zeitschriften von dieser Woche sind schon im Altpapier, und ich schreie ihn an, warum er mir das nicht früher gesagt hat. Wenn er Glück hat, kann er das bei Ihnen noch erledigen. Sie müssen sich noch fertig anziehen, Zähne putzen, Haare kämmen, Hände waschen, es ist schon halb acht, ich muss ins Büro, das Geschirr lasse ich stehen, das finde ich dann abends noch genauso vor, aber egal. Ich treibe die Kinder vor mir her aus dem Haus und bringe sie zu Ihnen, kaum noch Zeit, sie zu küssen, dann rase ich zur Arbeit. Auf halbem Weg merke ich, dass ich etwas vergessen habe, keine Zeit mehr, es muss halt so gehen. Mein Magen knurrt in der Konferenz um acht, weil ich nicht gefrühstückt habe. Die Kollegen tauschen halb mitleidige, halb entnervte Blicke. Ich ziehe mir einen Schokoladenriegel aus dem Automaten und schmiere die Hälfte über mein Hemd, das macht es auch nicht besser. Wenn ich nur in die Nähe des Kaffeeautomaten komme, verstummen die Gespräche. Erwartungsvoll und etwas verlegen lächeln die Kollegen mir zu, sie würden ja gern etwas Aufmunterndes sagen, aber es fällt ihnen nichts ein. Wenn ich Pech habe, haut mir der eine oder andere gar auf die Schulter. Sie nehmen mich nicht mehr ernst. Das kommt davon, dass ich nie Zeit habe, einen mit ihnen trinken zu gehen, schließlich muss ich noch einkaufen, bevor ich die Kinder abhole. Das verstehen die natürlich nicht, abgesehen davon, dass ich gar nicht mehr mitreden könnte – ich lese keine

Zeitung mehr, gehe nicht mehr aus, habe den Film nicht gesehen und die Ausstellung schon gar nicht. Ich könnte ihnen höchstens erzählen, dass Laura die Hauptrolle im Kinderballett bekommen hat oder dass Sebastians Vortrag über Indianer in der Schulzeitung abgedruckt wird. Oder was ich gestern im Fernsehen gesehen habe – wenn ich mich überhaupt noch daran erinnern kann. Meistens schlafe ich vor dem Kasten ein, weil ich einfach erledigt bin.

Aber wen interessiert das schon! Die Einzigen, die sich noch mit mir abgeben, sind Frauen, die selber Kinder haben. Sie wissen, was ich durchmache, sie verstehen mich. Schlimmer noch, sie wollen mir helfen. Dauernd laden sie mich ein, mit ihnen zu essen, Ausflüge zu unternehmen, Drachen steigen zu lassen. Sie bieten mir an, meine Kinder zu hüten oder in der Mittagspause für mich mit einzukaufen. Als ob sie nicht selber schon genug am Hals hätten! Sie können sich einfach nicht vorstellen, dass ein Mann Tag für Tag dasselbe leistet wie sie. Bisher haben sie wohl angenommen, dass sei eine genetische Unmöglichkeit. Und hier komme ich und beweise ihnen das Gegenteil. Das können sie doch nicht auf sich sitzen lassen! Sie geben nicht nach, bevor sie nicht einen Punkt gefunden haben, der mich überfordert. Aber ich schaffe es, auch wenn es nicht einfach ist, ich schaffe es. Das Letzte, was ich brauchen kann, sind noch mehr Frauen, die um mich herumschwirren.»

Seine Stimme wurde immer lauter.

«Sie sollten sie sehen! Ihre Blicke! Wenn ich vorbeigehe, lecken sie sich die Lippen, ihre Finger zucken, der Jagdtrieb überkommt sie. Am liebsten würden sie mich verschlingen mit Haut und Haar!» Erschöpft hielt er inne.

«Ganz so schlimm wird es wohl nicht sein», sagte Lotti

beruhigend. Sie lehnte sich zurück. Ein Sklave der Frauen. So hatte sie das noch nie gesehen. Sie lächelte.

«Aber was noch nicht ist, kann ja noch werden.»

Die Jungen hatten die Fischstäbchen kaum angerührt. Sie schauten auf die Uhr. Halb neun. Der kleinere sank halb vom Stuhl vor Müdigkeit. Sie fing ihn auf und legte seinen Kopf in ihren Schoß. Zehn Minuten wollte sie ihm noch geben, dachte sie. Aber sie wusste schon, dass er nicht kommen würde. Der größere Junge hielt die Arme verschränkt. Er schob die Unterlippe vor. Jeden Moment würde er anfangen zu weinen. Sie konnte es ihm nicht verdenken. Neun Uhr.

«Kommt», sagte sie, «ich bringe euch nach Hause.» Der Junge schüttelte den Kopf.

«Ich warte auf meinen Papa.»

«Dein Papa hat doch gesagt, es könnte spät werden. Ihr zwei müsst jetzt schlafen. Morgen geht ihr wieder in den Kindergarten.»

«Ich geh nicht ohne meinen Papa!»

Lotti steckte sich ein kaltes Fischstäbchen in den Mund, um Zeit zu gewinnen. «Aber dein Bruder ist müde», sagte sie, «schau mal, er ist schon eingeschlafen. Er gehört ins Bett.»

«Er will nichts anderes als ich!»

Zweites Fischstäbchen mit Ketchup. Sie leckte sich die Finger ab. «Die Mama wartet doch bestimmt schon auf euch!»

Jetzt gab der Junge seine Haltung auf und fing an zu weinen.

«Sie ist gar nicht da», heulte er, «ich hab sie heute Morgen überhaupt nicht gesehen! Der Papa hat das Frühstück gemacht, und alles ist angebrannt, und dann hat er uns gehauen, dabei haben wir gar nichts gemacht, und er hat gesagt, wenn wir was sagen, dann haut er uns windelweich!»

Erschrocken hielt er inne und hielt sich die Hand vor den Mund. Er schaute zu Lotti hinüber. Sie war aufgestanden und hatte sich den Kleinen über die Schulter gelegt. Er war schwer.

«Hilf mir», sagte sie, «halt die Tür auf.»

Die Wohnung war nicht verschlossen. Vorsichtig trat sie ein und rief leise nach Marion. Sie zündete überall die Lichter an. Beide Jungen weinten jetzt haltlos. Lotti lief durch die drei peinlich aufgeräumten Zimmer, in denen sich niemand verstecken konnte. Trotzdem riss sie sämtliche Schränke und Türen auf und schaute sogar unter die Betten. Die Wohnung war tadellos sauber. Bis in die hintersten Ritzen und Winkel. Und leer.

«Wo ist das Baby?», rief Lotti.

Das Baby!

Nirgends war das Baby. Sie gab die Suche auf. Packte ein paar Sachen zusammen und nahm die Jungen wieder mit in ihre eigene Wohnung. Zu dritt legten sie sich in das große Bett. Sie wartete, bis die Jungen endlich eingeschlafen waren. Dann stand sie auf und schenkte sich einen Sherry ein. Sie setzte sich in den Schaukelstuhl und trank und lauschte auf die schweren Atemzüge der beiden Kinder.

Es läutete Sturm. Nach Mitternacht. Lotti schreckte hoch. Sie öffnete die Tür. Rosa stand draußen. Ihr Gesicht leuchtete.

«Er ist's!», schrie sie triumphierend und streckte ihr den Babykorb entgegen.

«Gottes Sohn!»

19

Liebe Frau Donata

ich fürchte, ich werde verrückt. Ich meine richtig verrückt. Ständig schaue ich misstrauisch in den Spiegel, ob nicht etwa meine Augen verdächtig glänzen, meine Haare vom Kopf abstehen oder sich schon Schaum vor meinem Mund gebildet hat. Es würde mich nicht wundern, wenn es so wäre. Würde ich es überhaupt noch merken? Ich meine, wenn ich wirklich verrückt wäre. Ich kontrolliere meine Kleidung dreimal, kämme meine Haare ununterbrochen mit einem winzigen Kamm, den ich immer griffbereit in meiner Schürzentasche habe, und wasche mich an jedem Wasserhahn, an dem ich vorbeikomme. Ich weiß, es ist dumm, aber so kann ich wenigstens sicher sein, dass alles in Ordnung ist. Ich putze ununterbrochen, für den Fall, dass Besuch kommt. Nicht, dass das noch oft der Fall wäre. Es ist genau so, wie ich es mir gedacht habe: Die andern haben mich verstoßen. Ich gehöre nicht mehr zu ihnen. Sie grüßen mich nicht einmal mehr, wenn sie mir im Supermarkt begegnen. Ich habe mir einen Plan gemacht, nach dem ich nur noch jeden dritten Tag einkaufen gehen muss. Das einzige Problem ist das Brot. Zwei Tage reicht es, am dritten essen wir Knäckebrot. Das passt dem Ernst nun wieder gar nicht. «Du mit deinem Diätwahn!», schreit er. Wenn das nicht ungerecht ist, Frau Donata, Sie wissen ja, wie sehr er mich immer gequält hat wegen meiner Figur. Nun bin ich in kürzester Zeit dünner geworden, als ich je gewesen bin. Das Problem ist allerdings dasselbe geblieben: Ich habe nichts anzuziehen. Nichts, was mir passt, meine ich. So trage ich dieselben Kittel wie immer. Es kommt gar nicht darauf an. Ich nehme an, ich esse nicht richtig.

Meistens kann ich mich nicht einmal erinnern, was ich gekocht habe. Ich stehe vor der Spüle und schaue die leeren Teller an und versuche, an den Schlieren und Resten zu erkennen, was es gewesen ist. Ich drehe die Teller unter dem Licht und versuche mich zu erinnern. Ich muss mir Zettel machen, jeden Handgriff notieren. Es geht nicht anders. Ich muss den Überblick bewahren, sonst werde ich verrückt. Ich habe einen Plan für jeden Tag. Zum Beispiel heute:

MITTWOCH

5.00 das Baby bekommt die erste Flasche
6.30 aufstehen
6.35 im Bad eine Zigarette rauchen
6.40 kämmen, Morgenrock anziehen
6.45 Frühstück vorbereiten
7.00 frühstücken mit Ernst
7.15 das Baby wickeln, anziehen, füttern
7.40 Kinder wecken, Ernst geht, Frühstück mit den Buben
8.10 Märchenkassette abspielen, abwaschen, aufräumen
8.30 Kinder anziehen, Zähne putzen, Hände waschen. Mich selber fertig machen.
8.45 Baby einpacken, Kinder zum Kindergarten bringen
9.10 einkaufen
9.30 zu Hause eine Zigarette rauchen, Einkäufe in den Schränken verstauen. Das Baby schläft.

9.40 alle Zimmer saugen, Betten machen, Staub wischen

10.40 eine Zigarette rauchen. Waschen, kämmen, Zähne putzen.

10.50 Baby einpacken, Kinder im Kindergarten abholen.

11.10 zu Hause. Baby wickeln, füttern, Mittagessen vorbereiten, die Kinder malen am Küchentisch und erzählen etwas. Evtl. wieder Märchenkassette (um in Ruhe kochen zu können)

12.00 Mittagessen

12.30 Kinder in ihr Zimmer schicken. Abwaschen, auf die Geräusche achten.

13.00 mit den Kindern Zähne putzen, Hände waschen. Sie zum Mittagsschlaf hinlegen. Geschichte erzählen.

13.30 Zigarette rauchen

13.45 Küche gründlich putzen

14.15 duschen, Haare waschen und auf Wickler eindrehen

14.40 Bad putzen, saubere Kleider anziehen

15.00 die Kinder wecken. Butterbrote und Milch. Baby wickeln, füttern, alle anziehen und bereitmachen. Dann auf den Spielplatz gehen bis

17.00 nach Hause, den Kindern einen Imbiss bereitmachen

17.30 aufräumen und Abendessen vorbereiten, während die Kinder fernsehen

18.00 Ernst kommt nach Hause. Spielt mit den Kindern. Ich wickle das Baby, gebe ihm die Flasche, räume auf und decke den Tisch.

18.30 Ernst sieht fern, während ich die Kinder bade

19.00 das vorbereitete Essen fertigkochen. Die Kinder sind im Bett, schlafen aber noch nicht.

19.30 Ernst sagt den Kindern «gute Nacht», wir essen zusammen

20.10 Ernst sieht fern, ich wasche ab

20.30 rauche heimlich eine Zigarette auf dem Küchenbalkon

21.00 Ernst ruft nach mir. Ich setze mich ins Wohnzimmer, möglichst weit von ihm entfernt, und lege die Wäsche zusammen oder sonst etwas.

22.00 Ernst geht zu Bett. Ich trödle herum, bis ich an seinem Atem höre, dass er eingeschlafen ist. Setze mich in die Küche, rauche noch eine Zigarette, bereite den Plan für den nächsten Tag vor.

23.00 Letzte Flasche. Waschen, Zähne putzen, ins Bett.

Ich weiß schon, was Sie jetzt denken. Ja, ich habe angefangen zu rauchen. Ich weiß, es ist ungesund, unappetitlich und in einem Haushalt mit kleinen Kindern ganz verboten. Aber irgendetwas muss ich schließlich auch vom Leben haben. Oder etwa nicht? Wenn ich morgens um sechs auf dem Toilettendeckel sitze und die erste Zigarette rauche, die Lüftung voll aufgedreht, damit er es nicht riecht nachher, dann fühle ich mich gewaltig frei und ungezogen.

Sie haben recht. Wahrscheinlich bin ich wirklich verrückt.

Liebe Frau Donata,

es wird über mich geredet in der Siedlung. Im Supermarkt, überall. Heute, als ich zum Einkaufen ging, konnte ich regelrecht hören, wie die Gespräche verstummten, als ich hereinkam. Es war schlagartig still. Meine Freundinnen wichen mir aus, zogen sich hinter die Regale zurück und duckten sich hinter den Sonderangeboten. Nur, damit sie mich nicht anschauen und mir nicht guten Tag sagen mussten. Ich tat so, als ob nichts wäre, schob den riesigen Kinderwagen vor mir her und legte die Einkäufe unten ins Gitter. Der Kinderwagen ist so alt und breit und unbeweglich, dass ich nicht an alles herankomme. Normalerweise frage ich einfach die nächstbeste Kundin, ob sie mir dies oder das herunterreicht, das ist kein Problem, wir kennen uns ja alle. Aber heute traute ich mich nicht, ich ging meine Liste durch und versuchte, die Sachen, an die ich nicht herankam (Senf, Weißmehl, Linsen, Duschlotion), durch andere, leichter erreichbare Dinge aus den unteren Regalen zu ersetzen. Ich versuchte, so gut es ging, mir im Vorbeigehen zu merken, wie die Lebensmittel angeordnet waren, sodass ich das bei meinem nächsten Einkaufszettel berücksichtigen konnte. Das ist nicht so einfach, aber ich habe zum Glück ein gutes Gedächtnis für solche Dinge.

An der Kasse war ich ganz allein. Seltsam. Wie lange kann man sich schon in einem Supermarkt aufhalten? Natürlich warteten sie nur darauf, dass ich endlich ging, sodass sie sich das Maul zerreißen konnten. Gerade als ich das dachte, fing Michael an zu weinen. Ausgerechnet! Dabei hatte er doch eben erst seine Flasche gehabt! Er schreit nur selten in der Öffentlichkeit. Ich achte darauf, dass er immer gewickelt und gefüttert ist. Aber auch zu Hause weiß ich nie so recht, wie ich reagieren soll. Sein Schreien ist so durchdringend und fordernd. Ganz anders als bei den Großen, jedenfalls erinnere ich mich nicht daran. Es hat etwas Empörtes, er schreit sich eine Ungerechtigkeit aus dem Leib. Etwas, das nicht mit einem Fläschchen behoben werden kann. Trotzdem ist es immer das Einzige, das mir einfällt, und ich hoffe einfach, dass es wirkt. Ich hebe ihn aus seinem Körbchen, nehme ihn ungeschickt in den Arm und stopfe ihm den Gummisauger in den Mund. Während er trinkt, schaut er mich unverwandt an, er schaut mitten durch mich hindurch, könnte ich schwören. Er sieht alles. Wenn die Flasche leer ist, gibt es immer einen Moment der Panik: Was mache ich, wenn er nun einfach weiterschreit? Das tut er aber selten. Meist gibt er nach einem Moment die Flasche her, und ganz unvermittelt fallen ihm die Augen zu. Dann habe ich wieder ein, zwei Stunden Ruhe. Manchmal aber schreit er immer weiter und weiter und schaut mich dabei an, als müsste ich doch wissen, was er braucht, aber ich komme und komme nicht darauf. Natürlich sollte ich es wissen, ich bin ja seine Mutter. Ich wechsle seine Windeln, auch wenn sie trocken sind, ich schaukle ihn hektisch, ich drücke ihn an meine Brust, ich versuche wieder und wieder, ihm den Gummisauger der Flasche zwischen die Kiefer zu rammen, bis er schließlich aufgibt und ihn nimmt.

Ausgerechnet jetzt fing er an zu schreien, mitten im Supermarkt. Ich gab ihm den Schnuller, er spuckte ihn aus, ich rüttelte hektisch am Bügel, der Kinderwagen schaukelte wie ein Schiff im Sturm, ich begann, meine Einkäufe auf das Förderband zu legen, dann versuchte ich es noch einmal mit dem Schnuller, und die ganze Zeit lächelte ich Rosa zu, der Kassiererin, so als ob ich das alles ganz gelassen nehmen würde. «Er zahnt», sagte ich entschuldigend. Sie sah mich ganz erstaunt an, natürlich ist es viel zu früh für Zähne, und so einfach ist es sowieso nicht. Mit der Ausrede hatte ich alles noch schlimmer gemacht, jetzt dachte sie wirklich, es sei etwas nicht in Ordnung, sie dachte, ich benähme mich recht eigenartig, ich sah es ihr an. Ich rüttelte immer heftiger an dem Kinderwagen. Sei still sei still sei still, dachte ich und versuchte immer noch, das Lächeln beizubehalten, und dann wurde die Stimme in meinem Kopf zu laut, ich riss den Mund weit auf und ließ sie heraus: SEI STILL!!! Vor Schreck verstummte das

Baby und alle anderen auch, die sich noch im Laden aufhielten. So. Jetzt hatten sie wenigstens etwas, worüber sie reden konnten! Rosa seufzte voller Mitgefühl und drückte mir eine Broschüre von ihrer Sekte in die Hand. Das hat sie sich bei unsereinem noch nie getraut. So tief bin ich also gesunken.

Jetzt weiß ich es wenigstens genau.

Liebe Frau Donata,

ich weiß nicht, wie Sie zu Sekten stehen, wahrscheinlich sind Sie dagegen, und ich eigentlich auch, aber was in dieser Broschüre steht, scheint doch recht einleuchtend. Irgendwie spricht es mich an. DIE UNTERIRDISCHEN BRÜDER (UND SCHWESTERN) nennen sie sich, und sie richten sich nach den Worten eines Engels, der Rosa regelmäßig erscheint. Er gibt ganz brauchbare Tipps zur Bewältigung des Alltags, ganz handfeste Dinge, nichts Verschwommenes, das eh niemand versteht. Rosa sagt, das kommt daher, dass der Engel noch nicht lange auf der Erde weilt und alles mit ganz neuen Augen sieht. Er weiß ja, dass er nicht zurückkann, jedenfalls nicht in den nächsten hunderttausend Jahren, deshalb muss er sich hier zurechtfinden. Er sieht die Dinge anders als wir, was eigentlich nur natürlich ist, und findet manchmal ganz einfache Lösungen für Probleme, die uns unüberwindlich scheinen. Ich frage mich direkt, ob ich nicht einmal zu so einer Messe gehen soll, sie finden bei uns unten im Keller statt, und Rosa verkündet, was der Engel zu ihr gesagt hat. Der Engel hat den irdischen Namen Jeremy angenommen, was ich ganz reizend finde. Es soll noch mehr Leute geben, die ihn gesehen haben, ihre Aussagen sind in dem Prospekt abgedruckt. Er ist wie eine kleine Zeitung aufgemacht, auf rosa Papier (natürlich), und heißt JEREMYS

WORT UND MEINUNG. Zum Beispiel sagt er: Kopfschmerzen sind nichts anderes als ein Zeichen dafür, dass ein kleiner Mann in unserem Kopf sitzt und nicht hinauskann. Deshalb hämmert er an die Schädelwände. Dieser kleine Mann kann durchaus ein Bote Gottes sein, deshalb ist es wichtig, dass man ihm nichts tut. Kopfschmerztabletten können ihn verletzen oder gar töten. Das sieht Gott nicht gern. Besser ist, ihn zu beruhigen, indem man alle Lichter löscht und die Stimmen dämpft. Gut ist auch, sich einen nassen Lappen über die Augen zu legen, um jede Ablenkung auszuschließen und die Ritzen zu dichten. Es ist wichtig, dem Mann zuzuhören. Wenn er gesagt hat, was er zu sagen hat, verschwindet er von selber. Oder: Wenn man nicht aufpasst und in eine Pfütze tritt, wird ein Fuß nass. Gut wäre es nun, noch eine Pfütze zu finden, in die man mit dem anderen Fuß treten kann, sodass ein gleichseitiges Gefühl der Nässe entsteht. Man wird aber feststellen, dass man kaum je eine Pfütze findet, wenn man eine sucht. Absichtlich in eine Pfütze zu treten ist etwas, das nur Kinder fertigbringen. Dies gehört zu den unzähligen Mysterien, die Gott erfunden hat, um uns zu denken zu geben.

Das ist nicht unbedingt praktisch, aber interessant. Ich könnte stundenlang bei Regen durch die Straßen gehen und auf die Pfützen achten. Ich frage mich, ob sich die unterirdischen Brüder (und Schwestern) daran erkennen, dass sie mit gesenktem Blick durch den Regen gehen. Natürlich macht das auch keinen besonders guten Eindruck. Das mit dem Kopfwehmännchen hingegen funktioniert. Ich habe jeden Tag Kopfweh, seit ich erwachsen bin. Seit ich meine Regel habe, meine ich, aber das ist ja wohl dasselbe. Normalerweise nehme ich ein, zwei Aspirin dagegen. Aber heute habe ich mich im Badezimmer eingeschlossen und dunkel gemacht, und dann habe ich ganz deutlich die Stimme gehört. Leider konnte ich sie nicht verstehen. Trotzdem habe ich gesagt, ja, du hast recht, ich verstehe dich, du hast ja recht. Das war wohl gelogen, aber es hat funktioniert. Keine Kopfschmerzen mehr. Bis die Kinder an der Türfalle rüttelten und weinten und riefen: «Mama, was machst du denn, Mama, mit wem redest du, Mama, komm wieder raus!» Außerdem hat Jeremy erklärt, dass die Stimme Gottes auch über den Fernseher zu hören ist. Das habe ich gleich ausprobiert, aber es ist nicht einfach, es erfordert einige Übung. Ich habe den ganzen Nachmittag dazu gebraucht und die Zeit darüber vollkommen vergessen. Irgendwann hat das Telefon geklingelt, es war die Kindergärtnerin. Ich hatte vergessen, die Buben abzuholen, und es war schon spät, sie konnte nicht mehr warten. Ich wusste überhaupt nicht, was ich sagen sollte. Ich glaube, sie merkte, wie verwirrt ich war, und bot mir an, sie rasch nach Hause zu bringen, es war ja nur um die Ecke.

Die Buben hatten ganz verweinte Gesichter. Der größere weigerte sich, mit mir zu sprechen. Er lief ins Kinderzimmer und schlug die Türe hinter sich zu. Die Kindergärtnerin erklärte mir, dass die anderen Kinder sie ausgelacht haben, weil sie nicht alleine nach Hause gehen konnten. Was die anderen Frauen gedacht haben, kann ich nur ahnen. Sie können sich vorstellen, wie Ernst darauf reagiert hat, vor allem, weil das Essen ja auch nicht fertig und überhaupt nichts erledigt war. Windelweich geprügelt hat er mich, und am Schluss hat er gesagt, er würde mich einliefern lassen. Ich würde nicht mehr richtig für die Kinder sorgen, und er müsse sie vor mir schützen. Das Schlimmste daran ist, dass er wahrscheinlich recht hat. Beim Kochen habe ich mir die Tränen verbissen, weil ich wusste, dass er mich beobachtet, und beim geringsten Anzeichen von Wahnsinn greift er zum Telefon und lässt mich einweisen.

Kann er das überhaupt?

Liebe Frau Donata,

mein Entschluss ist gefasst. Ich muss weg. Ich laufe davon. Bevor sie mich einsperren. Ich muss weg, bevor ich wirklich verrückt werde. Die ganze Zeit denke ich darüber nach, was er gesagt hat, wegen der Kinder. Dass ich nicht richtig für die Kinder sorge. Vor allem für das Baby nicht. Ich habe dem Baby ein Zäpfchen gegeben, damit es nicht weint. Es hat den ganzen Tag geschlafen, nicht einmal ist es aufgewacht, kein einziges Fläschchen hat es getrunken und sich nicht einmal umgedreht. Ich dachte, es sei tot. Und ich war beinahe erleichtert. Es ist weg, und mein Leben ist wieder wie vorher. Das dachte ich aber nur den Bruchteil einer Sekunde lang, dann bekam ich es mit der Angst, und ich merkte, dass ich nicht will, dass dem Baby wirklich etwas zustößt. Das Problem ist nur, dass ich nicht garantieren kann, dass ihm in meiner Obhut nichts passiert. Ich packe meine Sachen. Methodisch. Ein Stück nach dem anderen deponiere ich im Fahrradkeller. Nur wenige Sachen, damit es nicht auffällt. Ich pumpe mein altes Fahrrad auf, das ich seit Jahren nicht mehr benutzt habe. Ich nehme das Fahrrad und radle gegen den Wind. Ich fahre zu meiner Schwester. Johanna ist jünger als ich, aber sie hat mich immer beschützt. Meine Mutter mag mich nicht, weil ich hässlich bin.

Johanna ist nicht hässlich. Im Gegenteil, sie ist wunderschön. Von Anfang an war sie das. Was für eine Erleichterung für meine Mutter! Dich kann man wenigstens gebrauchen, sagte sie immer zu mir, das hieß, dass ich im

Haushalt helfen musste, während Johanna ins Ballett geschickt wurde. Johanna war die, die einen reichen Mann heiraten sollte. Aber sie hat es anders gemacht. Johanna hat sich die Haare abgeschnitten und grün gefärbt, hat sich Sicherheitsnadeln ins Gesicht gesteckt, das war vor fünfzehn Jahren, bei uns in der Vorstadt gab es das nicht, nur in den Zeitschriften konnte man so etwas sehen. Johanna war klein und zierlich, aber sie hatte harte Muskeln, und wenn mich jemand verprügeln wollte, nahm sie ihn dran. Ich wurde oft verprügelt auf dem Schulweg, weil ich dick war und ungeschickt und nicht schnell genug rennen konnte. Irgendwie schien ich immer über meine eigenen Füße zu stolpern. Das lag daran, dass ich kurzsichtig war. Johanna hat es als Einzige gemerkt und dafür gesorgt, dass ich eine Brille bekam. Was mein Äußeres nicht gerade verbesserte, aber immerhin konnte ich sehen, wo ich hinlief. Einmal haben mich zwei Jungen aus einer unteren Klasse zusammengeschlagen und in eine Garage gesperrt. Sie zündeten einen Lappen an und legten ihn vor die Türe. Der Rauch kräuselte sich in dem Lichtstreifen unter der Tür. Ich hatte Angst. Nach zwei Stunden konnte ich mich erst befreien. Ich kam zu spät zum Mittagessen, und meine Mutter war wütend. Als ich ihr erzählt hatte, was passiert war, wurde sie noch wütender. Sie war genauso wütend auf mich wie auf die beiden Jungen, weil ich mich nicht wehren konnte, weil ich immer in solche Situationen geriet, weil ich nicht beliebt war. Weil sie die Sache wieder in Ordnung bringen musste.

Dabei betete ich heimlich, sie würde es nicht tun. Nach dem Essen ging sie mit mir zu dem einen Jungen nach Hause. Sie wollte mit seiner Mutter sprechen, aber die war nicht da. Behauptete der Junge jedenfalls. Ich hatte den ganzen Weg gejammert und mich gegen ihre Hand gestemmt. Nichts war schlimmer, als wenn meine Mutter sich einmischte. Sie hatte eine schrille, laute Stimme und große Füße in Schnürschuhen, und die anderen Kinder kicherten schon, wenn sie sie von weitem sahen. Meine Mutter schimpfte auf sie ein, bis sie davonrannten, und später ließen sie es dann an mir aus. Aber das konnte ich ihr ja nicht sagen. «Selber schuld, wenn sie sich von einem Kleineren verprügeln lässt», sagte der Junge frech, «die ist doch zwei Jahre älter als wir!» Darauf wusste meine Mutter auch nichts mehr zu sagen. Wahrscheinlich gab sie dem Jungen innerlich recht. Ich zerrte an ihrer Hand, bitte, können wir jetzt gehen. Am nächsten Morgen lauerte Johanna dem Jungen auf. Sie verdrehte ihm den Arm und band ihn an einen Baum gleich am Schulweg, wo all die anderen Kinder vorbeikommen mussten, sie zog ihm die Hosen aus und ließ ihn stehen, weinend vor Wut und Scham.

Von da an haben sie mich eine Zeitlang in Ruhe gelassen. Johanna hat immer auf mich aufgepasst. Johanna war beliebt. Alle Mädchen wollten mit ihr befreundet sein, und die Jungen warfen ihr kleingefaltete Briefchen zu. Sogar die Jungen in meiner Klasse interessierten sich für sie, obwohl sie theoretisch zu den «Kleinen» zählte. Sie fragten mich, welche Musik sie gerne hörte, und solche Sachen. Johanna sorgte dafür, dass ich nicht allein blieb. Sie tanzte nur mit Jungen, wenn sie auch einmal mit mir tanzten. Ich sah von meinem Platz aus, dass sie das Gesicht verzogen und fragten, ob das denn wirklich sein musste. «Es muss sein», sagte Johanna, und am liebsten hätte ich mich versteckt. Andererseits wäre ich sonst den ganzen Abend sitzen geblieben, also tanzte ich. Oft genug war es so, weil, wir waren einundzwanzig in der Klasse, zehn Jungen und elf Mädchen, und eine blieb halt übrig, nun raten Sie einmal, welche! Solange meine Schwester in der Nähe war, konnte mir nichts passieren. Aber kaum war sie dreizehn, vierzehn, schnitt sie sich die Haare mit der Nagelschere ab und färbte sie grün, sie trug schwere Stiefel und eine Art Schottenschürze über dem Po.

Nachdem Papa sie einmal zu oft verprügelt hatte, lief sie weg. Sie lebte in einem besetzten Haus mit lauter Mädchen, die so ähnlich aussahen wie sie. Später reiste sie zusammen mit ihrem Schulfreund Walter nach Holland, und dort heirateten sie, aber nicht einander, wie alle erwartet hätten, sondern über Kreuz ein holländisches Geschwisterpaar, das sie auf ihrer Reise kennengelernt hatten. So wurden sie alle Holländer. Es gab eine Doppelhochzeit, und ich war als Einzige von der Familie eingeladen. Das Fest fand in einem Landgasthof statt, und als ich nachts zur Toilette musste und die falsche Türe öffnete, fand ich meine Schwester im Bett mit der anderen Braut. Walters Braut. Der teilte das Zimmer mit dem anderen Bräutigam. Ich habe nachgeschaut. Das schien mir recht eigenartig für eine Hochzeitsnacht. Ich brauchte eine ganze Weile, bis ich dahinterkam. Johanna versuchte es mir zu erklären, aber ich konnte es einfach nicht begreifen. «Aber warum denn, du bist doch so hübsch, du warst doch immer schon so hübsch», wiederholte ich, bis sie schließlich die Geduld verlor. Und darum habe ich sie nie mehr gesehen. Weil ich das alles nicht verstanden habe. Darauf kommt es jetzt nicht mehr an. Ich vermisse meine Schwester. Ich brauche sie. Ich küsse meine Söhne. Das Baby übergebe ich den Engeln. Sie werden es beschützen.

Besser, als ich es kann. Meine Schwester lebt in Holland. Da kann man ein Fahrrad gebrauchen.

20

Ausgerechnet Holland!

«Da finden wir sie nie!»

«Und was machen wir jetzt mit den Kindern?»

«Weiß denn niemand, wo ihr Mann ist?»

Natalie, Elma, die kleine Frau Huber, Rosa und zwei ihrer unterirdischen Brüder saßen in Lottis Küche zusammen. Die halbe Nacht hatten sie damit verbracht, Marion zu suchen.

«Also unten ist sie nicht, dafür verbürge ich mich», sagte einer der jungen Männer, die vielleicht nicht sehr vertrauenerweckend aussahen, aber bestimmt von sich behaupten konnten, das Kellergeschoss zu kennen. Schließlich lebten sie da schon seit Monaten.

«Jeremy sagt mir auch nichts», seufzte Rosa. Vergeblich hatte sie den Engel angerufen. Er war ihr nicht erschienen. «Ich weiß nicht, was mit ihm los ist.»

«Er hat doch immerhin das Baby gebracht», wandte der andere Jünger ein. «Du kannst ihm in dieser Sache keinen Vorwurf machen.»

Das Baby. Rosa hatte es in dem Kellerabteil gefunden, in dem sie ihre Versammlungen abhielt. Es hatte fast die ganze Zeit geschlafen. Lotti vermutete, dass es ein Beruhigungsmittel bekommen hatte. Sie hatte das Körbchen in ihr Zimmer gestellt, an das Fußende des Bettes, neben Rocky, der in seinem Kinderwagen schlief. Im Bett schlief Serafina zwischen den beiden Meierhansbuben. Abwechslungsweise hatte eine von ihnen die Kinder und das Telefon bewacht, während die anderen weitersuchten. Rosa hatte die Briefe gefunden. Im Spülkasten der Toilette.

«Wie kommst du nur darauf, da nachzuschauen», fragte Lotti.

«Im Fernsehkrimi finden sie dort immer die versteckte Waffe.»

Frau Huber las ihnen die Briefe vor. Sie konnte ihnen auch sagen, wer Frau Donata war.

«Die Kummerkastentante in der Tageszeitung», seufzte sie, «die haben einmal in der Woche eine Problemseite. Wenn sie doch nur etwas schneller reagiert hätten. Das verstehe ich nicht.»

«Sie hat die Briefe doch gar nicht abgeschickt, Dummkopf», sagte Rosa. «Das ist es ja eben.»

Irgendjemand hatte Kaffee gemacht. Sie tranken ihn schweigend. Ihre Augen brannten, sie starrten vor sich hin, konnten keinen klaren Gedanken mehr fassen, geschweige denn formulieren. Halb acht, es klingelte.

Lotti sprang auf. Held! Den hatte sie ganz vergessen. Sie zog die Küchentür hinter sich zu, als sie in den Flur trat. Es war ja nicht nötig, dass die Frauen ihn sahen. Flüsternd verabschiedete sie den Mann, der ganz leuchtend vor Aufregung in der Tür stand und eine ausgebeulte Sporttasche über der Schulter trug. Die Kinder hatten kleine, neu gekaufte Mickymausrucksäcke dabei.

Held zögerte im letzten Moment: «Es ist doch alles in Ordnung, oder? Möchtet ihr, dass ich hierbleibe? Möchtet ihr nicht, dass ich fortgehe?» Die Kinder schmollten. Der Junge zog mit der Fußspitze Kreise über den Fußboden. Lotti nahm ihn an der Hand.

«Gehen Sie nur», sagte sie zu Held, «wir werden uns hier ein nettes Wochenende machen. Nicht wahr?»

Hauptsache, er geht, bevor die Frauen ihn riechen, dachte sie. Zu spät. Elma öffnete die Küchentür und schaute in den Flur.

«Zeno!», rief sie. «Gut, dass du kommst, es ist etwas Schreckliches passiert, stell dir vor …»

Sie lief auf ihn zu und wollte sich in seine Armbeuge schmiegen. Er wich zurück.

«Schau an, Zeno, der Retter in der Not!»

Er wurde bleich. Natalie schlenderte in den Flur und lehnte sich so aufreizend lässig an die Wand, dass Lotti sich fragte, wie sie das Gleichgewicht halten konnte. Er klammerte sich an den Riemen seiner Sporttasche, als wollte man sie ihm wegnehmen.

«Oh, Herr Held! Bin ich aber froh, dass Sie gekommen sind! Die Sache muss ein Mann in die Hand nehmen!»

Augenklimpernd und händeringend, die kleine Frau Huber. Er schluckte leer. Rosa tauchte im Türrahmen auf, aber bevor sie etwas sagen konnte, hatte Lotti die Hand ausgestreckt und den Mann förmlich von der Türschwelle gestoßen.

«Nun gehen Sie schon», rief sie laut, «Sie werden noch Ihren Zug verpassen!» Zeno verschwand erleichtert. Kein Wort hatte er zu irgendeiner von ihnen gesagt. In der Küche schmollten Claudio und Tom, die beiden jungen Anhänger Jeremys.

«Was soll das heißen, ein Mann muss die Sache in die Hand nehmen, was denkt sie denn, was wir sind, Weiber vielleicht?»

«Frag mich nicht, was die denken, kopflose Hühner, ich meine, die können doch froh sein, dass wir ihnen geholfen haben, oder? Kein Grund, uns zu beleidigen, oder?»

«Alles nur, weil wir lange Haare haben.»

«Aber nein», beruhigte sie Lotti. «Heutzutage haben

sogar Fußballspieler lange Haare! Verstehen Sie doch, die Aufregung, da sagt man schon einmal etwas Dummes.»

Sie schenkte ihnen frischen Kaffee ein. Die jungen Männer brummelten noch ein bisschen, um den Schein zu wahren, und ließen sich dann überreden, zum Frühstück zu bleiben. Rosa lief schnell zum Supermarkt hinüber, beruhigte ihre Kollegin, die bereits den ersten morgendlichen Ansturm allein bewältigt hatte, und füllte rasch einen Karton mit Frischbackbrötchen und Orangensaftkonzentrat.

«Es handelt sich um einen Notfall», rief sie der Kollegin zu, «mehr kann ich im Moment nicht sagen.»

«Ich werde das melden», keifte diese, «genau das werde ich tun, ich werde es melden!»

«Gott sei mit dir!», rief Rosa.

Das wirkte jedes Mal wie eine kalte Dusche.

Lotti zog einen frischen Morgenrock an.

«Ich bringe rasch die Kinder zur Schule», sagte sie. «Alles sollte so normal verlaufen wie möglich.» Vor allem musste sich ihre Wohnung leeren, sonst würde sie die Nerven verlieren.

Sie brachte die Buben in den Kindergarten und die großen Kinder zur Schule. Der Lieferwagen stand auf der anderen Straßenseite. Sie begleitete die Kinder bis zum Tor, egal, was sie sagten, egal, was die anderen Kinder dachten. Als sie zurückkam, war die Frau in den grünen Latzhosen ausgestiegen, sie stand am Gitter und schaute über den Schulhof. Als Lotti auf sie zukam, drehte sie sich um und ging langsam zurück zu ihrem Wagen.

«Sophie!», rief Lotti. «Warten Sie doch!»

Frau Huber hatte sich ein Herz gefasst und bei Meierhans' Firma angerufen. Es dauerte eine Weile, bis man sie richtig weiterverbunden hatte, und dann wollte man ihr nicht einmal Auskunft geben. Erst nachdem sie angefangen hatte zu weinen (sie musste sich nicht einmal verstellen), sagte man ihr, er habe gekündigt. Aber wo er jetzt arbeite, wüssten sie auch nicht. Mit einem nur halb gespielten hysterischen Ausbruch konnte sie der Frau am anderen Ende immerhin noch die Vermutung entlocken, er sei in eine andere Stadt gezogen. Jedenfalls hatte er so etwas angedeutet.

«Ich versteh das nicht», jammerte Frau Huber, «warum sollte er in eine andere Stadt ziehen, und ohne etwas zu sagen!»

Rosa seufzte. «Na, warum wohl. Weil er eine andere hat. Eine andere Frau in einer anderen Stadt.»

Frau Huber wollte es nicht glauben. Ernst Meierhans war so ein ruhiger, beinahe schüchterner Mann. Andererseits, wo die Liebe hinfällt, wächst kein Gras mehr, wie das Sprichwort sagt. Schon fand sie sich halb bereit, ihm zu verzeihen. Wenn es denn wirklich die große Liebe war. Schließlich war auch ein König Edward seinem Schicksal gefolgt. Kein sehr passender Vergleich. Außerdem blieb noch ein Problem. Die Kinder. Was sollte man den Kindern sagen? Sie schliefen in Lottis Bett. Aber auf die Dauer war das keine Lösung. Schweris oder Webers konnten sie nicht ins Vertrauen ziehen. Sie würden sofort die Polizei verständigen, das Jugendamt, die Kirche und die Hausverwaltung.

«Entweder wir sagen ihnen die Wahrheit, oder wir finden mindestens einen von beiden Eltern», sagte Lotti, «und zwar schnell.»

Die anderen sahen sich an. Die Wahrheit? Was sollte

man den Kindern denn sagen? Hört mal zu, eure Eltern haben sich aus dem Staub gemacht, allerdings in verschiedene Richtungen. Zu dumm, dass sie sich nicht besser abgesprochen haben. Wirklich Pech für euch. Nein: Vater auf Dienstreise, Mutter im Krankenhaus. Bald wieder gesund und wieder da und alles gut. Warum also die ganze Aufregung? Ach so, ja, da lag ein Zettel, den wir im ersten Trubel übersehen haben … Nicht sehr überzeugend. Man konnte es den Kindern nicht verdenken, wenn sie Fragen stellten. Umso dringender mussten sie die Eltern finden.

Doch die Kinder stellten keine Fragen. Sie wagten es nicht. Als ob sie ahnten, dass es Dinge gab, die sie lieber nicht wissen würden. Tapfer packten sie ihre Pyjamas und Zahnbürsten und Unterhosen ein. Wohnen würden sie so lange bei Lotti.

«Wo willst du denn all die Kinder unterbringen, du hast doch gar keinen Platz.»

«Ich nehme Sebastian und Laura zu mir», bot Elma an, «ich verstehe sowieso nicht recht, warum Zeno mich nicht gefragt hat. Wo ist er denn überhaupt?»

«Fußballspiel», sagte Lotti, «und die Kinder sind bei ihrer Mutter. Vorläufig bleiben sie auch dort.»

«Der Mutter! Du meinst doch nicht etwa Sophie?»

«Nach allem, was sie ihm angetan hat?»

«Diese Quadratschnepfe!»

«Immer ruhig!» Lotti brach die Diskussion ab. «Nichts ist schließlich so, wie es aussieht!»

Da hatte sie allerdings recht.

«Ich hatte auch einmal eine Tochter», sagte Lotti verträumt, «sie hieß Sophie, genau wie Sie.»

«Was ist mit ihr passiert? Ist sie gestorben?»

«Ich weiß es nicht. Ich habe sie seit fünfunddreißig Jahren nicht gesehen.»

Sophie stand auf und ging zum Fenster. Im Garten wühlten die Kinder in der kalten braunen Erde. Sie hatte ihnen kleine Beete angelegt, die sie jetzt bepflanzten.

«Wie alt sind Sie eigentlich?», fragte Lotti.

«Zweiunddreißig.»

«Der Altersunterschied zwischen uns ist nämlich gar nicht so groß, wie die Leute immer meinen», mischte sich Matthias, der Theologiestudent, ein, «es ist nur, dass du eben älter wirkst, als du bist.»

«Herzlichen Dank.»

«Wegen der Kinder meine ich, reifer, meine ich eben.»

Zweiunddreißig, dann konnte sie also nicht Lottis Tochter sein. Die wäre heute vierzig, und außerdem hieß sie Veronica. Lotti musste sich abgewöhnen, jede jüngere Frau, die ihren Weg kreuzte, zu ihrer Tochter zu machen.

«Was war denn nun mit Ihrer Tochter?», fragte Sophie. Eine direkte Frage. Lotti schätzte das. Jedenfalls glaubte sie das. Es war etwas anderes als das übliche betretene Schweigen und Zur-Seite-Schauen. Aber es verwirrte sie auch. In ihrem Kopf setzte ein Summen ein. Sie wusste plötzlich nicht mehr, was sie sagen sollte, was wirklich passiert war.

«Man hat sie mir weggenommen. Es war meine Schuld.»

«Mir hat man meine Kinder auch weggenommen», sagte Sophie scharf, «aber es war ganz bestimmt nicht meine Schuld!»

«Ich weiß», sagte Lotti, «ich weiß.»

«Nichts wissen Sie!», stieß Sophie hervor. «Er hat unser Haus angezündet! Er hat das Haus angezündet, während die Kinder schliefen. Während ich nicht da war. Sodass er mir die Schuld geben konnte. Er hat ihr Leben aufs Spiel gesetzt, nur um mich zu bestrafen.»

«Darüber haben wir schon so oft gesprochen», unterbrach sie Matthias, «du weißt, dass du keine Beweise hast.»

«Und wenn auch, ich könnte nichts unternehmen. Wie sollen denn die Kinder damit fertigwerden, dass ihr Vater den Brand gelegt hat? Wie sollen sie das verstehen?»

«Sebastian weiß es», sagte Lotti. «Er hat es gesehen. So etwas würde er nicht erfinden.»

Sophie stand auf. Sie scheuchte beide mit einer Handbewegung aus dem Zimmer.

«Lasst mich allein.»

Lotti ging in den Garten und kniete sich neben dem Theologiestudenten in die feuchte kalte Erde.

«Würden Sie mir bitte die Beichte abnehmen», fragte sie. «Ich bin eigentlich nicht …»

… katholisch, wollte er sagen, aber er sah, dass es Lotti ernst war, und verstummte. Oje! Der junge Mann schaute sich hilfesuchend um, aber da war nichts zu machen. Kein Blitzstrahl von oben, kein Wolkenbruch, keine Frau, die den Kopf aus dem Fenster streckte und rief, das Essen sei fertig. Nicht einmal die Kinder standen ihm bei, die hatten sich mit ihren Geräten in eine abgelegene Ecke des Gartens verzogen.

Lotti faltete die Hände.

«Ich habe mein Kind getötet», sagte sie. «Es war ein Junge. Er ist in der Badewanne ertrunken. Während ich für meine Tochter Frühstück gemacht habe. Ich bin aus dem Badezimmer gegangen und habe die Tür hinter mir geschlossen. Die Treppe hinunter in die Küche und die Milch aufgesetzt. Ich habe ihn einfach vergessen. Laut gesungen und mit den Tellern geklappert und nichts gehört. Er ist ertrunken. Ich wollte es nicht, aber vielleicht wollte ich es doch. Ich weiß es einfach nicht mehr. Ich weiß nicht mehr, wer ich gewesen bin. Ich habe mir oft gewünscht, es könnte alles wieder so sein wie früher, bevor er auf der Welt war, jeden Tag habe ich mir das gewünscht, daran erinnere ich mich noch. Aber als es so war, war es auch nicht richtig, und es dauerte lange, bis ich wieder zu mir kam. Das Baby hieß Michael, und ich konnte es kaum berühren. Er bedrohte mich. Er bedrohte mein Leben. Ich habe meine Tochter zur Schule gebracht, in Morgenrock und Pantoffeln, dann bin ich wieder nach Hause gefahren. Die Wanne war bereits übergelaufen, das Wasser drang unter der Tür durch und lief ins Treppenhaus. Ich setzte mich einfach hin und wartete. Dann weiß ich lange nichts mehr.»

«Sie waren krank», sagte der Student. «Hat Ihnen denn niemand geholfen?»

«Gegen Ende meines Aufenthalts in der Psychiatrie kamen sie mir plötzlich mit der postnatalen Depression. Ich erfuhr, dass ich nicht die Einzige war. Aber was sollte mir das helfen? Ich überlebte es genauso wie die anderen. Das ist meine Strafe. Die Psychiater haben mich freigesprochen, aber mein Kind ist tot, und ich lebe.»

Der junge Mann atmete tief ein. Er begann zu beten, weil ihm nichts anderes einfiel, es gab nichts, was er sagen, nichts, was er tun konnte. Das widersprach seinem jugendlichen Tatendrang zutiefst. So hielt er sich betend im Zaum. Nach einer Weile stand Lotti auf und ging ins Haus zurück.

«Sie werden Ihre Kinder zurückbekommen», sagte sie zu Sophie.

«Was haben Sie vor?»

«Ich weiß schon, was ich tue. Er wird bezahlen müssen. Genau wie wir alle.»

Frau Huber traf sich mit Herrn Keller. Sie war stolz auf sich, dass ihr das noch eingefallen war. Herr Keller, Meierhans' Vorgesetzter. Oder vielmehr ehemaliger Vorgesetzter. Er war bei der Taufe gewesen. Er war doch einer der Taufpaten? Da musste ihm das Schicksal der Kinder doch am Herzen liegen, schon der Tradition wegen. Außerdem hatte er mit Marion geflirtet. Sie hatte es gesehen. Als Frau Huber ihn schließlich am Telefon hatte, war er sehr betroffen und sofort bereit, sich mit ihr zu treffen. Er lud sie in einen Pub ein, wo sie auf schweren, dunklen Ledersofas saßen und Malzwhisky tranken. Nachmittags um drei. Das Lokal war mit Geschäftsleuten und schwedischen Au-pair-Mädchen überfüllt. Es fiel ihr schwer, sich auf das Gespräch zu konzentrieren. Ich bin es, die hier sitzt, dachte sie, unter all diesen gutaussehenden, trinkenden Menschen, ich, Annatina Huber, und ein Mann hält meine Hand und nennt mich eine englische Heckenrose. Herr Keller war der Meinung, Meierhans sei nach Basel gezogen. Er versprach, der Sache nachzugehen. Frau Huber puderte sich die rosigen Wangen, lehnte einen weiteren Whisky ab und ging nach Hause, um sich mit ihrem Mann zu streiten.

«Was hast du nur immer mit diesen fremden Leuten zu schaffen», jammerte er, «statt dass du dich ein bisschen mehr um mich kümmerst. Den ganzen Tag hast du mich allein gelassen und die halbe Nacht dazu! Wenn mir nun etwas passiert wäre? Wenn ich einen Anfall gehabt hätte?»

Sie sah ihn sich genau an. Klein und trocken, körperlos. Hautfarbe grau, die Lippen dunkelrot, fast lila verfärbt. Bei der kleinsten Anstrengung ging sein Atem pfeifend. Er saß im besten Sessel, die Beine hochgelegt, auf einem Beistelltisch ein wechselndes Sortiment Naturmedizin, die die Krankenkasse nicht bezahlte, und Bücher, aus denen er etwas über sich und seine Krankheit zu erfahren hoffte. Auf einem Teller ein vegetarischer Imbiss, den sie ihm bereitgestellt hatte. Seine Rente reichte nicht für alles, sodass sie zu Hause in Heimarbeit Stoffpuppen stopfte und vernähte. Ein ganzes Zimmer war mit den halbfertigen Puppen gefüllt. Das kleine Schlafzimmer, das als Kinderzimmer vorgesehen war. So wurde es wenigstens benutzt. Warum sollte dir etwas passieren, wenn niemand dabei ist, wenn niemand es sehen kann, dachte sie böse. Doch dann nahm sie sich zusammen und versuchte, ihm zu erklären, was in den letzten Tagen geschehen war. «Soll das etwa heißen, du hast die Nacht in Lottis Wohnung verbracht? Ich dachte, du hältst dich von diesen Leuten fern. Wer weiß, welche Bakterien du von dort mitgeschleppt hast! Es würde mich nicht wundern, wenn du mir etwas angehängt hättest. Ich fühle mich jetzt schon ganz elend!» Als sie nicht gleich antwortete, fasste er sich an die Brust und begann keuchend zu atmen.

Diesmal nicht, dachte sie. Sie wählte die Nummer des Notarztes. Sollten die sich um ihn kümmern.

Abends saßen sie wieder alle bei Lotti. Ungefragt hatte Rosa eine Kiste Sherry mitgebracht. Der Engel hatte sie vollkommen im Stich gelassen. Zur Strafe würde sie sich heute Abend nicht an sein Wort halten. Und sich ein Gläschen genehmigen. Sie konnte es brauchen, das war das Mindeste, was man sagen konnte. Der Engel war auch nicht anders als alle anderen Männer, die sie gekannt hatte: Wenn es darauf ankam, war er unauffindbar.

Lotti öffnete die zweite Flasche. Essen mochte niemand. Die Frauen waren im unterschiedlichen Maße betrunken. Sie beklagten sich mehrstimmig. Alles wäre einfacher, wenn nur ein Mann da wäre. Für sie da wäre, wohlgemerkt. Wenn sie nur einen Mann hätten, könnte alles anders sein. Lotti seufzte. Gab es denn kein anderes Thema?

«Was wollt ihr denn von einem Mann?»

ELMA: Dass er mich vor der Welt beschützt. Dass er sich vor mich hinstellt und sagt: Das ist meine Frau. Verschont sie!

NATALIE: Irgendjemand muss mir sagen, was richtig ist und was falsch, oder?

ROSA: Ich will keinen Mann. Ein Engel genügt mir.

FRAU HUBER (errötend): Küsse im Mondlicht.

«Nun gut, das wird sich machen lassen», sagte Lotti. «Wenn es wirklich das ist, was euch glücklich macht!» Sie schenkte nach.

«Wir haben ja einen Mann», fuhr sie fort. «Nur einen zwar. Aber ich denke, die paar Aufgaben wird er schon erfüllen können. Er ist ja nicht dumm. Im Gegenteil, er scheint mir außerordentlich lernfähig. Und vor allem steht er ganz zu unserer Verfügung. Wenn ich auch anfangs vielleicht ein bisschen nachhelfen muss …»

Das sagte sie so leichthin. In Wirklichkeit musste sie sich handfest Mut antrinken, bevor sie ihm die Wahrheit sagen konnte. Was hatte sie erwartet? Dass Zeno Held auf sie losging? Sie mit den Fäusten schlug? Sie anschrie? Stattdessen wurde er ganz blass. Schwer ließ er sich in den Sessel plumpsen.

«Bei ihrer Mutter», flüsterte er, «wie meinen Sie das?»

«Wie ich es sage.» Lotti musste sich nachschenken. Ganz wohl war ihr nicht dabei. Wer war sie denn, der liebe Gott? Aber jetzt konnte sie nicht mehr zurück.

«Es ist genau so passiert, wie Sie befürchtet hatten. Sie hat vor der Schule gewartet. Sie ist mir sofort aufgefallen. Jeden Tag stand sie da. Ich konnte mir schon denken ... Ich kenne das. Sie war bei der Taufe vom kleinen Meierhans, erinnern Sie sich, eine der Gärtnerinnen, die den Blumenschmuck in die Kirche gebracht haben. Sebastian hat sie gesehen. Er hat es mir erzählt. Der Junge war vollkommen durcheinander. Er hat geglaubt, seine Mutter liebt ihn nicht mehr. Er hat geglaubt, sie will nichts mehr mit ihm zu tun haben. Sie sehen doch ein, dass das nicht gut ist.»

Held hatte Schwierigkeiten zu atmen.

«Das sehen Sie doch ein?» Lotti ließ nicht locker. Er räusperte sich und nickte schließlich.

«Sehr gut», lobte Lotti. «Sie sehen also ein, dass es nicht richtig ist, die Kinder von der Mutter fernzuhalten. Das ist gut, das ist gut.»

Zeno Held öffnete den Mund. Ein Krächzen kam heraus. Fragend hob Lotti die Augenbrauen.

«Kann ich ein Glas Wasser haben?», flüsterte er. «Bitte?»

Lotti gab es ihm. «Verstehen Sie mich bitte nicht falsch», sagte sie. «Es geht nicht darum, Ihnen nun die Kinder wegzunehmen. Wir wollen ja nicht noch einmal denselben Fehler machen. Sophie will nur ihr Recht. Dagegen können Sie doch keine Einwände haben. Wenn Sie nur einmal ernsthaft darüber nachdenken. Und außerdem, wenn Sie tun, was wir von Ihnen erwarten, können Sie morgen

Abend schon mit Ihren Kindern telefonieren. Natürlich müssen Sie schon ein kleines bisschen was dafür tun. Das verstehen Sie doch?» Als Zeno nicht gleich antwortete, fuhr sie liebenswürdig fort: «Sie wollen ja bestimmt nicht, dass es zu einer neuen Verhandlung kommt. Wissen Sie, der Junge ist nicht dumm. Er hat Sie gesehen. In der Nacht, in der Sie das Feuer gelegt haben. – Mögen Sie jetzt vielleicht doch lieber etwas Härteres als Wasser?»

21

Zeno Held konnte nicht schlafen. Er hatte versucht fernzusehen, sich zu betrinken, er hatte seinen Freund angerufen, er hatte sogar wieder angefangen zu rauchen. Die eine Schachtel, die er sich gekauft hatte, hatte er methodisch durchgezogen, eine Zigarette nach der anderen. Jetzt hatte er keine mehr, dafür war ihm übel. Selber schuld, selber schuld, selber schuld.

Er hatte gewusst, dass sie sich in einen anderen verliebt hatte. Sie hatte es ihm gesagt, eines Abends nach der Tagesschau.

«Ich habe mich verliebt. Wann beginnt der Krimi auf dem Ersten?» Ganz ruhig und nebenbei. Als ob es nichts Besonderes wäre. Als ob sie ein Recht darauf hätte. Sie verstand gar nicht, dass er sich so aufregte. «Er nimmt dir doch nichts weg! Jedenfalls nichts, was du noch haben willst.» Aaaahhhh, das war wieder typisch für sie. Meisterin im Austeilen beiläufiger Spitzen. Was sollte denn das nun wieder heißen?

«Nichts, nichts», sagte sie dann und drehte den Kopf weg, oder «du weißt schon». Sie konnte ihn wahnsinnig machen mit diesen Blicken von unten herauf. Und wie sie mit der Fernbedienung spielte.

«Hör auf damit!» Er versuchte, ihr die Fernbedienung aus der Hand zu reißen, aber sie klammerte sich eigensinnig daran fest.

«Ich bin müde, verdammt nochmal! Ich arbeite wie ein

Tier, falls du es noch nicht bemerkt hast. Ich habe keine Zeit, um Rätsel zu lösen.»

Sie schaltete um. «Ich weiß nicht, was daran rätselhaft sein soll», sagte sie, «ich habe mich verliebt, das ist alles.»

Dann begann der Krimi, und er schaute auch hin, aber er konnte nicht behaupten, dass er irgendetwas davon mitbekam. Quälende Bilder.

«Wer ist es», fragte er, «wie sieht er aus, wie lange geht das schon so, seit wann schläfst du mit ihm, ist er besser als ich?»

«Schschscht», machte sie und runzelte die Stirn. Sie wollte sich in Ruhe den Krimi ansehen, wenn das nicht zu viel verlangt war. Später gab sie ihm unwillig seufzend einige Brocken Information. Einer vom Freizeitzentrum war es, wie er aussah, was sollte das heißen, warum wollte er das wissen.

«Also bitte, er ist groß, blond, hat blaue Augen, bist du jetzt zufrieden? – Im Bett? Mein Gott, bist du primitiv, das ist wieder einmal typisch! Nur ein Mann kann eine solche Frage stellen!»

Seit sie in dieses Kurszentrum ging, hatte sie angefangen, sich mit Feminismus zu befassen. Besser spät als nie. Sie sagte «Göttin!», wenn sie etwas fallen ließ, und «frau» statt «man». Es kam ihm allerdings nicht so vor, als hätte sie eine übertriebene Abneigung gegen das männliche Geschlecht entwickelt.

Unter diesen Umständen weigerte er sich, auf die Kinder aufzupassen. Hielt sie ihn für blöd? Er fragte sich, wie oft er ihr schon ermöglicht hatte, die Ehe zu brechen, indem er wie ein Trottel nach Hause gehetzt war, Käsebrote getoastet und Piratenbücher vorgelesen hatte. Er stellte sich vor, wie sie über ihn lachte, nackt, auf der Seite liegend, auf einen Ellbogen gestützt, sodass ihre

Hüfte einen perfekten Bogen in einem fremden Raum beschrieb.

Und der andere lachte mit. Der mit den Gesundheitssandalen. Der mit dem scharfen Körpergeruch. Zu naturverbunden, um sich zu waschen. Zu animalisch gar? Es schien ihr jedenfalls nicht zu missfallen.

«Nein», sagte er, «heute nicht, ich kann nicht.»

Er sah, wie sie blass wurde. Recht so.

«Aber das kannst du mir doch nicht antun», stammelte sie, «so schnell finde ich doch niemanden, der mich vertritt!»

«Dann gehst du eben nicht hin.»

«Wie stellst du dir das vor? Ich muss einen Kurs geben, zwölf Frauen kommen dahin, die meisten von ihnen müssen auch einen Babysitter organisieren, es ist ihr einziger freier Abend, ich kann sie doch nicht einfach so im Stich lassen!»

Als ob er nicht wüsste, wen sie in Wirklichkeit nicht im Stich lassen wollte. Sie musste ihn wirklich für einen Idioten halten. Er seufzte.

«Es tut mir ja leid», sagte er, «aber heute kann ich wirklich nicht.»

Doch sie blieb deswegen nicht etwa zu Hause. Sie beschloss, die Kinder allein zu lassen. Alt genug waren sie ja. Sie erklärte Sebastian genau, wo sie zu erreichen war, sie informierte die Nachbarin, sie verlegte das Abendessen vor, brachte Hamburger aus einem Laden in der Innenstadt mit, die Kinder waren begeistert.

Er folgte ihr bis zum Kurszentrum. Sie schaute nervös auf die Uhr, sie war ein bisschen spät dran, sie hüpfte die Stufen hinauf, und um ein Haar wäre er wieder nach Hause gefahren. Aber während er noch überlegte, kam sie auch schon wieder heraus, am Arm dieses langen Lulatschs und weinend auch noch. Das ärgerte ihn mehr als alles andere. Dass dieser unbeholfene Trottel, dieser kaum trockengelegte Jüngling ihre Tränen abwischen, ihre Haare streicheln und ihre Klagen hören durfte. Klagen über ihn, vermutlich. Die er, wenn er ehrlich war, kannte: Er arbeitete zu viel, er war nie zu Hause, er interessierte sich nicht für sie, er behandelte sie wie eine bessere Putzfrau, und vor allem: Er sah sie nicht richtig an. Was das wohl wieder zu bedeuten hatte? Sah der andere sie richtig an durch seine buntgerahmten Brillengläser?

Das war der Abend, an dem er das Haus anzündete.

Als sie nach Hause kam, Stunden später, als sie gesagt hatte, fand sie das Haus in Flammen, die Kinder weinend und die Nachbarinnen schockiert vor. Ein Albtraum. Geschah ihr recht. Sollte sie an ihrem schlechten Gewissen zugrunde gehen.

Doch Sebastian hatte ihn beobachtet. Zeno versuchte sich vorzustellen, was seit diesem Abend in seinem Sohn vorgegangen sein musste, und er begriff, dass er selber es sein würde, Zeno Held, der an seinem schlechten Gewissen zugrunde ging.

Er wählte noch einmal die Nummer seines Freundes. Das Wochenende war nicht ganz so verlaufen, wie er es sich vorgestellt hatte. Sein Freund, Kurt Bader, frisch geschieden, mit zwei Freikarten fürs Fußballspiel, hatte sich unerwartet verliebt. Wie noch nie, hatte er gesagt. Immer wieder. Als ob Zeno es sonst nicht glauben würde. Das ganze Wochenende lang hatte es kein anderes Thema gegeben. Das Fußballspiel wurde nicht einmal mehr erwähnt. Stattdessen führte Kurt sie in ein teures Lokal, für das Zeno natürlich keine passende Kleidung mitgenommen hatte. Das Schäkern, Turteln und Küssen gegenüber verdarb ihm gründlich den Appetit. Während die junge Frau sich die Nase pudern ging, sollte er auch noch einen Kommentar abgeben.

«Wie findest du sie?»

Zeno hatte sie gar nicht angesehen. Was sollte er schon von einer Frau halten, die ihm das erste freie Wochenende seit langem vermiest hatte?

«Ganz nett», sagte er. Um halb zehn ließen sie ihn vor dem Lokal stehen. Kurt gab ihm die Schlüssel.

«Fühl dich wie zu Hause», sagte er, obwohl er sich wirklich hätte denken können, dass Zeno genau das vermeiden wollte, sich wie zu Hause zu fühlen, und beförderte seine Freundin mit einem neckischen Klaps auf den Po in ein Taxi. Sie würden die Nacht bei ihr verbringen. Zeno blieb allein in Kurts unaufgeräumter Junggesellenwohnung am Stadtrand. Nichts zu essen im Kühlschrank. Kein frisches Handtuch im Bad. Jetzt blieb ihm nur noch die Spätausgabe der Tagesschau. Wenn er Glück hatte, zeigten sie eine Teilaufzeichnung des Fußballspiels. Auch am nächsten Tag wich ihnen die Neue nicht von der Seite, wie hieß sie noch gleich, Zilli, Milli, Sissi oder Jessi. Irgendetwas Jüngliches und Dümmliches jedenfalls.

Sie frühstückten in einem rosagestrichenen vegetarischen Lokal, in dem es keinen Kaffee gab. Sie lag halb in Kurts Schoß und lachte und gurrte und kaute unangenehm laut. Und nachdem sie sich endlich verabschiedet hatte, um sie allein zu lassen («Ich weiß doch, wie das ist unter Männern!»), wusste Kurt nichts anderes zu erzählen als: was sie gesagt hatte, was sie gedacht hatte, was sie gemacht hatten, was er ihr geschenkt hatte und was sie daraufhin gesagt hatte und was sie dann gemacht hatten.

Und das Zeno, der sich in aller Unschuld nur das eine gewünscht hatte, nämlich zwei Tage lang nichts von

Frauen zu hören. Danke, er war bedient. Nun, so bald würde er ihnen auch nicht entkommen. Lotti hatte ihren Standpunkt klar genug vertreten.

«Ich hänge nun mal an diesen Frauen», hatte sie gesagt, «weiß der Himmel warum, aber so ist es, und deshalb will ich sie glücklich sehen. Wenn sie glauben, dass sie dazu einen Mann benötigen, gut, dann verschaffe ich ihnen den Mann. Was ich von dieser Idee halte, tut nichts zur Sache. Nehmen Sie es nicht persönlich. Sie sind nun einmal der einzige verfügbare Mann hier. Aber ich bin sicher, Sie werden Ihre Sache gut machen. Sie haben ja schon ein wenig Übung. Aber geben Sie sich gefälligst Mühe, sonst ...»

«Sie erpressen mich», sagte er zu Kurt, der endlich das Telefon abgenommen und einen verschlafenen Gruß gemurmelt hatte. «Ich weiß, es klingt nicht sehr wahrscheinlich, aber die Frauen hier haben mich in der Hand. Sie machen mich zu ihrem Sklaven!»

«Sklaven?» Kurt war plötzlich hellwach. «Wie meinst du das, sie machen dich zum Sklaven, so richtig mit Lackstiefeln und Peitsche? Sag mal, stehst du auf so was?»

«Kurt! Bitte, die Lage ist ernst! Sie haben meine Kinder entführt!» Am anderen Ende der Leitung wurde jemand flüsternd beschwichtigt und dann weggeschickt. Sissi oder Jessi.

«Du musst die Polizei verständigen.»

«Das kann ich doch nicht.» Er hatte das Haus angezündet, in dem seine Kinder schliefen. Dass er die Feuerwehr rechtzeitig verständigt hatte, dass er sich im Garten versteckt hielt, bereit, jeden Moment hineinzulaufen und sie zu retten, wenn es sein musste, änderte nichts daran.

«Ich kann es nicht glauben», sagte Kurt, «ausgerechnet du! Du bist doch immer so korrekt!»

Zeno konnte es ihm auch nicht erklären. Er wusste selber nicht mehr, was er sich dabei gedacht hatte. Wenn überhaupt etwas.

«Du siehst, ich bin ihnen vollständig ausgeliefert.»

«Sie müssen es auf irgendeine Art wiedergutmachen», hatte Lotti gesagt, und es war ihr so ernst gewesen wie der Frau Pfarrer aus der Fernsehserie. «Glauben Sie mir, ich weiß, wovon ich rede. Sie haben einen Fehler gemacht, den Sie nicht rückgängig machen können. Versuchen Sie, ihn anderswo auszubügeln. Machen Sie die Fehler von jemand anderem wieder gut. Außerdem ist es das Einzige, was Ihnen hilft. Sie wissen schon, Ihre Seele zu retten und so weiter. Den religiösen Aspekt kann Ihnen Rosa bestimmt besser erklären.»

Zeno würde alles tun, um seine Kinder wiederzubekommen. Selbst wenn er mit jeder einzelnen Frau aus der Siedlung ins Bett gehen musste. Aber so einfach war es nun auch wieder nicht.

«Das hab ich mir schon gedacht, dass es so einfach nicht sein kann», knurrte Kurt enttäuscht. «Aber sag schon, was musst du denn nun tun?»

«Na ja, ich … Das weiß ich nicht so genau. Eine der Frauen ist weggelaufen, die muss ich finden, die anderen drei … es hat geheißen, ich soll ihr Leben besser machen. Sie bilden sich ein, ein Mann könnte ihr Leben besser machen. Und ich bin nun mal ein Mann.»

«Ich glaube übrigens nicht, dass es von Dauer sein wird», hatte Lotti ihn getröstet. «Das ist nur so eine Phase. Die Frauen sind vom Alleinsein geschwächt. Nun schauen Sie mich nicht so an. Sie haben vier Frauen in Ihrem Leben. Ist das nicht der Traum eines jeden Mannes?»

«Da ist allerdings etwas dran», antwortete Kurt verträumt. Der hatte gut reden. «Vier Frauen … wie sind sie denn? Sind sie hübsch?»

«Ich hab sie mir nicht ausgesucht!»

«Du wirst dir deine Zeit einteilen müssen. Einen Plan machen, damit keine zu kurz kommt.» Kurt erwärmte sich für das Thema. «Woran hast du gedacht, an einen wöchentlichen Turnus? Nein, dann sind sie zu lange allein. Wer weiß, was sie in drei Wochen anstellen. Besser, du wechselst jeden Tag. So verschiebt es sich auch schön mit den Wochenenden. Kommt jede einmal dran. Hast du eigentlich Anspruch auf einen freien Tag in der Woche? Hausangestellte haben das!»

Daran hatte Zeno noch gar nicht gedacht.

«Du wirst Urlaub nehmen müssen, bis alles einigermaßen eingespielt ist.»

Auch das noch. Seine Position war ohnehin nicht sehr gefestigt. Womöglich würden sie ihm kündigen. Nun, darauf kam es jetzt auch nicht mehr an.

«Schlimmer kann es ja gar nicht werden», murmelte Zeno düster ins Telefon.

«Aber ich bitte dich! Du hast keinen Grund, dich zu beklagen. Jeden Tag eine andere Frau! Und du musst nicht einmal lügen. Alle wissen voneinander, alle sind einverstanden. Ich finde, das klingt recht vielversprechend. Wenn du Hilfe brauchst, ruf mich wieder an. Ungeniert!»

«Ich dachte, du seist frisch verliebt», wimmelte ihn Zeno mürrisch ab. Das fehlte noch, dass Kurt vor der Tür stand und sich mit seinem sportlichen Grinsen an seine Frauen heranmachte.

Hatte er eben «seine Frauen» gedacht?

Vier Frauen. Im Moment nur drei. Eine war verschwunden. Er musste sich eine Strategie zurechtlegen. Das würde ihn beschäftigen. Ihn davon abhalten, an seine Kinder zu denken. Lotti hatte ihm in groben Zügen erklärt, was die einzelnen Frauen von ihm erwarteten.

«Machen Sie halt die Augen auf», hatte sie gesagt.

«Da hast du ja verdammt nochmal Glück gehabt», sagte Kurt. Seine Stimme hatte langsam einen leicht betrunkenen Beiklang. «Du bekommst deine Frauen mit Gebrauchsanweisung. Du weißt, was sie von dir erwarten. Herrgott, Held, verstehst du nicht, was das bedeutet? Du hast eine Antwort, wo andere Männer nur Fragezeichen auf beiden Augäpfeln haben! Du könntest ein Buch schreiben: ‹Was Frauen wirklich wollen›. ‹Was Frauen von Männern erwarten›. So etwas. Ist dir eigentlich bewusst, was du da für einen Vorsprung hast? Wenn du die Formel rauskriegst, so etwas Allgemeingültiges, du weißt schon, dann könntest du ein Vermögen machen. Ein Vermögen!»

22

Am nächsten Morgen stand er vor einem ganz anderen Problem. Wann wurde er erwartet? Wann begann sein Arbeitstag als Mann? Sieben Uhr dreißig. Schlafen konnte er nicht mehr. Er holte im Supermarkt eine Tüte mit Frischbackbrötchen und ging zu Elma hinüber. Er fand sie in Tränen aufgelöst.

Sein erster Impuls war, die Tüte fallen zu lassen und wegzulaufen. Vielleicht konnte er sich aus der Wohnung schleichen, bevor sie ihn bemerkte. Aber dann dachte er an seine Kinder. Wenn er den Tag zur allgemeinen Zufriedenheit hinter sich brachte, würden sie ihn abends anrufen. Es half nichts. Er musste da durch. Weinende Frauen zu trösten, das stand ganz unten auf seiner Wunschliste. Er hatte keine Ahnung, was er sagen oder tun konnte. Meistens heulten sie nur noch lauter, egal, was man unternahm. Konnten sie es ihm verdammt nochmal nicht ein wenig einfacher machen? Mindestens am Anfang, bis er sich eingewöhnt hatte?

Es half alles nichts. Es führte kein Weg daran vorbei. Er musste zu ihr hingehen, einen Arm um ihre Schulter legen, sanft, damit sie nicht erschrak, er musste sie fragen, was denn mit ihr los sei, in geduldigem, zärtlichem Ton. Er durfte sich nicht dazu hinreißen lassen, ungeduldig oder gar spöttisch zu klingen. Keine Anspielungen auf hormonelle Schwankungen. Das galt als sexistisch und wurde nicht geschätzt. Denk an den Anruf heute Abend. Er atmete tief ein. Er musste versuchen, diese Sache wie eine professionelle Herausforderung anzugehen. Und wenn er Glück hatte, weinte sie ja nicht einmal seinetwegen.

Elma warf sich an seinen Hals und schluchzte laut, ihr ganzer Körper schüttelte sich. Er konnte kein Wort verstehen. Schwieriger, als er gedacht hatte. Vorsichtig löste er sich aus ihren Armen.

«Sag mir doch, was los ist», bat er. Sie lief in der Küche auf und ab wie ein Tier im Käfig. Drei Schritte vor, Beinschlenker, drei Schritte zurück, wenden. Vom bloßen Zusehen wurde ihm schwindlig.

«Was soll ich denn machen, was soll ich denn bloß machen? Ich muss doch arbeiten, und Lotti hat jetzt all die anderen Kinder noch dazu! Ich habe sogar versprochen zu helfen, aber ich kann nicht mehr, ich kann einfach nicht mehr, hat man denn nie seine Ruhe? Gerade sah es doch noch gut aus, alles schien langsam an seinen Platz zu rücken. Hat man denn nie seine Ruhe, hört es nie auf, verdammt nochmal!»

Serafina lief in die Küche und klammerte sich an Elmas Beine. Sie stieß sie von sich.

«Lass mich doch in Ruhe!», rief sie. Serafina warf sich laut heulend auf den Bauch. Zeno hob erst einmal das Kind hoch und tröstete es, darin hatte er mehr Erfahrung. Dann begann er, das Frühstück herzurichten. Serafina sah von seinem Arm herab schmollend ihre Mutter an. Elma verstummte.

«Was habe ich da bloß wieder angerichtet», murmelte sie verwirrt. Vorsichtig fragte er an, wann sie im Büro sein musste beziehungsweise in der Kinderkrippe. Noch mehr Tränen. Tief durchatmen, sagte er sich, das ist eine knifflige Sache. Unbedingt Ruhe bewahren! Normalerweise fühlte er sich für solche Fälle nicht zuständig. «Ich komme wieder, wenn du dich besser fühlst», sagte er jeweils, mit der richtigen Mischung aus Rücksichtnahme und leisem Vorwurf. Aber jetzt gab es kein Entrinnen, er musste sich den Frauentränen stellen.

Elma hatte sich ein wenig beruhigt. «Was denkst du, wie lange ich einen Platz für Serafina gesucht habe? Die paar öffentlichen Kinderkrippen, die es hier gibt, sind Jahre im Voraus ausgebucht. Und die privaten, die freien Kindergärten, die nehmen keine ... nehmen keine ...» Sie fing wieder an zu weinen. «Einmal haben sie gesagt, Serafina sei zu wild, ein andermal, sie müsse erst einmal sauber werden, und einmal, nachdem sie schon ein Jahr auf der Warteliste war, da riefen sie an und sagten, sie hätten einen Platz, aber sie müsse erst einmal einen Tag zur Probe kommen. Und ich musste dabei sein, den ganzen Tag! Ich habe sie keinen Moment aus den Augen gelassen. Ich habe gebetet, dass sie sich gut benimmt.

Schließlich haben sie gesagt, Serafina würde sich schon einfügen, das sei nicht das Problem, aber leider können sie sich nicht vorstellen, dass ich in ihre Müttergruppe passe. Die Mütter trafen sich einmal im Monat. Herrgott, die waren mir noch nicht einmal begegnet! Ich hätte ja alles getan, um vor ihnen zu bestehen, ich hätte mich verkleidet und einen Akzent angenommen, alles, wenn sie ihr nur den Platz gegeben hätten. Die Leiterin mochte mich wohl nicht, und sie war auf jeden Fall am längeren Hebel. Auf jeden freien Platz warten hundert Kinder. Das sagt einem ja auch keiner! Wenn ich das gewusst hätte, hätte ich mich darum gekümmert, bevor Serafina überhaupt auf der Welt war! Aber das Schlimmste ist ja, das Schlimmste ist, dass ich geglaubt habe, das ginge mich gar nichts an. Ich war ja verheiratet! Ich musste ja nicht arbeiten!» Sie putzte sich die Nase. «Wenn ich jetzt noch einmal von vorne anfangen muss, dann drehe ich durch!»

Zeno verstand überhaupt nichts mehr. Warum sollte sie einen neuen Platz suchen müssen? Es war doch alles geregelt? Eben nicht. Serafina hatte angefangen, sich mit den anderen Kindern zu schlagen, sie gehorchte der Kindergärtnerin nicht, sie hatte Material kaputt gemacht. Wenn es so weiterging, würde sie ausgeschlossen werden. Außerdem kam Elma mit der Arbeit nicht zurecht. Die Frauen im Büro hatten aufgehört, sie zu unterstützen. Noemi sprach nicht mehr mit ihr, seit Serafina ihren Sohn in die Wange gebissen hatte. Helen sprach nicht mehr mit ihr, seit ihr der stachlige Kriegsreporter Blumen geschickt hatte, direkt vom Flughafen. Tatsächlich hatte Helen geglaubt, sie seien für sie, nachdem sie doch eben erst das Wochenende mit ihm verbracht hatte. Erst nachdem sie die Karte gelesen hatte, musste sie sich ihren Irrtum eingestehen. Sie knallte die Vase vor Elma auf den Schreibtisch, sodass das Wasser über die Briefumschläge spritzte. Feindselige Stimmung im Büro, in der Kantine und auf dem Heimweg, und um alles noch schlimmer zu machen, schaute Jeanne mehrmals täglich herein und überhäufte sie mit Freundschaftsbezeugungen. Das machte sie auch nicht unbedingt beliebter.

Elma putzte sich die Nase und nahm sich ein Brötchen. Sie bestrich es mit Butter und Honig und reichte es Serafina.

«Entschuldige», murmelte sie, «Mama ist so nervös.» Das war natürlich keine Entschuldigung. Konnte das Leben denn nicht einmal wenigstens kurz anhalten? Sodass man sich einen Augenblick lang zurücklehnen und die Aussicht genießen konnte? Manchmal grollte sie ihrer Tochter, die sie in diese Situationen brachte. Konnte sie sich denn verdammt nochmal nicht unauffällig und bescheiden verhalten, wie es sich für das Kind einer geschiedenen Frau gehörte? Wusste sie denn nicht, dass jede kleinste Auffälligkeit Elma angelastet wurde? Kein Wunder bei der Mutter, dachte die Kindergärtnerin, die Kollegin, die alte Frau in der Straßenbahn. «Wo diese unterdrückten Aggressionen wohl herkommen mögen», hatte die Kindergärtnerin traurig gefragt, und dummerweise war ihr herausgerutscht, dass Serafinas Aggressionen wohl alles andere als unterdrückt zu nennen seien, statt, wie es ihrer Situation entsprochen hätte, die Augen niederzuschlagen und stumm ihre Schuld einzugestehen. Sie selber war ein braves Kind gewesen, unauffällig bis zur Unsichtbarkeit, sie hatte ihrer Mutter nie Sorgen gemacht, sie nie in Verlegenheit gebracht. (Und Josepha hatte gerade das bedauert, dass sie so wenig Neigung zur Exzentrik zeigte, zur kreativen Neurose.)

«Mir bist du neurotisch genug», sagte Zeno und küsste sie zärtlich. Er nahm einen Block und einen Bleistift. «Wir müssen sachlich an das Problem herangehen.»

ELMAS PROBLEME, schrieb er auf die erste Seite.

«A) Die Kindergärtnerin will sich mit dir über Serafina unterhalten.

B) Deine Kolleginnen sind sauer und

C) Jeannes Bevorzugung ist dir unangenehm. Richtig?»

«Ja, wenn du es so formulierst, sieht es natürlich nicht so schlimm aus.»

«Es ist auch nicht schlimm. Jedenfalls nicht so schlimm, wie du denkst.» Langsam begann ihn das Problem zu faszinieren.

«MÖGLICHKEITEN DES VERHALTENS», notierte er.

«A) Du hörst dir erst einmal an, was die Kindergärtnerin dir zu sagen hat, bevor du einen anderen Krippenplatz suchst.

B) Du ignorierst deine Kolleginnen, bis es ihnen zu dumm wird, oder aber du lädst sie zum Kaffee ein und sprichst dich aus.
C) Du musst mit Jeanne reden, der wahrscheinlich gar nicht bewusst ist, dass sie dir schadet.»

Elma nickte langsam.

«Und vor allem», er riss ein neues Blatt aus dem Block und schrieb in großen Buchstaben darauf DIE MUTTER IST SCHULD! «Das Blatt falte ich zusammen und stecke es in meine Brieftasche. Das muss nun nicht mehr gesagt werden. Das Thema ist abgeschlossen! Doch zurück zu deinem Problem: Frag Jeanne, ob sie dir nicht einen anderen Posten geben kann. Denn Tippen scheint nicht gerade deine Stärke zu sein, wenn ich es recht verstanden habe.»

Elma lachte.

«Warum hast du den Job überhaupt angenommen?»

Sie zuckte mit den Schultern. «Weil du mich nicht heiraten wolltest.»

Er zog es vor, die Bemerkung als Scherz zu verstehen. Aber er schauderte.

Zeno begleitete Elma zur Arbeit und brachte Serafina selber in die Krippe. Er informierte die Kindergärtnerin, dass er bei dem Gespräch dabei sein würde. Dann schaute er noch rasch in Elmas Büro, bestätigte den Termin und warf ihr eine Kusshand zu. Das würde beide Kolleginnen beruhigen: die, die sich Sorgen machte um ihr Kind, und die, die den stachligen Kriegsreporter gern für sich allein hätte. Was Zeno auch nur recht sein konnte. Der sollte bloß seine schmutzigen Finger von Elma lassen!

«Es macht Spaß! Es ist aufregend! Interessant! Eine echte Herausforderung!» Zeno konnte nicht still sitzen. Mit großen Schritten ging er in Lottis Wohnzimmer auf und ab. «Ich hätte es nie geglaubt! Warum sagt einem das denn keiner?»

«Würde es Ihnen etwas ausmachen, sich wieder hinzusetzen? Mein Kopf dreht sich.»

«Entschuldigen Sie.» Er setzte sich. Nicht für lange. «Mein Kollege hat recht», rief er, «ich sollte ein Buch schreiben. *Männliche Hingabe ... Aufgehen im Leben deiner Lieben* ... Was halten Sie davon?»

«Sie haben jetzt gerade mal einen Vormittag damit verbracht, sich mit jemand anderem auseinanderzusetzen. Das reicht noch nicht für ein Buch, würde ich meinen. Vielleicht ist es nicht einmal genug für Ihren Anruf heute Abend?»

Das war deutlich. Er zog den Kopf ein und ging ein paar Fenster putzen.

«Kinder, die keine männliche Bezugsperson haben ...», fing die Kindergärtnerin an. Unsicher sah sie zu ihm herüber. «Aber auf Serafina trifft das ja nicht zu», fuhr sie fort.

Frauen, dachte Held. Man lernt doch nie aus.

«Warum kommen Sie nicht mit uns», fragte Jeanne.

Er schüttelte nur den Kopf und zog Serafina an der Hand mit sich den langen Flur entlang. Er meinte, die beiden Frauen lachen zu hören. Benahm er sich nicht wirklich wie ein Volltrottel? Er hätte doch wenigstens etwas sagen können. Etwas Schlagfertiges. Geistreiches. Witziges. Auf dem ganzen Nachhauseweg dachte er darüber nach. Bis sie zu Hause waren, hatte er sich mindestens vierzehn umwerfende Sprüche ausgedacht, die er hoffentlich anwenden konnte, wenn er Jeanne das nächste Mal traf. Aber er zählte nicht darauf. Diese Frau machte ihn nervös.

Er wollte einen Pfannkuchen backen. Einer war klumpig,

einer flüssig, der dritte angebrannt, und der vierte blieb beim Versuch, ihn in der Luft zu wenden, am Dampfabzug kleben. Serafina kreischte und klatschte in die Hände. Eine Stunde später hatte sie vielleicht nicht sehr viel gegessen, aber sie hatte sich amüsiert. Er hatte sie schon gebadet und in ihren Pyjama gesteckt, bis Elma nach Hause kam. Sie war ein bisschen angetrunken. Ihr Kuss schmeckte nach Wein. Zusammen brachten sie Serafina ins Bett und sangen «Der Mond ist aufgegangen». Dann kochten sie sich Spaghetti. Nach dem Essen legte Elma ihren Kopf in seinen Schoß. Sie war in die Buchhaltung versetzt worden. Jeanne hatte ihr versprochen, ihre Freundschaft etwas diskreter zu zeigen. Außerdem arbeitete sie in Zukunft nur drei Tage in der Woche, was die Lage in der Kinderkrippe bestimmt entschärfen würde. Elma freute sich.

«Zahlen! Auf Zahlen ist wenigstens Verlass.»

Zeno merkte plötzlich, dass er müde wurde. Unauffällig sah er auf die Uhr. Halb zehn. Wurde etwa von ihm erwartet, dass er hier übernachtete?

«Das war ein Tag», sagte Elma träumerisch, «ich könnte mich direkt daran gewöhnen!»

Zeno lächelte ein wenig verkrampft. Dann klingelte das Telefon. Elma nahm ab.

«Ja», sagte sie, «ich bin zufrieden. Sehr zufrieden sogar.»

Sie reichte ihm den Hörer. Es war Sophie. Sie bat ihn, die Kinder nicht unnötig durcheinanderzubringen.

«Natürlich nicht.» Wie lange hatte er ihre Stimme nicht gehört? Er sprach abwechselnd mit Sebastian und mit Laura. Sie erzählten ihm laut und aufgeregt ganz nebensächliche Dinge. Sie hatten einen Soja-Burger gegessen, und Laura musste sich übergeben. Sie würden in Hängematten schlafen. Der Hund hieß Shiva.

«So», sagte er, «das ist ja toll. Bis bald. Ich vermisse euch.»

Er wollte sich wirklich Mühe geben. Aber als Sophie wieder in der Leitung war, konnte er es sich nicht verkneifen, eine Bemerkung über ihren veränderten Lebenswandel zu machen.

«Bist du nicht aus dem Alter heraus?», fragte er giftig. Ohne ein weiteres Wort legte sie auf.

«Und warum sind die Kinder noch nicht im Bett», schrie er in die tote Leitung. Als er sich zu Elma umdrehte, drohte sie ihm mit dem Finger.

«Nicht gut», sagte sie.

23

Am meisten freute er sich auf die Tage mit Annatina. Annatina Huber. Sie hatte etwas an sich, das ihn rührte. Er wusste nicht einmal genau, was. Beinahe machte sie ihn nervös. Sie verbrachten ihre gemeinsamen Tage damit, Marion Meierhans zu suchen. Das gab ihnen Gelegenheit zu langen, ziellosen Spaziergängen durch die Stadt. Sie hielten sich an der Hand. Drei Tage lang dachte er daran, sie zu küssen, aber wenn er sie dann endlich sah, traute er sich nicht. Annatina zeigte ihm das Fernrohr, das sie im Schlafzimmer installiert hatte. Vielleicht konnten sie es gebrauchen, um Marion zu finden. Während sie die Schärfe regulierte, erzählte sie von ihrem Mann.

«Acht Jahre lang waren wir verlobt. Das kann man sich heute schon gar nicht mehr vorstellen. Aber wir konnten nicht heiraten, bevor meine Mutter gestorben war. Ich pflegte sie zu Hause, bis zu ihrem Tod. Emmanuel hatte ein kleines Geschäft in unserer Straße übernommen. Kurzwaren, Knöpfe, Bänder. Ich war schon über dreißig, ich hatte eigentlich nicht gedacht, dass ich noch heiraten würde. Ich kam ja nie aus dem Haus, wie sollte ich da jemanden kennenlernen? Nach der Schule hatte ich nur ein halbes Jahr lang gearbeitet, in einem Krankenhaus. Ich wollte eine Ausbildung anfangen, aber dann hatte Mama diesen Schlaganfall. Ich blieb bei ihr. Ich pflegte sie. Irgendjemand musste es ja tun. Mein Bruder hatte gerade geheiratet. Er lebte in der Stadt.

Aber er gab uns Geld. Seine Frau half mir manchmal,

am Wochenende, wenn ich mit Emmanuel verabredet war. Wir konnten uns immer nur kurz sehen. Manchmal schlich ich mich weg, wenn sie eingeschlafen war, und lief zu dem kleinen Laden an der Ecke. Dann versteckten wir uns im Lagerraum und küssten uns, bis die Ladenglocke klingelte und wieder Kunden kamen. Sonntags gingen wir spazieren, oder er kam zu mir und saß neben mir auf dem Sofa und hielt meine Hand. Bis sie wieder nach mir rief. Es war eigentlich eine schöne Zeit. So viel Sehnsucht. So viele schlaflose Nächte. So viele Bilder, von unserem Leben, wie es einmal werden würde. Für Kinder war es irgendwann einmal zu spät. Ich würde in seinem Geschäft mithelfen. Wir wären Tag und Nacht zusammen. Ich konnte an nichts anderes denken. Acht Jahre ging das so. Dann starb Mama, und wir konnten heiraten. Unsere Flitterwochen verbrachten wir am Lago Maggiore.

Es regnete, als wir ankamen. In der ersten Nacht wurde er krank. Nach dem Essen im Restaurant brach er plötzlich zusammen, keuchte, würgte, krümmte sich. Rang nach Luft. Es war schrecklich. Zuerst dachte ich noch, er hätte vielleicht zu viel gegessen, aber es war schlimmer. Wir mussten die Hochzeitsreise abbrechen. Wir fuhren nach Hause. Die Ärzte fanden nicht genau heraus, was er hatte. Sie einigten sich auf ‹herzkrank›. Er bekommt eine kleine Rente. Er hat das Geschäft verkauft. Anfangs dachte ich noch, ich könnte es weiterführen, aber ich musste ja zu Hause bleiben. Ich musste ihn pflegen. Irgendjemand muss es ja tun. Er sitzt den ganzen Tag zu Hause. Er darf sich nicht überanstrengen. Er darf sich nicht aufregen. Er darf überhaupt nichts. Sogar manche Fernsehprogramme sind zu viel für ihn. Und dann geht er wieder in Kur, und ich bin drei Wochen lang allein. So wie jetzt.»

Annatina errötete. Klang das nicht geradezu wie eine

Aufforderung, eine Einladung, eine Anspielung? Wie plump von ihr, wie aufdringlich.

Zeno nahm ihre Hand und spielte mit den Fingern. Sie waren weich und pudrig und ein bisschen zerknittert. Er sah sich ihre Hand von allen Seiten an, dann hob er sie an seine Lippen, küsste sie. Im nächsten Moment ließ er sie wieder fallen. War er zu weit gegangen? Hoffentlich dachte sie nicht falsch von ihm. Sie war so durchsichtig, so unschuldig. Wenn er nur nichts falsch machte.

Annatina versuchte, ihre Enttäuschung zu verbergen.

Sie richteten das Fernrohr in den Hof und stellten es scharf ein. Ihre Köpfe waren ganz nah nebeneinander, als sie langsam die Fensterfront auf der anderen Seite absuchten.

«Es ist eigentlich nicht sehr wahrscheinlich, dass sie sich in einer anderen Wohnung versteckt», sagte Zeno.

«Du hast natürlich recht. Wie klug du bist!»

Sie zogen ihre Mäntel wieder an und verließen das Haus. Sie liefen lange durch die Straßen. Sie wärmten sich in einem Café auf. Verwundert stellten sie fest, dass sie durch die halbe Stadt gelaufen waren. Erst als es dunkel wurde, küssten sie sich. Unter einem der Torbogen, die die Siedlung abgrenzten. Sie drückten sich eng an die kalte Mauer, aber im Grunde war es ihnen egal, selbst wenn sämtliche Klatschtanten der Nachbarschaft stehen blieben, könnten sie ihre Lippen nicht mehr voneinander lösen.

Seinen Job in der Werbung hatte er aufgegeben. Er dachte daran, sich zum Tagesvater ausbilden zu lassen. Aber man hatte ihm gesagt, die Auswahlkriterien seien nicht auf Männer zugeschnitten.

«Was soll das denn wieder heißen?»

Lotti winkte ab. «Machen Sie's halt schwarz. So wie ich. Können Sie auch gleich meine Kinder übernehmen.»

Lotti besuchte Sophie jeden Tag. Sie erwog sogar, zu ihr zu ziehen. Wenn alles vorüber war. Zeno konnte es nicht lassen, sich nach dem Theologiestudenten zu erkundigen.

«Ein sehr hart arbeitender junger Mann», sagte Lotti, «ich habe ihn allerdings erst einmal zu Gesicht bekommen. Sie leben nicht zusammen, wissen Sie. Und Gesundheitssandalen trägt er auch keine.»

Als wäre das ein Argument.

«Warten Sie erst einmal ab, bis es Sommer wird.»

24

Natalie hatte ihm eine Pizza mitgebracht. Fertig belegt und vorgebacken, er musste sie nur noch in den Ofen schieben. Natalie kam lieber in seine Wohnung. Ihr Zimmer erinnerte sie zu sehr an Andi. Der sie von dort hatte wegholen wollen. Um die Wahrheit zu sagen, hatte sie ihr Zimmer seit dieser Geschichte vollkommen vergammeln lassen. Demnächst würden sie dort einmal aufräumen müssen.

Held hatte sie gern in seiner Wohnung. Sie war überall, fasste alles an, warf alles durcheinander, schrie ihn an, weil sie den Walkman auf den Ohren hatte. Sie war wirklich noch ein Teenager. Warum sah er das erst jetzt? Zehn Jahre älter als Laura, nicht einmal. Er war ein Idiot gewesen. Mit der Midlife-Crisis hatte es doch wohl noch Zeit. Er reagierte nicht mehr auf sie, auf ihre spitzen Brüste, ihren weißen Bauch, den sie nicht einmal bei Minustemperaturen bedeckte. Er schimpfte mit ihr: «Zieh dich anständig an», sagte er, «dreh die Musik leiser, du wirst dir einen Ohrenschaden holen, so etwas ist irreversibel. Und mit dreißig musst du dann ein Hörgerät tragen! Überhaupt, diese Musik, die du da hörst, das klingt doch beim besten Willen alles gleich. Wenn du wenigstens echten, sauberen Rock hören würdest! Würde ich ja gar nichts sagen! Aber dieses Technozeug! Wirklich!»

Sie verdrehte die silbern gepuderten Augen.

«Das ist nicht Techno», schrie sie, «das ist Trance!»

Manchmal besuchte er sie im Restaurant. Oft dauerte

es eine Weile, bis sie ihn bemerkte. Er beobachtete, wie sicher sie sich zwischen den Tischen bewegte und die jugendlichen Gäste mit genau der richtigen Mischung von herablassender Missachtung und plötzlicher, unbegründeter Kollegialität behandelte, sodass sie sich als wahre Auserwählte fühlen konnten. Sie behielt vierzehn Bestellungen problemlos im Kopf. Und es schien ihr Spaß zu machen. Er war stolz auf sie.

«Trotzdem solltest du deinen Abschluss nachholen», sagte er, als sie endlich Zeit hatte, sich zu ihm zu setzen. «Ich habe mich erkundigt. Das erste Jahr ist berufsbegleitend, und dann, wer weiß, in einem Jahr hast du die Pizzeria vielleicht ohnehin schon satt. Dann bist du froh, wieder in die Schule gehen zu können.»

«Hast du etwa mit meiner Mutter telefoniert?»

«Hab ich nicht. Wie kommst du denn darauf.»

Tatsächlich hatte er es mehrmals versucht. Aber immer nach dem zweiten Klingeln den Hörer aufgelegt. Er wurde rot.

«Ich weiß selber, was gut ist für dich», knurrte er, und Natalie musste lachen. Sie setzte sich auf seinen Schoß. Er hielt sie fest. Sie riecht nicht einmal wie eine Frau, dachte er.

Zeno kümmerte sich um Rocky, während Natalie arbeitete. Anfangs war ihm das Baby etwas unheimlich. Es war so lange her, dass seine Kinder so klein gewesen waren, und um ehrlich zu sein, hatte er sich damals nicht wirklich um sie gekümmert. Zu viel Arbeit und außerdem, was konnte man mit einem so kleinen Kind schon anfangen? Es war ja nicht so, dass es sich verständlich machen konnte. Nur eine Mutter konnte die Signale deuten. Darum war doch der Mutterinstinkt überhaupt erfunden worden. Heute bereute er es, aber natürlich war es zu spät.

Rocky war sieben Monate alt, wog zehn Kilo und lachte zahnlos über das ganze Gesicht. Er hatte noch nie so ein fröhliches, dickes Baby gesehen. Natalie brauchte genau fünf Minuten, um ihn schlafen zu legen. Sie legte ihn ins Bett, kontrollierte, ob der Schnuller an der Schnur befestigt war, damit er ihn in der Nacht finden würde, sie zog die Spieluhr auf und streichelte ihm über den Kopf, ganz sanft von hinten nach vorn, bis über das Gesicht. Wenn er eingeschlafen war, löschte sie das Licht und ging aus dem Zimmer. «Ich komme nicht einmal dazu, ein Lied zu singen», beklagte sie sich. Er beobachtete sie. Keine Spur von diesem allgegenwärtigen schlechten Gewissen, das die anderen Mütter so niederdrückte. Wenn Rocky sein Spielzeug verloren hatte, rannte sie nicht gleich hin und gab es ihm wieder. Sie traute ihm zu, dass er es sich selber wiederholte. Sie traute ihm auch zu, dass er sich eine Weile lang allein beschäftigte, und eilte nicht beim geringsten Anzeichen von Langeweile herbei. Zeno wollte keine voreiligen Schlüsse ziehen, aber es wunderte ihn nicht, dass dieses Kind weniger schwierig wirkte als die Kinder, die ständig unter der Kontrolle ihrer Mütter waren. Vielleicht lag es auch daran, dass niemand von Natalie, einer Siebzehnjährigen, die von der Schule geflogen war, erwartete, dass sie eine perfekte Mutter abgab. Der Leistungsdruck lastete nicht auf ihr. Sie war vom mütterlichen Aufopferungswettbewerb von vornherein ausgeschlossen.

Tatsächlich war ihre Einstellung der seinen sehr ähnlich: Sie tat, was sie konnte, aber sie würde sich nicht unterkriegen lassen. Sie sah keinen Sinn darin, sich selber aufzugeben. Was sollte das ihrem Kind auch nützen? Ihre Mutterliebe war direkt, robust und unüberdacht.

«Hör mal», sagte sie, «du erwartest doch nicht von mir, dass ich auf dem Teppich liege und Klötze aufeinanderschichte, oder? Etwas Öderes kann ich mir ja nicht vorstellen! Ja, wenn er anfängt, mit Barbiepuppen zu spielen, dann überleg ich's mir. Ich hab sogar noch ein paar davon zu Hause. Ich meine, bei meiner Mutter … oder eher bei meinem Vater?»

«Wenn wir schon von deinem Vater sprechen …»

Professor Hannes Zanoni stand auf seiner Liste nicht an erster Stelle. Aber er war am einfachsten aufzutreiben. Zeno hatte das dringende Bedürfnis, etwas zu unternehmen. Er hatte jetzt lange genug herumgedoktert. Lasst Taten sprechen! Er war schließlich ein Mann. Er hatte sich vorgenommen, diejenigen, die er für das Unglück seiner Frauen verantwortlich machte, streng anzugehen. Ernst Meierhans stand auf seiner Liste, Emmanuel Huber natürlich (würde er es über sich bringen, einen kranken Mann zusammenzuschlagen?) und eben Professor Hannes Zanoni, Natalies Vater.

Der unterrichtete an der Volkshochschule. Kreatives Schreiben, eins und zwei. Er verfügte über ein geräumiges, angenehmes Büro, das Tag und Nacht von Verehrerinnen belagert war. Ältere Frauen, die sich nach Jahren der Aufopferung endlich ihrer Kreativität zuwenden wollten, schwindsüchtige Mädchen, bekehrte Tablettenschluckerinnen, verlassene Frauen, Frauen, die zu sehr liebten. Sie alle hatten etwas zu sagen, und Professor Zanoni sollte ihnen dabei behilflich sein. Er befreite ihre Kreativität aus dem Käfig der Engstirnigkeit, der Mutlosigkeit und der Gewohnheit. Wie nicht anders zu erwarten, liebten sie ihn dafür.

Held drang in das Büro ein. Professor Zanoni war damit beschäftigt, einen Text zu lesen, dessen Autorin, ein brandmageres junges Mädchen, zusammengesunken auf dem Stuhl saß und ergeben das Urteil abwartete. Held trat an den imposanten Schreibtisch, riss das Kabel aus dem Computer, hob diesen hoch und drohte, ihn aus dem Fenster zu werfen. Professor Zanoni sprang auf. Er war blass geworden. Doch er bemühte sich um diesen gelassenen Ton, wie man ihn gefährlichen Irren gegenüber anschlägt.

«Bitte, lassen Sie das stehen», sagte er nachdrücklich, «bitte, stellen Sie das wieder hin. Wir können über alles reden. Es gibt für alles eine Lösung.»

Die junge Frau zeigte keine Reaktion. Zeno hob den Computer hoch über seinen Kopf und ließ ihn dann auf den Boden fallen. Es gab ein enttäuschend mattes Geräusch. Zanoni widerstand dem Impuls, das Ding aufzuheben und an seine Brust zu drücken.

«Was kann ich für Sie tun», fragte er freundlich, «sagen Sie mir, was ich für Sie tun kann. Wir können über alles reden.»

Er wiederholte sich. Der ganzen Sache mangelte es an Tempo, nichts geschah. Es erfüllte ganz und gar nicht Zenos plötzliches Bedürfnis nach Aktion.

«Sie würden besser daran tun, sich um Ihre eigene Tochter zu kümmern», sagte Zeno, «als hier mit diesen Studentinnen herumzualbern. Ihre Tochter hat mehr Grips als alle diese bedauernswerten Geschöpfe zusammen.»

Zanoni lächelte. «Das finden wir auch», bestätigte er, «meine Frau und ich. Ich freue mich, dass ihre Intelligenz auch einem Außenstehenden ins Auge springt. Schließlich ist sie noch nicht einmal sechs.»

Er meint die andere, erkannte Held, er meint die kleine, die neue, die zweite Tochter. Er erinnert sich nicht einmal an Natalie, die erste.

Nun würde ihm nichts anderes übrigbleiben, als das Gott sei Dank leichte und handliche Gerät aus dem offenen Fenster zu werfen. Es landete direkt im Goldfischteich.

«Ich spreche von Natalie», sagte Held.

Dann verabschiedete er sich. Sein Leben wurde nicht zur Kenntnis genommen. Zanoni hatte die Stirn auf die Tischplatte fallen lassen, die junge Frau streichelte seine Schultern und weinte hemmungslos.

Viermal musste Zanoni anrufen, bis Natalie bereit war, ihn zu sehen. Sie besuchten ihn eines Nachmittags zum Tee. Eine unverfängliche Tageszeit, ein beruhigendes Getränk.

«Sie haben Glück», begrüßte er Zeno, «die Daten waren abgespeichert. Aber bitte setzen Sie sich doch.»

Julia hatte sich diskret zurückgezogen, mitsamt ihrer intelligenten kleinen Tochter. Hannes schenkte den Tee ein und schnitt den Kuchen auf. Er ließ sich alles über Natalies Arbeit in der Pizzeria erzählen.

«Was du da gemacht hast, ist im Grunde genommen eine Image-Sanierung», sagte er. «Nicht unclever, nicht unclever!»

Das hieß so viel wie: Ich bin stolz auf dich.

«Mama sagt, servieren bleibt servieren.»

«Für Jeanne zählt nur die Ausbildung. Das darfst du ihr nicht übelnehmen. Außerdem hat sie ja nicht so unrecht. Kennen Sie Natalies Mutter?», wandte er sich an Zeno.

«Noch nicht», stotterte der, «das heißt bald. Wir werden uns demnächst mit ihr treffen.»

Natalie runzelte gefährlich die Stirn. «Das nicht auch noch», maulte sie.

«Sei nett zu deiner Mutter», sagte Hannes, «ihr Leben ist hart genug.»

«Sag ich auch immer.»

Natalie blickte vom einen zum anderen. Wenn sie gewusst hätte, dass sie ihren eigenen Vater wieder zurückhaben könnte, hätte sie sich keinen zweiten dazugewünscht.

Natalie war schließlich bereit gewesen, ihre Mutter zu treffen, aber nur in der Pizzeria. Immer wieder stand sie auf, um Marina beim Service auszuhelfen, sodass Zeno am Tisch mit Jeanne allein blieb. Er zählte die Olivensteine auf dem Tellerrand und überlegte, was er sagen sollte. Es fiel ihm beim besten Willen nichts ein. Wo waren all die geistreichen Sprüche, die er sich ausgedacht hatte, genau für diese Situation?

«Wie fühlt man sich denn so als Chefredakteurin?», fragte er schließlich dümmlich. Er hob den Blick lange genug von seinem Teller, um ihr irritiertes Stirnrunzeln wahrzunehmen. Er hätte sich ohrfeigen mögen.

«Wie stehen Sie eigentlich zu meiner Tochter?», fragte sie ihn. Und als er nicht sofort antwortete: «Ich würde ihr nämlich nicht gern den Freund ausspannen. Obwohl ich ihr das noch schuldig wäre. Aber es gehört sich irgendwie nicht.»

Es dauerte eine ganze Weile, bis er dahinterkam, was das bedeutete. Doch bevor er entsprechend reagieren konnte, hatte sich Natalie wieder zu ihnen gesetzt.

«Um es kurz zu machen», sagte sie zu ihrer Mutter, «ich werde also den Schulabschluss nachholen. Ich habe alles schon mit Papa und Zeno besprochen. Das erste Jahr kann ich hier noch arbeiten, nachher werden wir sehen.»

«Das ist schön», sagte Jeanne, ein wenig verunsichert,

«das freut mich. Aber warum schaust du mich so böse an?»

«Du!» Natalie sprang auf. «Immer hast du etwas auszusetzen! Nie ist es recht!»

Sie flüchtete hinter die Theke, wo sie mit lautem Getöse Schubladen aufriss und wieder zuschmetterte.

«Was habe ich denn jetzt wieder falsch gemacht», flüsterte Jeanne, «ich hab doch gar nichts gesagt.»

«Sie können nicht viel richtig machen», flüsterte Zeno zurück, «lassen Sie sie am besten einfach in Ruhe.»

«Ich habe alles schon mit Papa und Zeno besprochen», äffte sie. «Wer sind Sie denn eigentlich, ihr Zweitvater?»

«So ähnlich.»

«Dann müssen Sie sich aber mit mir zusammentun, ich bin schließlich die Mutter!»

Wie reagierte man auf so etwas?

«Achten Sie bitte nicht auf mich», murmelte sie, «ich bin sonst nicht so. Sie reizen mich irgendwie, mich blöd zu benehmen.»

Er dachte eine Minute darüber nach.

«Danke», sagte er.

25

Serafina hatte Geburtstag. Sie wünschte sich: ein Barbie-Hochzeitskleid, einen Barbie-Frisiersalon, ein Barbie-Pony, eine Mamapuppe, einen Kipplaster und eine rote Mütze mit zwei Troddeln. Einladen wollte sie: ihren Vater, Claire, Zeno und Laura. Keine Jungen. Jungen sind dumm.

«Was soll ich denn jetzt bloß tun», jammerte Elma, «ich kann ihr doch nicht alles kaufen, ich hab doch gar kein Geld mehr, und einen Kuchen backen kann ich auch nicht, ich habe überhaupt keine Zeit, und außerdem bin ich müde.»

«Beruhige dich», sagte Zeno, «ich kümmere mich schon darum!» Er grinste, weil er sich selber zuhörte.

«Ich kümmere mich schon darum», wiederholte er, nur weil es so gut klang. Seine Kräfte schienen unerschöpflich. Manchmal vergaß er zu essen. Manchmal vergaß er zu schlafen. Je mehr er sich diesen Frauen hingab, sich in ihr Leben sinken ließ, desto leichter fühlte er sich. Aufopferung, dachte er, geniale Droge! Fast machte es ihn wütend, dass dies den Männern so lang vorenthalten worden war. Es war wirklich an der Zeit, dass sie auch ihren Anteil bekamen.

Aufopferung. Im Kopf machte er sich eine Notiz. Er war lange genug in der Werbung tätig gewesen, um zu wissen, dass sein Freund durchaus recht hatte: Er könnte ein Buch schreiben und ein Vermögen verdienen … «Mein Harem und ich» … «Die Welt der Frauen» … «Aufopferung für Männer» … Er überlegte hin und her, bis er merkte, dass Elma ihn wütend anstarrte. Er hatte wieder einmal nicht zugehört.

«Entschuldige», sagte er. Vorläufig würde er keine Zeit haben, solch eitlen Gedanken nachzuhängen. War auch besser so.

Claire hatte eine komplette Barbie-Garderobe genäht und gestrickt, winzige Einzelteile, aus Modezeitschriften kopiert. Den Kuchen hatte Giovanni gebacken. Schokolade mit Smarties. Er war schließlich den ganzen Tag zu Hause. Er hatte nichts Besseres zu tun. Die Erwachsenen begrüßten sich verlegen und standen im Wohnzimmer herum. Dann kam Lotti mit den Kindern. Ben und Toni, Dani und Mauro. Nur Jungen. Zeno hatte sich dafür entschuldigt.

«Laura kann nicht kommen, und du kennst nun mal keine anderen Mädchen.»

Serafina nahm es nicht tragisch. Hauptsache, sie hatten Geschenke mitgebracht. Zeno goss den Erwachsenen Champagner ein. Dann nahm er die Kinder mit in den Hof, wo er ein paar Spiele organisiert hatte. Die anderen bereiteten unterdessen den Imbiss vor und zündeten die Kerzen an. Während er mit den Kindern Blindekuh spielte, war er einen Augenblick lang glücklich. Er dachte an Sebastian und Laura, die er am Wochenende sehen würde. Wenn sein Betragen für gut befunden wurde. Aber er hatte keinen Grund, daran zu zweifeln.

«Die Sommerhalders ziehen aus», erwähnte Claire beiläufig, «erinnerst du dich an sie?»

«Ungefähr.» Ein älteres Ehepaar, kinderlos.

«Es sind nur vier Zimmer, kleine Zimmer, man müsste die eine oder andere Wand herausreißen, denke ich.»

«Was hast du vor», fragte Elma, «willst du umziehen?»

«Ich nicht, aber du vielleicht.»

«Ich?»

Claire lächelte immer noch. Sie meinte es ganz ernst.

«Du hast dich doch hier im Steinbruch nie wohl gefühlt», zählte sie auf. «Du verdienst jetzt anständig, du kannst dir etwas Größeres leisten. Und für Serafina wäre es das Beste. Sie könnte hin und her und hin und her, ohne große Organisation. Wir könnten uns gegenseitig helfen – das heißt, ich würde dir helfen», korrigierte sie sich.

Elma dachte nach. Es gab eigentlich keinen Grund, es nicht zu tun. «Kannst du dir vorstellen, was die Nachbarinnen dazu sagen werden?»

Claire strahlte über das ganze runde Gesicht. «Ja!», rief sie. «Nur schon deswegen!»

Später klingelte es an der Tür. Unrasiert und ein wenig betrunken stand der Fotoreporter vor der Tür. Er wich einen Schritt zurück, als er die Familienversammlung sah, aber hatte er in seinem jungen Leben nicht schon größere Gefahren gemeistert? Tapfer trat er ein.

«Hey!», sagte er. «Ist das nicht verrückt? Gestern war ich noch in Sarajevo! Plötzlich fiel mir ein, dass die Kleine heute Geburtstag hat. Ich natürlich auf dem schnellsten Weg zurück. War gar nicht so einfach. Alle Flüge abgesetzt, ihr wisst schon. Musste mir ganz schön einen ablügen. Schließlich ließen sie mich mit einem Verletztentransport mitfliegen und – here I am!»

«Schon gut.» Elma reichte ihm ein Glas. «Ist ja gut. Beruhige dich erst mal.»

William hatte für Serafina ein rosa Trachtenröckchen und eine Tafel Schokolade aus dem Souvenirshop am Flughafen mitgebracht. Sie schaute ihn ganz ernst an.

«Hast du das im Krieg gekauft?»

Zeno war nicht zufrieden. Was hatte dieser Trottel hier verloren? Und warum setzte sich Elma so dicht neben ihn auf die Sofalehne? Sie hätte sich ebenso gut auf seinen Schoß setzen können. Wurden diese Reporter in Sarajevo nicht üblicherweise sofort niedergeschossen? Ausgerechnet diesen hatten sie verschonen müssen. Was für eine Welt! Er wechselte einen Blick mit Giovanni. Dem war es auch aufgefallen. Aber es ging sie beide nichts an. Zeno sogar noch weniger als Giovanni. Er war ja nur der Haussklave.

Elma war betrunken. Plötzlich sah sie klar. Das ist meine Tochter, dachte sie, und das ist der Vater meiner Tochter. Das nennt man eine Familie. Es ist doch eigentlich ganz einfach. Und das ist ... Sie schaute zu Zeno hinüber, der die Barbiepuppe neu ankleidete und immer wieder zu ihr herüberschaute. Zeno! Sie musste zugeben, dass sie in diesen Wochen mehr von ihm gehabt hatte als je zuvor, mehr auch als von jedem anderen Mann. Sie war erst gar nicht einverstanden gewesen mit der Idee, ihn zu teilen. War er nicht ihr Mann, der, den sie ausgesucht hatte, damit er aus Serafina und ihr wieder eine vollständige Familie machte?

«Dein Mann? Ich glaube kaum, dass man das so sagen kann», hatte Lotti sie zurechtgewiesen. Nun, sie hatte recht. Es war schön, wenn sich jemand so auf einen konzentrierte. Er hörte ihr zu. Er dachte über sie nach. Er interessierte sich für sie. Egal ob freiwillig oder nicht, das Resultat war jedenfalls angenehm. Mehr als angenehm. Darunter würde sie es nicht mehr machen, beschloss sie plötzlich, schlimm genug, dass sie erst jetzt darauf gekommen war. Sie schenkte William ein schwer zu deutendes Lächeln. Automatisch versicherte der sich, ob seine kugelsichere Weste noch richtig saß.

26

Sie wären beinahe über sie gestolpert, auf der Treppe vor dem Hauptbahnhof.

Sie hielten sich an den Händen und blieben immer wieder stehen, um sich zu küssen. Nachdem sie stundenlang durch die Stadt gelaufen waren, hatte Annatina in ihrer Manteltasche Rosenblätter gefunden. Im November. Mitten in der Stadt. Das war ein Zeichen. Er sah es genauso. Wenn sie ihm noch ein bisschen mehr Zeit gab, würde er ein Gedicht schreiben. Den Mond anheulen. Zu ihrem Fenster emporklettern. Er musste sie immerzu anschauen.

So saßen sie stundenlang im Bahnhofsbuffet vor einem scheußlichen Milchkaffee, der vor ihnen auf dem Tisch kalt wurde, hielten sich an den Händen und sahen sich in die Augen. Bis die Kellnerin vor ihnen stand und fragte, was sie denn noch bestellen wollten, oder wenn nicht, würde sie jetzt gern einkassieren. In dem Alter, dachte die Kellnerin und verzog angewidert den Mund. In welchem Alter? Er war so verliebt, wie er es zum letzten Mal mit zwölf gewesen war. Er hatte vollkommen vergessen, wie das sein konnte. Manchmal verschlug es ihm den Atem, wenn er sie nur ansah, und er konnte sie nicht einmal mehr küssen. Es würde ihn nicht wundern, wenn er auf einem ihrer Spaziergänge einfach zusammenbräche. Überhaupt nicht wundern würde ihn das.

Er bezahlte den Kaffee. Sie gingen hinaus. Es war kalt.

«Ich glaube, mein Mann hat etwas gemerkt», flüsterte

Annatina. Sie hatte ihn am Wochenende im Sanatorium besucht, aber kaum mit ihm gesprochen. Sie hatte aus dem Fenster geschaut, wo nackte schwarze Äste in den grauen Himmel stachen. Sie hatte an Zeno gedacht.

«Er sagt, er kommt nach Hause, aber ich weiß nicht, ob sie ihn lassen. Die letzten Ergebnisse waren ganz in Ordnung.» Fast wären sie über die beiden gestolpert, die sich auf dem untersten Treppenabsatz auf einem Karton eingerichtet hatten und bettelten. Mussten sie denn die Beine so weit ausstrecken? Wäre der Mann nicht plötzlich aufgestanden, um mit lauter Stimme das Wort Gottes zu verkünden, hätten sie sie gar nicht weiter beachtet.

So blieben sie stehen. Zeno klopfte seine Taschen nach Kleingeld ab, um den Mann damit zum Schweigen zu bringen. Die andere Gestalt, die auf einem Ende des Kartons sorgfältig Buchstaben gemalt hatte, stand nun auch auf. Annatina hielt sich eine Hand vor den Mund.

Es war Marion Meierhans.

Sie war dünn geworden, schmutzig und nicht warm genug angezogen. Sie streckte sich.

«Ich will nach Hause», sagte sie.

Liebe Frau Donata,

es scheint, dass ich gerade rechtzeitig zurückgekommen bin. Meine Nachbarinnen wollten schon eine Vermisstmeldung aufgeben. Sie hätten meine Kinder ins Heim gesteckt. Ich hätte sie niemals zurückbekommen, schon gar nicht, wenn sie erfahren hätten, was ich in der Zwischenzeit gemacht habe. Ich habe ein Bad genommen. Etwas Warmes gegessen. Saubere und warme Kleider angezogen. Jetzt sitze ich am Küchentisch. Immer wieder stehe ich auf und laufe ins Kinderzimmer. Sie schlafen. Das Baby liegt in seinem Körbchen gleich hier unter dem Tisch. Wenn ich gewusst hätte, dass der Ernst auch davonlaufen würde! Aber kann ich ihm vorwerfen, dass er seine Kinder im Stich gelassen hat, nach dem, was ich getan habe? Die Erinnerung ist nicht ganz klar. Am liebsten würde ich mich überhaupt nicht erinnern. Es ist unangenehm. War das ich, die die Beruhigungstabletten im Milchfläschchen aufgelöst und sie dem Baby zu trinken gegeben hat? Die den Babykorb im kalten Keller abstellte und einfach wegging? Vielleicht liegt es ja sowieso an diesen Tabletten. Überhaupt ... Seit ich die nicht mehr nehme, habe ich wieder eher das Gefühl, ich selber zu sein. Und geholfen haben sie ja nicht unbedingt. Je mehr ich davon nahm, desto undurchsichtiger schien mir alles. In den letzten Tagen musste ich mich mühsam durch eine Art übelriechenden Nebel kämpfen. Der Geruch kam von den Tabletten. Er strömte aus jeder Pore meines Körpers. Jeremy hat es mir erklärt. Er kennt sich aus.

Aber woher hätte ich das wissen sollen? Schließlich hat mir mein Arzt die Tabletten verschrieben, als es mir nach der Fehlgeburt so schlechtging, als ich einmal in seiner Praxis zu weinen begann und seinen Kittel ganz nass heulte. Das waren die hellblau-weißen. Von denen nahm ich eine oder zwei. Im Krankenhaus gaben sie mir dann die roten. Die wirkten stärker. Ob es mir nach Michaels Geburt nur so schlechtging, weil ich die hellblau-weißen nicht mehr nehmen konnte? Die hatte ich nämlich zu Hause gelassen. Es ging alles so schnell. Vielleicht waren es Entzugserscheinungen? Als ich wieder zu Hause war, nahm ich beide Sorten. Zwei und zwei. Aber es wurde davon nicht besser. Ich dachte mir nichts dabei. Alle meine Freundinnen nehmen Tabletten. Wir haben so einen netten Arzt hier. Er nimmt sich immer die Zeit, uns zuzuhören, und am Ende bekommt man jedes Rezept. «Das Leben muss schließlich weitergehen», sagt er. Ich verstehe, was er meint. Weitergehen kann es nur, wenn wir alle funktionieren. Stellen Sie sich vor, wir würden jeder Laune nachgeben, eine nach der anderen würde sich hinlegen und sagen: «Ich mag nicht mehr, schaut selber, wie ihr zurechtkommt.» Die ganze Gesellschaft würde einstürzen wie ein Kartenhaus.

Jeremy wollte das Baby auch nicht haben. Er war gerade dabei zu gehen.

«Oh», sagte ich, «in den Himmel?»

«Nein, erst einmal zum Bahnhof.»

«Da muss ich auch gerade hin.» Damals hielt ich ihn ja noch für einen Engel, es gab mir ein seltsam schwebendes Gefühl, an seinem Arm durch die Stadt zu gehen, und ich fühlte mich gerettet. Wahrscheinlich war ich da schon nicht mehr ganz so sicher, ob ich wirklich nach Holland wollte. Ich ging zum Fahrkartenschalter, aber dann wusste ich nicht mehr, Amsterdam, Rotterdam oder ganz etwas anderes. Wie lange hatte ich Johanna nicht mehr gesehen, sie konnte irgendwo sein.

«Ich glaube, es ist nicht weit von der Küste», sagte ich verwirrt, und der Beamte schickte mich weg, hinter mir wartete schon eine ganze Reihe von Leuten, und manche hatten Angst, ihren Zug nicht mehr zu erwischen.

«Platz machen», sagte der Schalterbeamte durchs Mikrophon, und ich trat einen Schritt zur Seite. Jeremy war nicht mehr zu sehen. Ich setzte mich auf den Boden und bedeckte mein Gesicht mit den Händen. Eine halbe Stunde später lag ein ansehnlicher Haufen kleiner Münzen neben meinen Füßen. Jeremy kam zurück. Er brachte einen Liter Wein im Tetrapak. Ich trank die Hälfte davon, während er eine Rede hielt. Einige Menschen blieben stehen und gaben uns noch mehr Geld. Wir kauften uns eine Bratwurst und teilten sie. So ging es weiter. Ich weiß nicht, wie viele Tage und Nächte. Am Anfang hatte ich wahnsinnige Kopfschmerzen, sodass ich kaum denken konnte, und einen üblen Geschmack im Mund. Ich weinte, weil das Kopfwehmännchen nicht mit mir reden wollte. «Das kommt von den Pillen», sagte Jeremy und gab mir Rotwein zu trinken. Nach ein paar Tagen ging es besser. Ich fing wieder an zu denken. Es war schwierig. Wie in einem Labyrinth, hinter jeder Biegung stieß ich gegen eine Wand. Meine Jungen – umkehren. Das Baby – umkehren. Meine Ehe – umkehren. Schließlich beschränkte ich mich auf allgemeine religiöse Themen, über die ich mit Jeremy gut diskutieren konnte. Über mein persönliches Leben wollte ich später nachdenken. Ich begann, die Welt unter dem Bahnhof zu entdecken und mich zurechtzufinden.

Ich schlief mit Jeremy in einem schmuddligen Schlafsack. Erst dachte ich, es sei etwas geplatzt, etwas in meinem Kopf, oder eingestürzt. Es war unheimlich, aber Jeremy hielt mich fest. Er sagte, so müsse es sein. So sei es eigentlich gedacht. Er zeigte es mir noch einmal. Und noch einmal. Mit der Zeit konnte ich es auch genießen. Aber es erstaunte mich jedes Mal aufs höchste. Dass einem das niemand sagt! Oder haben Sie es gewusst? Jeremy erzählte mir, wie er ein Engel geworden ist: eigentlich ein Missverständnis. Er hat sich im Keller versteckt, schon ein paar Tage dort gewohnt, bis ihn Rosa eines Abends überraschte. Sie ließ sofort die Bierflaschen fallen und ging in die Knie. Da konnte er nicht mehr zurück. Er spielte die Rolle, die sie ihm gab. Was hätte er sonst tun sollen? Ich glaube, er ist ein wenig verliebt. Er sprach oft von ihr. Manchmal war es kalt. Vor allem nachts. Nach und nach kamen die Bilder in meinem Kopf zurück. Zuerst von meinem Baby. Ich träumte immer wieder von einem Baby, das kein Gesicht hatte. Weil ich es nie richtig angeschaut habe. Das Baby ist wahrscheinlich ebenso wenig ein Außerirdischer wie Jeremy. Vermutlich litt es unter denselben Entzugserscheinungen wie ich. Ich hatte recht, als ich dachte, ich weiß nicht, wonach es brüllt, ich weiß nicht, was es will, es schaut mich an, als ob ich es wissen müsste. Ich hatte recht, aber ich konnte nichts sagen. Weil ich niemand war.

Zeno Held schlief mit Marion in einem Bett und hielt sie fest, bis sie keine Albträume mehr hatte. Er brachte sie zu einem Arzt. Er ging mit ihren Jungen in eine Modelleisenbahnausstellung. Dann sagte er ihr, was er über ihren Mann in Erfahrung gebracht hatte. Ernst Meierhans lebte in Basel mit einer Frau, die er als seine Ehefrau ausgab. Er arbeitete immer noch als Vertreter, aber bei einer anderen Firma. Country & Western-Unterhaltung. Er trug Tag und Nacht einen Cowboyhut. Es würde ihr nichts anderes übrigbleiben, als die Scheidung einzureichen.

Liebe Frau Donata,

vielleicht fahre ich doch noch nach Holland. Zeno hat mir geholfen, die Adresse von meiner Schwester herauszufinden. Ich habe versucht, sie anzurufen, aber dann habe ich mich doch nicht getraut. Vielleicht schreibe ich ihr. Zeno meint, ich müsse mich erholen. Ich solle Ferien machen. Zusammen mit den Kindern. Er will mich sogar hinbringen. Damit ich nicht allein mit drei Kindern zwölf Stunden lang im Zug sitze. So weit ist es nämlich nach Holland. Natalie hat mich eingeladen in die Pizzeria. Nach dem Essen hat sie ihre Schürze ausgezogen und sich an meinen Tisch gesetzt. Sie war fast ein bisschen verlegen, es dauerte eine Weile, bis sie mit der Sprache herausrückte. Sie will nämlich, dass wir zusammenziehen. Sie ist auf der Liste für eine Wohnung in einem Projekt für Alleinerziehende. Da musste ich erst einmal leer schlucken. Alleinerziehend! Ich! Aber so sieht es aus. Ernst hat eine andere Frau. Er will nichts mehr von mir wissen. Auf eine Art kann ich wohl froh sein. Zeno sagt, ich soll mir einen Anwalt nehmen. Er hilft mir. Er hält mich fest, bis ich keine Angst mehr habe. Nachts denke ich manchmal an Jeremy. Wie wir uns im Schlafsack aneinandergepresst haben. Ich frage mich, ob es so schön war, weil ich immer noch glaubte, er sei ein Engel, oder ob das auch mit einem normalen Mann so sein kann. Der Gedanke erregt mich. Ich tue so, als ob ich schlafe, ich drehe mich im Bett, sodass ich halb auf ihm zu liegen komme, und reibe mich sanft an seinem Bein. Er reagiert nicht. Nach einer Weile rutscht er vorsichtig ein Stück zur Seite. Eines Nachts wird er noch aus dem Bett fallen. Geschieht ihm recht. Er könnte schon ein wenig entgegenkommender sein. Denn, wie soll ich es sonst herausfinden?

Schließlich habe ich mir ein Herz gefasst und habe ihn gefragt. «Würden Sie bitte so freundlich sein, mit mir zu schlafen? Ich muss es endlich wissen.» – «Mit dem größten Vergnügen», hat er geantwortet. Vor Aufregung verschluckte ich mich bei jedem Atemzug. Am Anfang war es auch sehr schön, aber dann ist er leider eingeschlafen. Ich brauchte eine ganze Weile, um es überhaupt zu merken. Wie Sie wissen, bin ich nicht sehr erfahren. Ich wäre Ihnen dankbar, wenn Sie mir mitteilen könnten, ob das öfter vorkommt. Es wäre mir ein gewisser Trost. Mit Natalie passiert ihm das allerdings auch ab und zu. Sie hat es mir gesagt. Es liegt also nicht an mir.

Natalie ist so fleißig. Ich werde müde, wenn ich ihr zu

lange zuschaue. Sie ist so jung, so voller Energie. Man kann beinahe die Funken stieben sehen. Ich weiß nicht, ob ich sie auf die Dauer ertragen würde. Sie würde arbeiten gehen, und ich würde zu Hause bleiben. Den Haushalt machen, auf die Kinder aufpassen. Hausfrau bin ich, Hausfrau bleibe ich.

Wissen Sie was, Frau Donata, langsam gehen Sie mir auf die Nerven!

Das Erste, was ich in der Zeitung lese, als ich wieder zu Hause bin, ist Ihre Seite. Erinnern Sie sich an «Nicht allein zu Haus»? Ihr Mann ist pensioniert und plötzlich den ganzen Tag zu Hause, und statt dass er etwas tut, sitzt er nur herum und tyrannisiert sie, und sie hat sich daran gewöhnt, dass sie tagsüber für sich ist und sich ihre Zeit einteilen kann, erinnern Sie sich an den Brief? Und was haben Sie geantwortet? «Liebe NICHT ALLEIN ZU HAUS, eine solche Umstellung der Gewohnheiten ist immer schwierig. Trotzdem finde ich, Sie sollten ein wenig mehr Verständnis für Ihren Mann zeigen. Nach vierzig Jahren in der Arbeitswelt ist er doch einfach gewohnt, ein Minimum an Macht auszuüben. Ist es denn zu viel verlangt, dass Sie ihm das zugestehen? Kostet es Sie so viel, diese ‹Schikane›, wie Sie es nennen (bestimmt übertreiben Sie da!), über sich ergehen zu lassen? Sie müssen ja nicht wirklich zuhören. Aber geben Sie ihm doch bitte einfach das Gefühl, er sei noch jemand!»

Das hat mich maßlos geärgert, Frau Donata, bei allem Respekt. Was wissen Sie überhaupt vom Leben dieser Frau? Nein, Frau Donata, ich glaube, jetzt sind Sie zu weit gegangen.

«Das kannst du doch nicht machen», sagte er. «Die lassen dich gar nicht erst hinein!»

«Dann musst du mir eben helfen! Sonst geh ich allein.» Er sah schon, dass sie es ernst meinte. Sie stand vor ihm, groß und breit und ganz in Schwarz. Ein Rest ihrer alten Selbstgerechtigkeit lag in ihrem Blick. In einer Hand hielt sie ein Bündel Briefe, in der anderen die Zeitung. Sie wollte Frau Donata stellen.

Er begleitete sie schließlich zur Redaktion. Hielt sich aber feige im Hintergrund. Der Portier war der Erste, der ihr weismachen wollte, es gäbe gar keine Frau Donata. Doch sie ließ sich nicht abwimmeln. Schließlich schickte er sie zur Gesellschaftsredaktion. Marion blieb mitten in dem Großraumbüro stehen. Den ersten Redakteur, den sie vorbeigehen sah, fasste sie am Jackett, zwang ihn stehen zu bleiben und begann, ihn anzuschreien. Sie wedelte mit ihren Papieren und schlug ihm die Zeitung vor die Brust. Zeno trat noch einen Schritt zurück und versenkte sich ganz in die Betrachtung seiner Schuhkappen. Könnte nicht schaden, sie wieder einmal zu putzen.

Er hatte nicht den Eindruck, dass irgendjemand verstand, worum es Marion Meierhans ging, aber sie waren offensichtlich beeindruckt, ob von ihrem Stimmvolumen, von ihren Argumenten oder ihrem Aussehen, konnte er nicht beurteilen. Sie schilderte in den schrecklichsten Farben, was wohl aus den Frauen wurde, die solche Antworten nicht nur lasen, sondern auch noch wörtlich nahmen. Dann beschrieb sie ihren eigenen Abstieg in die Bahnhofshalle und schob die Schuld auf mangelnde Unterstützung durch die Problemseite ebendieser Zeitung. Jetzt bekam es der Redakteur mit der Angst zu tun. Er konnte ja nicht wissen, dass sie die Briefe gar nicht abgeschickt hatte. Würde sie einen Anwalt einschalten? Würde sie auf Schmerzensgeld klagen?

«Nein», sagte sie, «aber ich will diese Frau vor mir haben. Ich will ihr ins Gesicht sagen, was ich von ihr halte!»

Da musste der Redakteur zugeben, dass es eine Frau Donata gar nicht gab. Die Briefe wurden von wechselnden Praktikantinnen geschrieben, manchmal auch von der einen oder anderen Redakteurin. Wer halt eben Zeit hatte. Wer nun diese konkrete Antwort verfasst hatte, die sie so aufregte, ließ sich leider nicht mehr feststellen. Marion nickte langsam. Sie sah den ein oder anderen Kopf sich tiefer über die Tastatur beugen. Hatte sie diese Leute wirklich eingeschüchtert? Sie sah ihr Spiegelbild in einer Trennwand. Sie war größer als der Redakteur und breitschultriger. Ihre Augenbrauen bildeten eine dicke durchgehende Linie in ihrem großflächigen Gesicht. Probehalber schob sie die Jackenärmel hoch. Der Redakteur wich einen Schritt zurück. Sie lächelte.

«Gehen wir», sagte sie zu Zeno, «da lässt sich nichts mehr machen.»

Doch der Redakteur hielt sie zurück. «Würden Sie», fragte er, «ich meine, wenn sich die Stelle schaffen ließe, würden Sie die Seite übernehmen?»

Als sie nicht gleich reagierte, weil sie seine Frage nicht so recht verstanden hatte, fuhr er eifrig fort: «Wir würden Sie richtig einführen, als unsere neue Frau ... Wie heißen Sie überhaupt, wenn ich fragen darf?»

«Marion.»

«Ach, Marion, Marion, schöner Name, leider nicht sehr vertrauenerweckend – nichts für ungut! Da müssten wir uns etwas ausdenken. Wir könnten die Seite viel persönlicher gestalten, mit einem kleinen Foto oben in der Ecke, und zuerst würden wir Sie unseren Lesern lang und breit vorstellen, ich bin sicher, das käme an. Bei der Konkurrenz haben sie das auch so gemacht. Und natürlich haben

Sie ganz recht mit Ihren Einwänden, ganz recht, ganz recht. Nun, was halten Sie davon?»

So wurde Marion Meierhans Frau Irma.

27

Er zog sich auf der Toilette des Ersteklassewagens um. Da war mehr Platz. Kurt hatte ihm die Sachen ausgeliehen: hellblaue Jeans mit Lederbeinlingen, die am Gürtel befestigt wurden, Fransenhemd, Cowboystiefel, Bindfadenkrawatte, Hut. Gerade als er fertig war, legte sich der Zug in die Kurve. Zeno wurde gegen das Waschbecken geschleudert und holte sich eine Prellung an der Hüfte. Es würde nicht die einzige Verletzung bleiben, die er sich an diesem Wochenende holte. Auf dem Weg zurück zu seinem Platz hielt er den Blick gesenkt. Er wusste, dass er idiotisch aussah. Aber die Aufgabe verlangte es. Viel lieber wäre er allerdings in die Berge gefahren, um Emmanuel Huber aus seinem Liegestuhl zu reißen und über eine Brüstung in den Abgrund zu werfen. Doch daran durfte er jetzt nicht denken.

Sein Freund Kurt hatte keine Hemmungen, in Cowboyverkleidung im Zug zu sitzen. Er kannte sich aus und trug solche Sachen manchmal freiwillig.

«Nicht übel», sagte er, als er Zeno sah. Dieser konnte sich in den engen Hosen kaum setzen, die Stiefel verliehen seinem Gang etwas Schwankendes, und der Hut drohte jeden Augenblick über seine Augen zu rutschen.

«Entspann dich», sagte Kurt, «alles easy, oder.»

Sie waren nicht die Einzigen, die zu diesem Anlass nach Basel fuhren. Der Wagen war voll von Cowboys und -girls. Aus verschiedenen Geräten dröhnten verschiedene Countrysongs, die zu einer melancholischen Decke verschmolzen, die schwer über dem Abteil hing. Schon wurde Held deprimiert.

Countrymusic hatte diese Wirkung auf manche Menschen, das war wissenschaftlich untersucht. Ab soundso vielen Stunden täglichen Konsums drohten Depressionen. Es wurde davon abgeraten, diese Art Musik beim Autofahren zu hören. Aber im Zug konnte man wohl nichts dagegen sagen.

Kurt Bader war ebenfalls deprimiert, aber aus einem anderen Grund. Seine Sissi oder Jessi hatte plötzlich Skrupel, sich zu binden, sie fand, sie sei noch zu jung.

«Fünfundzwanzig ist doch nicht jung, oder was meinst du?»

Sie kamen in Basel an.

In einer riesigen Halle sollten von nachmittags sechs bis morgens sechs verschiedene Sänger und Bands auftreten. Außerdem gab es vier Bars, eine Tanzfläche und ungefähr hundert Verkaufsstände mit Westernfood und Souvenirs. Zeno ließ seinen Freund an einem Stand stehen, an dem Stiefeleisen verkauft wurden. Er drehte eine Runde in der Halle und entdeckte Ernst Meierhans nahe der Bühne, wo er Kassetten verschiedener Countrystars feilbot. Die Musik aus dem Lautsprecher an seinem Stand konkurrierte mit dem Hauptprogramm. Zwischen den Auftritten krähte er selber ins Mikrophon, um die Kassetten der Künstler anzupreisen, die eben aufgetreten waren. Sein amerikanischer Akzent klang nicht ganz sauber, aber selbstbewusst. Neben ihm stand eine unscheinbare Frau in Pionierkleid und weißen Stiefeletten. Unter ihrem Cowboyhut sah man einen Wust dauergewellter Haare, eine großformatige Brille und rosa geschminkte Lippen. Kein Gesicht. Meierhans tätschelte ab und zu eine ihrer fransenbesetzten Schultern.

Zeno Held beobachtete sie eine Weile. Er dachte an Marion und an ihre Kinder. Seine akustisch bedingte Depression wich gesunder Wut. In wenigen Minuten wäre er so weit, dass er Meierhans zusammenschlagen könnte. Voller Vorfreude streckte er seine Finger, dass die Knöchel knackten.

«Ist er das?», fragte Kurt, der ihm mit einer Tüte voller Stiefeleisen, Pins und Hutbänder gefolgt war.

Zeno nickte. Beide lehnten sie sich in einiger Entfernung an die Wand und schauten drohend zu Meierhans hinüber, je ein Bein angewinkelt, die Arme verschränkt. Fehlte nur noch ein Grashalm im Mundwinkel.

«Der ist aber groß», sagte Kurt und gab seine Haltung auf.

«Und kräftig», gab Zeno zu. Welches Maß an körperlichen Schmerzen war er noch bereit zu ertragen? In seinem Alter?

«Gehen wir erst einmal ein Bier trinken», schlug er vor. Einige Biere und Konzerte später hatte Zeno eine Idee. Auf der Bühne beendeten gerade die Bull Brothers ihren Auftritt. Drei dumpfe Gestalten, jeder ungefähr zwei mal zwei Meter, mit spitz zulaufenden Köpfen, die unter den Hüten beinahe verschwanden. Schwerfällig stampften sie von der Bühne.

«Die sind aber noch größer», flüsterte Held.

«Und kräftiger», nickte Karl. Im Ansatz hatte er Zenos Gedanken verstanden und gutgeheißen.

Zeno stand auf, suchte kurz sein Gleichgewicht und schlenderte dann auf Meierhans' Stand zu. Der hatte gerade wieder das Mikrophon in die Hand genommen und warb lauthals für seine billigen Kassetten. Eine kleine Menschentraube stand um ihn herum. Als er anfing, die Bull Brothers anzupreisen, kamen die Fans näher. In Größe und Gewicht unterschieden sie sich kaum von ihren Idolen. Zeno riss Meierhans das Mikrophon aus der Hand und kroch damit unter den Tisch.

«BULL BROTHERS SIND BULLSHIT!», skandierte er, «BULL BROTHERS SIND BULLSHIT!» Kurt hatte geistesgegenwärtig die Anlage aufgedreht, sodass die Gotteslästerung auch überall gut zu hören war. Dann zerrte er Zeno an einem Bein unter dem Tisch hervor und außer Reichweite. Keine Sekunde zu früh.

Auf der Heimfahrt im Zug erfuhren sie von anderen, in unterschiedlichem Ausmaß lädierten Fans, dass die Bull Brothers höchstselbst ihre Ehre verteidigt, den Frevler krankenhausreif geschlagen und seine Frau entführt hatten. Ob es auch stimmte, dass sie die Lady vorne quer über das Pferd gelegt hatten und aus der Stadt galoppiert waren, konnte er nicht beurteilen.

«Mein Mann ist zurückgekommen», flüsterte Annatina. Schüchtern blickte sie sich im Café um. Sie entzog ihm ihre Hand. Sie war blass, die grauen Locken hingen ihr ungekämmt ins Gesicht, sie war schöner denn je.

«Das lasse ich nicht zu.»

Held war einigermaßen angeschlagen und zerkratzt aus Basel zurückgekommen. Die Massenschlägerei beim Country-Festival hatte am nächsten Morgen Schlagzeilen gemacht. Experten versicherten, diese Art Musik reize normalerweise nicht zu Gewalttätigkeit, sie sei nicht dazu geschaffen, Aggressionen zu schüren. Was wisst ihr schon, hatte Held gedacht. Jetzt wünschte er sich, er wäre stattdessen in die Berge gefahren, hätte Hubers Schuhe versteckt und ihn barfuß in einen Bergbach gestellt, bis er festgefroren wäre.

«Sag, dass es nicht wahr ist.»

Er hielt ihre Hand so fest, dass es ihr wehtat. Sie runzelte die Stirn. Sie schüttelte den Kopf. Da ließ er sie los.

«Er ist aus dem Sanatorium weggelaufen. Zu Fuß den ganzen Berg hinunter bis zum nächsten Bahnhof. Dort musste er sich im Güterwagen verstecken, weil er nicht genügend Geld bei sich hatte, den ganzen Tag und die halbe Nacht war er unterwegs. Das alles wegen mir!»

«Aber ...»

«Das heißt doch, dass er mich liebt!»

«Aber ich liebe dich auch!»

Sie schnalzte missbilligend mit der Zunge. «Sag so etwas nicht.»

Er sagte nichts mehr.

«Wir können uns nicht mehr treffen, das verstehst du doch.»

Er fand, er habe nun genügend Opfer gebracht. Jetzt wollte er seine Belohnung. Er holte eine Flasche Sherry aus dem Supermarkt und bat Rosa, sie mit einer Schleife zu verzieren. Rosa hatte nicht lange gebraucht, um sich mit der Tatsache abzufinden, dass Jeremy kein Engel war. Jedenfalls nicht im üblichen Sinn. Jeremy war bei ihr eingezogen. Sie hielten weiterhin ihre Messen ab. Allerdings sprach Jeremy jetzt selber, während sie in der ersten Reihe saß und strickte. Ihre Anhängerschaft war stark geschrumpft. Tatsächlich waren sie meist allein. Aber das störte sie nicht weiter. Sie überlegten, ob sie die Versammlungen in ihr Wohnzimmer verlegen sollten. Jetzt, wo es kalt wurde.

«Ich kann mich nicht beklagen», sagte Rosa. «Es ist auf jeden Fall interessanter als fernsehen. Und stellen Sie sich vor, das Programm ist nie zu Ende!»

Sie kicherte. Dann schlug sie sich die Hand vor den

Mund und rollte erschreckt die Augen. Jeremy schätzte es gar nicht, wenn sie so daherredete.

Lotti war zu Hause. Sie nahm die Flasche mit einem gnädigen Kopfnicken entgegen.

«Haben Sie auch an Salznüsse gedacht?», fragte sie streng. Er schüttelte den Kopf. Er wand sich wie ein Schuljunge. Sie war heute nicht gut auf ihn zu sprechen, das sah er sofort.

«Ich glaube, ich habe meine Aufgabe erfüllt», sagte er tapfer. «Ich will meine Kinder zurück.»

«Wie kommen Sie denn darauf, dass Sie Ihre Aufgabe erfüllt hätten?»

«Nun, ich meine doch, alle sind zufrieden, oder etwa nicht?»

«Sie benehmen sich eher wie ein Sozialarbeiter als wie ein Mann. Es hat Ihnen niemand gesagt, Sie sollen herumlaufen und den Frauen in ihrem Leben herumpfuschen.»

«Aber Sie wollten es doch so.» Zeno war verwirrt. Sollte das etwa heißen, dass er versagt hatte? Er begann zu schwitzen. Er war so sicher gewesen, dass er seine Aufgabe mit Bravour gemeistert hatte.

«Lotti», beschwor er sie, «bitte, ich habe doch nur getan, was die Frauen von mir verlangt haben.»

«Das ist es doch eben! Sie laufen hier herum wie der Gockel auf dem Hühnerhof und plustern sich auf, dass es kein Anblick ist! Nur weil Sie sich ein paar Wochen lang mehr mit anderen Menschen als mit sich selber beschäftigt haben, denken Sie schon, Sie seien der neue Messias! Sie könnten ein Buch schreiben und berühmt werden! Warum nicht gleich einen Orden gründen? Sich heiligsprechen lassen? Hier ruht der heilige Zeno von der Sozialbausiedlung, der Erste seines Geschlechts, der einen Gedanken an seine Mitmenschen verschwendet hat! Wirklich: Sie sollten sich schämen!»

Folgsam senkte Held den Kopf. Aber wenn er ehrlich war, verstand er ihre Vorwürfe nicht.

«Bitte, schauen Sie sie doch an, es geht ihnen allen besser. Ich habe ihnen geholfen. Ich war für sie da. Das können Sie doch nicht bestreiten!»

Lotti schnitt eine Grimasse, winkte ab. Sie wusste selber nicht mehr so genau, was sie sich vorgestellt hatte. Es überstieg die Kräfte einer einzigen Frau, Jüngstes Gericht zu sein.

«Sophie ist bereit, sich mit Ihnen zu treffen und eine neue Vereinbarung auszuhandeln. Es wird auf ein geteiltes Sorgerecht hinauslaufen. Sophie hat eine Wohnung gefunden, nicht allzu weit von hier, sodass der Schulweg kein Problem werden sollte. Sie arbeitet jetzt bei den Stadtgärtnereien. Ich werde wohl zu ihr ziehen», kündigte sie ihm an. «Ich denke, Sie können meine Tageskinder übernehmen, wenn Sie das immer noch wollen.»

«Nein, nein, nein!», rief Held, den sein Selbstvertrauen nicht lange im Stich gelassen hatte, «ich habe eine viel bessere Idee gehabt. Ich will einen richtigen Tageskindergarten aufziehen, hier in der Siedlung. Ich habe schon mit dem Jugendamt und dem Sozialamt verhandelt. Und dann schreibe ich mein Buch: *AUFOPFERUNG FÜR MÄNNER oder Erfüllung auf dem weiblichen Weg.*»

«Ach herrje!» Das hatte sie nun davon. Das nächste Mal, wenn sie so eine gute Idee hatte, möchte ihr doch bitte ein Ziegelstein auf den Kopf fallen. Aber dann sah sie Zeno blinzeln. Vielleicht meinte er es am Ende gar nicht ernst?

«Sie werden bestimmt viel Erfolg haben damit», sagte sie. Aufopferung für Männer! Er schien dabei nicht vergessen zu haben, wie man aus jeder scheinbar selbstlosen Handlung Kapital schlug.

«Warum wollen Sie denn zu Sophie ziehen?»

«Sie ist wie meine Tochter. Und ich kann ihr helfen.»

«Hilft ihr denn der Herr Pfarrer nicht?»

«Nun seien Sie nicht so garstig. Der junge Mann arbeitet hart. Er ist dabei, die Bibel musikalisch umzusetzen. Damit sich die jungen Leute eher dafür interessieren. Wissen Sie überhaupt, wie viele Seiten die Bibel hat? Er muss unbedingt damit fertig werden, bevor der aktuelle Musikstil sich wieder ändert! Damit ist er eine ganze Weile beschäftigt.»

«Ich kann nicht behaupten, dass mir der Gedanke unangenehm ist!»

Lotti stand auf und ging zum Telefon. «Denken Sie nicht, Sie könnten sich nun zurücklehnen», sagte sie streng. «Das Leben ist wie ein Kaktus, und wenn Sie sich etwas anderes einbilden, sind Sie verrückt.»

28

Der Umzugswagen war bereits abgefahren. Elma gab eine Party in ihrer leeren Wohnung. Damit sich das Putzen auch lohnte. Es sah ganz so aus, als würde ihre Rechnung aufgehen. Die Kinder sausten auf Rollschuhen herum und zogen dunkle Striemen auf dem Holzboden. Die Erwachsenen drückten die Zigaretten auf dem Fensterbrett aus. Die Plastikbecher hinterließen dunkelrote Ringe, die sich mit der Zeit bläulich verfärbten. Vielleicht hätte sie doch einen besseren Wein besorgen sollen? Sophies junger Mann hatte einen Ghettoblaster mitgebracht. Die Musik hämmerte laut und monoton. Natalie gefiel es.

«Was ist denn das? Kenn ich gar nicht!»

«Das ist ‹Die Schöpfung›, du weißt schon!»

«Diese neue Band aus Kalifornien?»

«Nein», schrie er, «die Bibel. ‹Am Anfang schuf der Herr …› und so weiter. Hör doch mal genau hin!»

«Zeno», rief Marina, «meinst du, ich soll mein Kind lieber jetzt schon anmelden?» Es sollte zwar erst in fünf Monaten zur Welt kommen, aber sicher war sicher. Zenos Kindergarten war jetzt schon ziemlich überlaufen.

Jeremy gehörte zu den ersten, die tanzten. Aber er war auch, wenn schon nicht mit der Musik, so doch mit dem Text vertrauter als die meisten. Später würde er dem jungen Mann die eine oder andere Änderung vorschlagen. Ganz unverbindlich natürlich.

Marion tanzte mit William, dem Fotografen. Wie man zu dieser Art Musik geschlossen tanzen konnte, war Elma nicht ganz klar. Aber wenn es ihr Spaß machte. Sollte sie ihn haben. Ihr selber wurde er langsam zu anstrengend. Dauernd hielt er ein Radiogerät ans Ohr, um BBC-Nachrichten zu hören. Sogar im Bett. Und erst kürzlich hatte er sie angeschrien, weil sie seine kugelsichere Weste in die Waschmaschine geworfen hatte.

Marion war eben erst aus Holland zurückgekommen. Sie hatte ihr Amt als Frau Irma angetreten. Als Erstes beantwortete sie ihre eigenen Briefe. Natürlich gekürzt. Es gefiel ihr, sich selber zu beraten. So hatte sie wirklich das Gefühl, ein neues Leben anzufangen.

Sie ging zu Jeanne hinüber, die ihren Plastikbecher mit Leitungswasser auffüllte.

«Was ist los mit dir», fragte Natalie angriffslustig, «trinkst du nicht mehr? Rauchst du nicht mehr?»

«Nun, es ist, es ist nur vorübergehend», stotterte Jeanne.

«Was meinst du denn damit?»

Hilfesuchend schaute Jeanne sich um. Quer durch den Raum prostete Zeno ihr zu.

«In ziemlich genau acht Monaten fang ich wieder damit an», sagte sie trotzig, «das meine ich!»

Einen Augenblick lang war es still. Natalie sah, dass Zeno sie beobachtete. Entschuldigend hob er die Schultern. Ach, so war das also. Sie drehte sich wieder zu Jeanne.

«Noch ein Geschwister», seufzte sie, «besser spät als nie, was!»

Lotti trat zu ihnen und legte jeder eine Hand auf die Schulter. Um sie zu trösten oder um selber das Gleichgewicht zu halten, war nicht ganz klar.

«Es ist doch so: Das Leben ist wie ein Kaktus», sinnierte sie leicht betrunken, «du kannst dich niemals nirgendwo hinsetzen.»

«Das ist aber nicht von dir», protestierte Natalie, «das hast du aus dem Radio.»